ATZE SCHRÖDER

DER TURBO VON MARRAKESCH

ATZE SCHRÖDER
und
TILL HOHENEDER

DER TURBO VON MARRAKESCH

ROMAN

HEYNE

Der Verlag weist ausdrücklich darauf hin, dass im Text enthaltene externe Links vom Verlag nur bis zum Zeitpunkt der Buchveröffentlichung eingesehen werden konnten. Auf spätere Veränderungen hat der Verlag keinerlei Einfluss. Eine Haftung des Verlags ist daher ausgeschlossen.

MIX
Papier aus verantwortungsvollen Quellen
FSC® C083411
FSC www.fsc.org

Verlagsgruppe Random House FSC® N001967

in der Verlagsgruppe Random House GmbH,
Neumarkter Str. 28, 81673 München
Satz: Leingärtner, Nabburg
Umschlaggestaltung: Eisele Grafik-Design, München
Umschlagfoto: Stephan Pick
Druck und Bindung: CPI Books, Leck
Printed in Germany

ISBN 978-3-453-27108-1

www.heyne.de

»First you learn your instrument, then you learn music. Then you forget all of that, and just play.«

Dizzy Gillespie

»Life is more or less a lie, but then again, that's exactly the way we want it to be.«

Bob Dylan

»Entscheidend ist, was hinten rauskommt.«

Helmut Kohl

Prolog

Essen, Keller

Heftig klatschte die biegsame Taucherflosse auf ihr wunderschönes Hinterteil, und sie wimmerte.

Ich schrie ihn an: »Dimitri, du kleine Metaxa-Tucke, lass sie in Ruhe! Noch ein Schlag, und ich reiß dir deinen miesen Arsch so auf, dass deine eigene Oma dich nur noch an der Stimme erkennt!«

Er lachte nur und verzog keine Miene. Stattdessen verpasste er ihr den nächsten Hieb. »Interessant, Malaka, ich freu mich schon drauf.«

Der Rubikon war überschritten, ich tobte vor Wut und hätte ihn sofort verprügelt, wenn mein Kopf nicht in diesem ungemütlichen Schraubstock gesteckt hätte.

»Es ist doch ganz einfach, Schröderchen: Du sagst mir, wo der verdammte Chip ist, und du kannst schon morgen den süßen Knackarsch deiner kleinen Schlampe zusammenflicken.«

Wie konnte ein Mensch so tief sinken. Selbst als Grieche sollte man doch neidfrei anerkennen, wenn eine Lendenlegende wie ich besser im Bett ist als so ein zweitklassiger Zazikizausel.

»Wenn du mich fragst, Dimi, bist du ein widerlicher Komplettversager.«

Ich hatte es noch nicht ausgesprochen, als die Flosse wieder auf Nataschas Pfirsichpopo niederknallte, der mittlerweile nicht mehr ganz so elegant aussah. Natascha flehte mich mit letzter Kraft an, und ihre Stimme klang gar nicht mehr so fröhlich wie sonst: »Atze, bitte, bitte gib ihm, was er will, ich flehe dich an!« Dann sackte sie ohnmächtig zusammen.

Ich kam schwer ins Grübeln. War es das alles wert? Liebte ich diese Frau wirklich? Was bedeuteten mir die endlosen Nächte voller Lust, Leidenschaft und feuchter Frotteelaken? Natascha Orlov war eine Göttin, von der ich unzählige Male die heilige Kommunion der sieben Liebessiegel empfangen hatte. Keine Frau konnte das Kamasutra so schön vorlesen wie sie. Keine Frage, diese Frau hatte mich verzaubert. Dumm nur: Sie war bewusstlos, meine Rübe steckte immer noch in dem Schraubstock, und wenn Dimitri Roussos nicht bald seinen verfluchten Chip bekäme, würde mein holdes Lockenköpfchen auch dort bleiben. Nein, es gab keinen anderen Ausweg. Ich musste Natascha retten. Ein Atze Schröder lässt keine Frau im Stich.

»Okay, du dreckiges Schwein. Du hast gewonnen. Mach mich los, ich bring dich zum Versteck!«

Er lächelte hämisch. »Warum nicht gleich so.« Dann trat er mir mit voller Absicht in die Klöten.

Pullach, BND, abhörsicheres Büro

Eike Klein hasste seinen Namen. Schon als Kind schnauzten ihn seine Lehrer rüde an: »Ja, Eike Klein, größer hatten's deine

Eltern auch nicht, wa?« Hier in der Behörde nannten ihn alle nur »die kleine Heike«. Sie würden sich noch alle wundern.

Er träumte an seinem Schreibtisch vor sich hin. Mit der Kohle vom Syndikat hätte er endgültig ausgesorgt. Er sah sich schon im Porsche Turbo durch Marrakesch brettern, mit einer schönen und vor allem endgeilen Beduinenschönheit neben sich auf dem Beifahrersitz, im gekühlten Handschuhfach eine Flasche Roederer Cristal und eine unbenutzte Packung »Berberflöte«, die marokkanische Version der Markenpariser »Feucht und Fröhlich«. Er hatte gekonnt alle Spuren verwischt, und sollte ihm vom BND doch einer auf die Schliche kommen, hatte er sich ein paar gute Ausreden zurechtgelegt. Außerdem gab es in seinem Plan keine Schwachstelle. Er würde den Russen opfern wie ein Osterlamm zum Oktoberfest.

Er drehte die Uhrkrone dreimal gegen den Uhrzeigersinn und die Lünette mit der 30 auf die Zwölf-Uhr-Position. Federnd sprang die kleine Lade für den Mikrochip aus dem Gehäuse. Mithilfe einer Pinzette installierte er vorsichtig den Chip und schob die Lade wieder zu. An solchen Details konnte er sich berauschen. Diese Uhr war ein Präzisionswunderwerk Schweizer Uhrmachermeisterkunst. Es handelte sich um eine Tudor Heritage Black Bay, von der es dank abgebrühter chinesischer Hufschmiede Abertausende von besseren Plagiaten gab. Ein unauffälliges Meisterstück. Er griff zu seinem Spezialhandy und rief den Russen an.

Die warme und höfliche Stimme des Russen meldete sich mit der vereinbarten Parole: »Petersburg hat schöne Tage im Frühling.«

Klein antwortete per Sprachstörungsknopf: »Der Zar ist im Bernsteinzimmer. Das Paket geht morgen auf die Reise. Adresse?« Der Russe antwortete: »U. Peimann, Cora-Schumacher-Straße 10, Düsseldorf.« Dann legten beide auf.

Die kleine Heike warf noch einen letzten sehnsüchtigen Blick auf den Bildschirm mit dem geöffneten Porsche-Konfigurator. Berauscht von seinem Deal, ließ er sich nicht lumpen und klickte auch noch die beheizbaren Titanaschenbecher im Art-déco-Stil fürs Armaturenbrett an. Warum nicht zeigen, wenn's einem gut geht.

Er verließ Pullach über eine der zahlreichen Nebenstraßen und warf das Paket in einen der gelben Briefkästen am Perlacher Forst.

Postamt Essen-Kray

Der Briefträger Walther Rauch guckte verwundert auf die Adresse auf der ockerfarbenen DIN-A5-Versandtasche. Cora-Schumacher-Straße? Nie gehört. Nicht in vierzig Berufsjahren. Außerdem war das hier Essen und nicht Düsseldorf. Wie hatte seine Oma schon immer gesagt: »Die Doofen gehen und gehen nicht alle.« Beherzt korrigierte er eigenmächtig den Fehler. U. Peymann – das wusste doch jeder hier in Essen – war diese hochattraktive Waldorflehrerin Ute, die Ex von dem bekloppten Komiker Atze Schröder. Und die wohnten doch im selben Haus in der Kurt-Schumacher-Straße 10. Na also. Jeden Tag hatte er mindestens zehn solcher Fälle.

Mit dem guten Gefühl, die Welt mal wieder ein kleines Stück besser gemacht zu haben, sortierte er den Brief in seine Fahrradposttasche und radelte los.

1

Duschen kann man nicht oft genug

»Mein Mann ist ein Engel«, sagte die Neunundsechzigjährige im Bus zu ihrer Sitznachbarin.

»Hast du's gut, meiner lebt noch!«, entgegnete ihr Gegenüber resigniert.

Genau solche gut abgehangenen Kalauer braucht der erfahrene Komiker, um eine lahme Seminarveranstaltung wieder in Schwung zu bringen.

Erster todsicherer Lacher! So, schnell noch so'n Kaliber hinterherschieben:

»Herr Wachtmeister, kommen Sie schnell, hier prügeln sich grad zwei Frauen um mich!«

»Wo ist das Problem, mein Herr?«

»Ich glaub, die Dicke gewinnt!«

Akribisch bereitete ich mich auf meinen Galaauftritt beim Heinrich-Heine-Literaturforum im Palais Wittgenstein in Düsseldorf vor. Erlesenes, intellektuelles Publikum muss man eben auf einer gewissen kulturellen Flughöhe abholen, sonst nickert es weg.

Auf keinen Fall darf man billige Witze bringen: »Haben Japaner Angst?« – »Ja, panische sogar.« Oder: »Herr Doktor, der

Simulant von Zimmer sieben ist gestorben!« – »Oh, jetzt übertreibt er aber!« Auch mit billigen sexistischen Zoten braucht man so einer anspruchsvollen Gesellschaft nicht zu kommen. Ja, Erfahrung ist ein überlegener Jäger.

Zufrieden streckte ich die Arme in die Höhe und gähnte herzhaft. Dieses frühe Aufstehen war gar nichts für meinen sensiblen Biorhythmus. Aber wer seine Arbeit ehrt, der schreckt vor nichts zurück.

Es klingelte an der Tür, und meine zauberhafte Nachbarin Ute stand mit einem Päckchen im Flur.

»Ute, elf Uhr morgens und schon wieder Feierabend in deiner Waldorfschule ... Ihr macht euch auch nicht kaputt in eurem Kuschelgulag. Küss mich, du Granate, kämpf nicht dagegen an! Was gibt's Gutes, meine geliebte Exgeliebte?«

»Ach, Atze, ich kann dir einfach keinen Wunsch abschlagen.« Sprach's, trat ein und drückte mir einen freundschaftlichen Schmatzer auf die Wange. Gut sah sie aus, frisch und natürlich wie immer. Ute und ich waren vor Jahren mal für zwei Jahre ein Paar gewesen, doch wir waren einfach zu unterschiedlich. In bestem Einvernehmen hatten wir uns getrennt. Wir waren weiterhin immer füreinander da und wohnten auch nach wie vor im selben Haus in der Kurt-Schumacher-Straße 10 in Essen, nicht zuletzt auch wegen ihres Sohnes und meines besten Kumpels Philipp, der uns beide abgöttisch liebte.

»Ute, gut, dass du da bist, ich brauche dringend deine Hilfe als intellektuelles Germanistikluder. Du unterrichtest doch Deutsch. Wie würdest du einen Vortrag vor den Honoratioren des ehrwürdigen Heinrich-Heine-Forums beginnen? Ich dachte, ich bleibe am Anfang eher seriös ... Meine Damen und Herren, das Wichtigste am Schweißausbruch ist das W ...

Oder was hältst du von dem Einstieg: Wenn man sich von Buchstabensuppe übergeben muss, ist das dann schon gebrochenes Deutsch?«

Ute seufzte laut, schüttelte den Kopf und meinte nur: »Eins steht fest, Dicker, die vom Forum haben echt Humor – sonst würden die so einen lausigen Zotenhansel wie dich nicht zum dritten Mal engagieren.«

Ich kochte erst mal eine gute Tasse Bohnenkaffee für meine Lieblingsnachbarin und erkundigte mich nach meinem pubertierenden Freund Philipp.

»Wenn ich's nicht besser wüsste, würd ich sagen, der Junge ist nicht von mir. Es gibt nur ein Thema: Computer, Computer, Computer! Ist das normal für einen 14-Jährigen?«

»Tja, Ute, in der normalen Welt schon ... aber in eurem Waldorfgehege wird ja auch immer noch mit Stöckchen gerechnet. Du hättest ihm damals zum elften Geburtstag nicht diesen Holzcomputer schenken dürfen.«

»Du hast Nerven, Schröder. Du hast ihm ja schon zwei Jahre vorher dieses monströse Satellitentelefon geschenkt. Dann kam die Playstation 4 und letztes Jahr dann dieser sauteure Laptop!«

»Hömma du, Bioprinzessin, nicht mosern – so ist der Deal. Von dir die Herzensbildung und die Gartenhandschuhe, von mir Technik und Testosteron. Das echte Leben, mein Schatz. Außerdem war das kein Satellitentelefon, sondern ein ganz normales iPhone.« Sie verdrehte gespielt die Augen.

»Auf jeden Fall hängt der Junge nur noch vor diesem Computer und hat neulich sogar mit ein paar Freunden einen Hackerklub gegründet. Ich hab ihn ganz vorsichtig gefragt, was sie da machen ... und dann meinte er nur schnöselig-wichtig von oben herab: ›Nix Schlimmes, Mama. Wir lassen bloß gerade den Flugzeugträger USS Trump ohne Genehmigung des

Pentagon vor Wangerooge auf eine Sandbank laufen.‹ Ich hoffe einfach mal, das war nur ein Witz.«

Ich war begeistert. Philipp war nicht nur ein Toptyp, sondern auch noch hochintelligent. Der würde es weit bringen. Ich sah bei ihm praktisch keine Grenzen: Außenminister, Nobelpreisträger oder auch Schlagerstar wie Helene Fischer.

Bevor Ute wieder ging, drückte sie mir noch das Päckchen in die Hand, das die ganze Zeit auf dem Küchentisch gelegen hatte.

»Da hat irgendein Trottel beim Postamt seinen Job nicht richtig gemacht. Die richtige Adresse wurde durchgestrichen und einfach mit meiner verschlimmbessert.«

Tatsächlich, da hatte ursprünglich und noch deutlich lesbar gestanden: U. Peimann, Cora-Schumacher-Straße 10, Düsseldorf. Welcher Tonto machte daraus U. Peymann, Kurt-Schumacher-Str. 10 in Essen? Ey statt ei, Essen statt Düsseldorf, sonst noch was? Wofür kriegen die eigentlich ihr Geld? Wie sagte schon Plato der Ältere: »Die Leute von der Post, die saufen, wenn's nix kost.«

Ich versprach ihr, die Angelegenheit zu regeln. Meine Nachbarin sah mich dankbar an.

»Ich wollte das schon selber neu adressieren und einwerfen ... aber nachher geht da wieder etwas schief. Und da du ja wegen deines Auftritts heute sowieso nach Düsseldorf musst, habe ich gedacht, dass du das doch für mich bei der richtigen Adresse abgeben kannst.«

Ich legte ihr den Arm um die Schulter und säuselte devot: »Alles klar, Ute – dein Wunsch ist mir Befehl.«

Ich nahm das Päckchen an mich und entschied, es einfach mit der alten Adresse in den nächsten Briefkasten zu werfen. Als hätte sie meine Gedanken gelesen, wies sie mich noch mal energisch darauf hin, dass ich das Päckchen auch ja persönlich bei der richtigen Adresse abliefern sollte. Ich musste es ihr sogar hoch und heilig bei Philipps Leben versprechen. »Schließlich könnte ja etwas sehr Wichtiges darin sein.«

Mein Gott, Ute. Das war mal wieder typisch Madame Oberkorrekt. Ihr pedantisches Lehrergehabe war dem alten Anarchisten in mir schon immer suspekt gewesen. Was sollte denn schon so Wichtiges in diesem Päckchen sein? Aber sie hatte mich natürlich durchschaut. Ich hätte das olle Teil, ohne mit der Wimper zu zucken, in den nächsten Briefkasten gesemmelt. Na gut, dann eben nicht. Ich hatte ja schließlich auf Philipps Leben geschworen. Außerdem hatte Ute gar nicht so unrecht, es konnten ja wirklich wichtige Dokumente in dem Päckchen sein, auf die der Empfänger schon dringend wartete.

Ich gähnte herzhaft, aber mit Nachdruck. Dann komplimentierte ich sie sanft, aber energisch aus der Wohnung: »Schön, dass du nix zu tun hast, so als Lehrerin, aber ich gehöre nun mal zu der berufstätigen Minderheit in diesem Land.«

Dann machte ich ein ausgiebiges Nickerchen. Heute Abend bei diesem Heine-Forum würde ich einfach improvisieren, die Säcke lachten doch eh über jeden Scheiß. Außerdem wusste ich ja, wer im Rahmenprogramm auftreten würde: Oberbürgermeister Thomas Geisel mit seiner Querflöte und der lyrikbesessene Bert Wollersheim mit seinem Vortrag »Duschen kann man nicht oft genug«. Und außerdem war mir das Ganze natürlich sowieso keksegal.

Rückblickend muss ich sagen: Was hätten wir uns alle ersparen können, wenn ich genau das getan hätte – wenn ich den Umschlag in den nächstbesten Briefkasten geworfen hätte.

Der Auftritt im Palais Wittgenstein lief bombig. Professor Dr. Kniepenkötter meinte sogar, Heinrich Heine hätte wahrscheinlich am meisten gegeiert. Heine, der zu Lebzeiten ungeliebte Sohn der Stadt Düsseldorf, war schließlich nicht umsonst ins Exil nach Frankreich gezogen. Das sagt doch im Grunde schon alles. Er war nämlich nicht nur ein großer Dichter, Denker und Lebemann gewesen, nein, bei den Damen der Pariser Gesellschaft galt er zudem als großes Fickel. Ein Sittenfiffi und Meister des praxisorientierten Dirty Talk. Seine eigenen Werke wandelte er im Vortrag gerne mal in saftige Zoten um: »Denk ich ans Fummeln in der Nacht, dann bin ich um den Schlaf gebracht. Ich kann nicht mehr die Augen schließen, ich fühle es im Schlüpper sprießen.« Von wegen Dichter und Denker – in erster Linie wollten die Jungs damals Frauen klarmachen und sie fachmännisch durch die Brüsseler Spitze klöppeln. Herrlich!

Als ich nach der Veranstaltung in meinem Turbo saß, fiel mir auf dem Beifahrersitz ein Päckchen auf, das ich spontan nicht zuordnen konnte.

Was war noch mal damit? Ach so, ja, die verwechselte Adresse. Das Päckchen war ja für die Cora-Schumacher-Straße gedacht.

Ich tippte die Adresse in mein Smartphone. Sofort erschienen auf dem Bildschirm ein paar astreine Tittenbilder, für die ich jetzt aber leider keine Zeit hatte.

Also auf Google Maps geklickt, und zack, erschien die Zieladresse kartografisch dargestellt im Display. Aha, mitten in Oberkassel. Bei den feinen Pinkels. Quasi das Monaco von Düsseldorf. Während ich noch grinsend über diese lächerliche Ansammlung von Perlenketten und Edelitalienern nachdachte, piepte mein Handy. Aaaaahh, eine Nachricht von Natascha.

Mein sensibler Pilgerstab schlug spontan von unten ans hochwertige Nardi-Palisanderlenkrad. Natascha, meine Natascha. Taschi, Stern meines Augenlichts, der Morgentau auf den Blumen im Garten Eden meiner Lüste. Gottes ureigener Beitrag zur Verschönerung des Weltkulturerbes Frau. Seit Ute hatte keine mehr so auf der Klaviatur meines Daseins gespielt. Für mich war sie eine Heilige. Wir waren Seelenverwandte.

Ich öffnete die SMS und las mit wohligem Schmunzeln: »mein geliebter, seit stunden liege ich hier unbenutzt rum und kann nicht einschlafen. brauche dringend eine große inspektion und eine gutenachtgeschichte. heiße küsse, deine taschi.«

Alles klar. Paket abwerfen und dann ab zu Natascha. Käpt'n Libido, du Teufelskerl.

Heiser fauchte der Turbo, als ich mit dampfendem Motor in die Cora-Schumacher-Straße einbog. Und da war auch schon die Hausnummer 10. Ein kleines, unauffälliges, rot geklinkertes Einfamilienhaus.

Ich drückte den Klingelknopf und überlegte mir einen passenden Text für die nächtliche Störung. Wahrscheinlich würde mich dieser Peimann sofort erkennen und vor Glück stammelnd noch um Autogramm und Selfie bitten.

Ich klingelte ungefähr fünf Minuten am Stück, und mein Finger wurde langsam weiß. Wie nervig, so fest konnte doch keiner pennen. Wer schlief denn schon um diese Uhrzeit? Null Uhr zehn, der Abend war doch noch jung. Außerdem brannte doch noch Licht. Ich kniete mich in bester Gynäkologentradition vor den Schlitz des Briefkastens und lugte hindurch.

ACHDUSCHEISSE!

Im fahlen Licht des Hausflurs lag ein Mann reglos in einer großen Blutlache. Ich rief: »Herr Peimann, Herr Peimann? Geht's Ihnen gut, oder soll ich später noch mal wiederkommen? Herr Peimann? Herr Peimann, auf der Toilette brennt noch Licht!«

Keine Regung. Ganz klar: Hier lag ein Notfall vor! Darauf hatte ich überhaupt keinen Bock. Schließlich hatte ich 'ne Verabredung. Ich beschloss, den Rettungsdienst zu alarmieren und mich vom Acker zu machen. Ich konnte ja eh nichts tun ... außer ihm mit der Briefkastenklappe frische Luft zuzufächeln. Sollte der Vogel tot sein, würden auch noch die Bullen kommen und stundenlang dumme Fragen stellen. In der Zeit könnte ich schon wunderbar bei Taschi Öl nachkippen und an ihren Zündkerzen schrauben.

Der Notdienst ging endlich ran, und ich hörte mich in den Hörer sagen: »Kommen Sie bitte schnell, Cora-Schumacher-Straße 10, da liegt ein Mann im Hausflur in einer Blutlache und ist nicht mehr ansprechbar.«

Die Stimme am anderen Ende der Leitung blieb professionell und sachlich. »Verstanden. Wie ist Ihr Name? Bleiben Sie bitte am Unglücksort!«

»Hier ist Atze Schröder, ich hab aber leider keine Zeit. Frohes Schaffen, ihr Helden des Alltags. Bringt 'nen Schlüssel mit, die Tür ist zu.«

Was 'ne Nummer. Entnervt machte ich mich auf den Weg nach Essen zu Taschi. Wenn ich Pech hatte, war mein Engel inzwischen eingeschlafen. Wenn ich aber Glück hatte, war Madame noch auf Betriebstemperatur.

Die letzten Meter durch das bourgeoise Essen-Kettwig zu Nataschas Wohnung ließ ich den Turbo im Leerlauf rollen, um die schlafwillige Bevölkerung des Viertels nicht zu wecken. In ihrer Penthousewohnung brannte noch Licht. Mein Lendengenerator schaltete augenblicklich von Notstrom auf Volllast um. Sofort schoss mir das Blut sturzbachartig in den Feinripptempel und vernachlässigte große Teile meines Großhirns. Ich schnappte mir das Päckchen vom Beifahrersitz, schob es in die Tasche meiner Lederjacke, und geschmeidig wie ein Kater nahm ich die sechsundneunzig Stufen zu Taschis Liebesgrotte im sechsten Stock.

Seidig glitt der Schlüssel ins Schloss. Vorsichtig schob ich die gebürstete Edelstahltür auf und traute meinen Augen nicht: Wie ein Akt von Helmut Newton stand sie im honigfarbenen Streulicht einer ausrangierten Taufkerze aus ihrer osteuropäischen Heimat! Ihre wunderbaren manikürten Füße mit den rubinmetallic lackierten Nägeln steckten in acht Zentimeter hohen Edelpumps von Andrea Balotelli. Der Rest ihres Körpers wurde kaum verhüllt von einem schmalen weißen Frotteesamtgürtel. Während wir anfingen, hemmungslos zu knutschen, nestelten ihre schlanken Finger am Reißverschluss meiner ausgebeulten Replay-Jeans. Mit eisernem Griff entsicherte sie meine ausgehungerte City-Cobra und überführte sie in den wilden Dschungel der Lust. Fünf Minuten später trug ich sie – ohne die Arme zu benutzen – hinüber zu ihrem Bett und vollendete gekonnt mein erotisches Meisterwerk. Eine erfüllende Ewigkeit später streifte sie endlich die Schuhe von ihren Füßen, lockerte den Frotteegürtel um meine geschwollenen Handgelenke und rollte sich wohlig stöhnend zur Seite.

Ich war mal wieder völlig begeistert. Allein wie sie dalag. Ihr zarter achtunddreißigjähriger Körper war makellos. Die modische Kurzhaarfrisur gab ihrem schmalen Gesicht mit den slawisch hohen Wangenknochen einen umwerfend frechen Charme. Ihr schön geschwungener Kirschmund war leicht geöffnet und offenbarte einen Blick auf ihre perlweißperfekt gepflegte Zahnreihe von Dr. Best. Es gab nichts an ihr, was mich nicht um den Verstand brachte.

Eigentlich war ich ja kein Moppenfetischist, aber ihre natürlichen Brüste waren so herrlich geformt, dass selbst Jogi

Löw anerkennend von einer Auswechslung abgesehen hätte. Ich liebte diese Frau. Ich war dieser Frau verfallen. Ich vergötterte sie. Es war wie in einem dieser kitschigen Arztromane. Wenn sie mir gesagt hätte: »Stürz dich morgen früh vom Hochhaus, um mir deine Liebe zu beweisen!«, ich hätte keine Sekunde gezögert.

Als hätte sie meine Gedanken gelesen, hauchte sie mir beschwörend ins Ohr: »Süßer, wir müssen damit aufhören. Wenn Dimi uns erwischt, bringt er uns um!«

Ich lachte laut auf. »Ach, Dimi! Gar nichts macht dein dummer Dimi. Der hat doch alle Hände voll damit zu tun, den Leuten in seinem Gyrosbunker getürkten Schafskäse unterzujubeln. Was soll so'n Möchtegernkrimineller schon ausrichten? Große Klappe, nix dahinter. Das einzig Kriminelle an dem ist doch, dass er seinen schangeligen Krautsalat zu dünn schneidet. Der soll mal lieber aufpassen, dass Birkel und ich nicht sein Pokerzimmer im Keller auffliegen lassen, wenn er uns blöd kommt.« Ich redete mich richtig in Rage.

Meinem besten Kumpel Birkel und mir – aber eigentlich auch allen anderen aus unserer freitäglichen Pokerrunde – ging Dimis Al-Capone-Nummer schon lange auf den Sack. Jedes Mal machte dieser Schmierlapp einen auf Obergangster, als wäre er El Chapo höchstpersönlich: gegelte Haare, dicke Zigarre, Whiskeyglas und eine schlecht verspiegelte Lese-Sonnenbrille von Aldi. Dabei popelte er sich gerne mit seinem armseligen Butterflymesser die Gyrosreste unter den abgekauten Fingernägeln hervor. Er war der gelebte Discounter: wenig Glanz, aber billig.

Natascha blieb stur. »Du kennst ihn nicht. Du weißt nicht, wozu er fähig ist!«

»Ach, Taschi, quatsch nicht, küss mich lieber!«

Doch sie ließ sich nicht ablenken und fing gleich wieder davon an. Langsam nervte mich ihr ängstliches Gejaller.

»Natascha, du nervst mich mit dem Thema. Vor Dimi haben höchstens seine Zazikigurken Angst. Mir reicht's. Ich geh morgen zu deinem Olivenschäler und sag ihm die Wahrheit. Ich hab keinen Bock mehr auf dieses Versteckspiel. Wir sind doch hier nicht in Palermo. Der soll seinen Ouzo frittieren und sich damit abfinden, dass seine Freundin jetzt 'nen echten Kerl liebt.«

Sie explodierte in Millisekunden und rastete komplett aus.

»Das wirst du nicht tun! Du hast ja keine Ahnung, mit wem du dich da anlegst! Der Typ ist gefährlich, das ist keine dieser Witzfiguren aus deinen Geschichten. Willst du das nicht kapieren, oder bist du wirklich so dumm? Hier, nimm deine Jacke und hau ab. Ich will dich nie wiedersehen!«

Wütend schleuderte sie mir meine Lederjacke an den Kopf. Dabei fiel das blöde Päckchen aus der Tasche. Sie bückte sich, um es aufzuheben.

»Gib her, das ist nicht für dich!«, schnauzte ich sie an, doch da hatte sie es schon an sich gerissen.

»Was ist das? Warum darf ich das nicht sehen?«

Wütend riss sie die Versandtasche auf und griff hinein. Sie zog eine Armbanduhr aus dem wattierten Umschlag und hielt sie mir schreiend unter die Nase. »Für welche Schlampe ist die?«

Jetzt hieß es Ruhe bewahren. Ich kannte diesen Zustand schon von ihr. Ein falsches Wort, und sie würde versuchen, mich auf der Stelle mit bloßen Händen umzubringen. Ihre tollwütige Eifersucht hatte mich in den letzten Monaten schon mehr Nerven gekostet als jede vierstündige Grundsatzdiskussion über ökologisch korrekt laminierte Tofuschnitzel mit meiner Ökonachbarin Ute.

Ich schaute also selber verdutzt auf die Uhr und schaltete dann reflexartig mein berühmtes George-Clooney-Lächeln ein. Mit butterweicher Stimme rettete ich die Situation und säuselte: »Taschi, ach, Taschi ... Was glaubst du denn, welche Schlampe ich seit Monaten so wahnsinnig liebe? Dich natürlich, du Göttin meines Herzens!«

Treffer, versenkt. Augenblicklich verwandelte sich die keifende Drachenfurie in ein maunzendes Perserkätzchen und fiel mir theatralisch um den Hals.

»Chéri, wie konnte ich nur! Verzeih mir! Du weißt doch, wie sehr ich dich liebe. Oh, ist die schön! Diese Uhr hab ich mir schon so lange gewünscht! Woher hast du das gewusst?«

Puuh, Gott sei Dank, das war Rettung in letzter Sekunde. Ich setzte nach und log munter weiter das Blaue vom Himmel herunter: »Jaaaaaaa, Taschi, du, äh ... weißt doch, du ... äh ... weißt doch, wie wertvoll du mir bist. Und wenn ein Liebender nicht die geheimsten Wünsche seiner Angebeteten erahnt, dann sollte er besser ins Wasser gehen und seinem unwürdigen Leben ein Ende setzen!«

Begeistert und zutiefst ergriffen von meinem frisch erfundenen Vortrag, blickte ich sie aus treuherzigen Knopfaugen an.

Verliebt nahm sie meinen Kopf in die Hände und bedeckte mein Gesicht mit tausend gregorianischen Küssen. Dann streifte sie sich die viel zu große Uhr glücklich strahlend über das schmale Handgelenk und betrachtete sie selig von allen Seiten. »Eine Tudor Heritage Black Bay ... mit roter Lünette ... Ich liebe diese Uhr – die ist ein Klassiker! Bist du wahnsinnig – weißt du, wie teuer die ist?«

Um ehrlich zu sein, hatte ich nicht die geringste Ahnung. Für mich sah die rote Eieruhr aus wie jeder andere Karstadt-Wecker aus dem Greiferautomat auf der Dorfkirmes. Aber anstatt die ganze Lügengeschichte etwas runterzukochen, ritt ich mich stattdessen noch tiefer in die Scheiße und sülzte bedeutungsschwanger: »Natürlich, mein Engel. Was glaubst du denn, was ich alles tun musste, um überhaupt an eine ranzukommen? Ich habe sogar beim alten Heribert Tudor höchstpersönlich angerufen ... und du weißt, wie sehr ich das hasse, meinen Starruhm zu benutzen, aber für dich habe ich sogar das Doppelte bezahlt.«

Natascha schmolz so schnell wie ein Magnum im Sandwichtoaster. »Oooh, Atze, die geb ich nie wieder her!«

Das war mir natürlich auch nicht recht, denn die dusselige Uhr musste ja irgendwie noch in einem Briefkasten und dann bei diesem halbtoten Peimann in Düsseldorf landen. Das hatte ich Ute versprochen, und ich war schlau genug, um mich an mein Versprechen zu halten. So viel hatte ich in unserer zweijährigen Beziehung gelernt. Auch wenn dieser ominöse Peimann mit seiner blutenden Birne im Krankenhaus bestimmt andere Sorgen hatte, als sein Uhrenpäckchen zu vermissen. Irgendwie musste ich Taschi die Uhr wieder abquatschen und ihr stattdessen eine andere besorgen.

»Äh, Taschi ... Du weißt schon, dass so 'ne Tudor-Uhr mit Trockensumpfschmierung läuft und da noch ein Tröpfchen Öl ins Krönchen muss? Außerdem muss das Ventilspiel der Zeiger justiert werden, und die Hohlräume brauchen eine klimaneutrale Ganzjahresversiegelung. Sonst läuft das Dingen nicht rund, und der Spaß hält sich in Grenzen. Also gib dem Onkel mal das Schätzchen wieder, und in zwei Tagen bleibt das feine Baby dann für immer bei seiner neuen Mama.«

Mit leichtem Schmollmund gab sie mir Peimanns Kackwecker zurück und zog mich sanft, aber unmissverständlich zurück in die kaum getrockneten Bettlaken. Ohne nennenswerten Hormonstau bogen wir erneut in den dichten Stoßverkehr auf der Rue l'amour ein. Herrlich, was kleine Geschenke bei Frauen bewirken konnten. Wieder einmal hatte meine legendäre Großzügigkeit mir einen überlegenen Drei-Punkte-Heimsieg eingebracht.

Als sich die liebeshungrige Pandadame erfüllt von meinem Prachtbambus zurückgezogen hatte und eingeschlafen war, schlüpfte ich vorsichtig in meine Klamotten, küsste sie zum Abschied und stieg geschafft, aber glücklich in meinen Turbo. 5.45 Uhr, Zeit, um endlich zur Ruhe zu kommen. Brüllend fauchte der Motor auf, und die mächtigen 335er Pneus fraßen sich kreischend in den Asphalt. Guten Morgen, Kettwig, seid ihr auch schon alle da? Habt ihr auch so gut geschlafen? Na, dann ist ja alles klar!

Uwe Peimann schlug die Augen auf und blickte in ein völlig fremdes Gesicht. Sein erster Impuls war: TÖTEN!

Aber Halt! Stopp! Polizei!

Irgendwas war anders. Noch ehe er sein System vollends auf lautlose Feindvernichtung hochgefahren hatte, realisierte sein messerscharfer Verstand im Bruchteil einer Nanosekunde, dass er gar keinen Feind vor sich hatte. Dieser Nichtfeind war sogar nicht nur sein Nichtfeind, ja man konnte ihn sogar als Freund bezeichnen, sofern ein Arzt grundsätzlich so etwas wie ein Freund sein konnte.

Normalerweise verachtete Peimann Ärzte. Die meisten von ihnen taugten nichts. In Saigon 1973 hätte ihm beinahe einer dieser tumben Metzgerakademiker das linke Bein amputiert, weil er den Biss einer Kanpai-Schlange falsch diagnostiziert hatte. Das Gift dieser kleinen, arroganten Vipernart kann einen kompletten Männerschenkel in weniger als zwei Minuten bläulich schwarz verfault aussehen lassen. Selbst Kapazitäten wie Professor Dr. Christiaan Barnard sind mehrfach auf diesen launischen Trick der Natur reingefallen, haben Hunderte Menschen grundlos verstümmelt und der Schuhindustrie ihres Landes somit großen Schaden zugefügt. Dabei kennzeichnet jenes völlig harmlose Reptil mit seiner Methode nur ihre paarungswilligen Kopulationspartner und sorgt auf diese Weise im dichten Regenwald stets für allgemeine Heiterkeit.

Wenn man allerdings nicht binnen einer Stunde eine Fünf-Milligramm-Quecksilberspritze als Gegenserum injiziert, macht auch die Amputation keinen Sinn mehr, denn wie eine alte vietnamesische Weisheit besagt: Tote brauchen keine Schuhe.

»Herr Peimann, Herr Peimann, nicht wieder einschlafen. Sie sind in guten Händen«, hörte er den arglosen Mediziner rufen.

Abermals schlug er die Augen auf, und mit seinem fotografischen Blick vermaß er sein Krankenzimmer. Erster Klasse im sandsteinfarbenen Luxustrakt des Löwensenf-Klinikums in Düsseldorf-Kaiserswerth. Topadresse. Renommiertes Privatsanatorium mit erlesenster Kundschaft. Hier hatten bereits in den wilden Achtzigern Prominente aus aller Welt residiert. Idi Amin ließ sich hier seinen tennisballgroßen Hallux valgus wegschleifen, Romy Schneider wurde von ihrer Bernsteinallergie befreit, und Justin Bieber kam des Öfteren an diesen Ort, um seinen gelegentlichen Reizhusten mit Senfkörnern zu therapieren.

»Sie haben mächtig Glück gehabt, Herr Peimann. Mächtig! Sie wären sonst verblutet, da ganz allein in Ihrem Hausflur. Gott sei Dank hatten Sie einen Schutzengel, der uns rechtzeitig alarmiert hat. Jetzt ruhen Sie sich erst mal aus, und nachdem wir Sie morgen kurz in die Röhre geschoben haben, können Sie höchstwahrscheinlich auch schon wieder nach Hause. Wegen einer Platzwunde – auch wenn sie noch so stark geblutet hat – muss ja heutzutage keiner mehr sterben. Leichte Schläge auf den Hinterkopf erhöhen außerdem das Denkvermögen. HAHAHA! Und Lachen ist immer noch die beste Medizin, näch, Herr Peimann? HAHAHA.«

Peimann beschloss, diesen unsympathischen Trottel doch zu töten. Aber erst später, wenn die Dinge erledigt wären und der kalte Herbst die Tage in Düsseldorf wieder lang und grau werden ließ. Außerdem hasste er es, wenn man ihn bei seinem richtigen Namen nannte. Das war einfach zu gefährlich. Die Welt, in der er gefürchtet und geachtet wurde, kannte ihn nur unter seinem Kampfnamen »der Russe«.

Den hatte ihm ein Mossad-Agent während seiner Geheimmission im Sechstagekrieg bei einem launischen Grillabend auf dem Sinai verpasst. Er hatte damals sowjetische Halbjungfrauen zur Wehrkraftzersetzung der ägyptischen Armee ins Tal der Könige geschleust. Brandgefährlich, aber nicht unoriginell.

Bitter lachte der Russe auf. Hunderte Male schon hatte er dem Sensenmann ein Schnippchen geschlagen, wie etwa 1978 im Tschad, wo damals ein mörderischer Bürgerkrieg tobte. Tagelang hatte er mit seinem Freund Nabil Abdn Ibrahim im Dauersperrfeuer der regierungstreuen Truppen in den Bergen oberhalb der Hauptstadt Ndschamena gelegen. Ihre Lage war aussichtslos gewesen – eingekesselt zwischen den brutalen Schlächtern der Mombesi-Front und den hinterlistigen Milizen des Generals Hutumambe. Den sicheren Tod vor Augen, hatte Nabil ihm sein Herz ausgeschüttet. Sie hatten nur noch eine Kerze und eine letzte Flasche edlen Rotweins. Einen herrlichen 1978er Château Beauregard. Ein hervorragender Tropfen von erlesener Reinheit. Nur Kenner wissen, dass jenes Château Beauregard zu den wenigen Anwesen in

Pomerol gehört, die tatsächlich über ein echtes Château verfügen. Aber angesichts des sicheren Todes waren das wohl Nebensächlichkeiten. Nabil war noch am Abend die Ruhe selbst. Als sie am nächsten Morgen erwachten, war er bereits tot. Kopfschuss. Irgendein Querschläger hatte ihn erwischt. Der Russe begrub ihn an Ort und Stelle und schwor sich, General Hutumambe dafür zur Strecke zu bringen. Schon ein Jahr später ergab sich die Gelegenheit. Dem Russen war es gelungen, sich unbemerkt in der Zisterne hinterm Haus des Generals einzunisten. Über das komplizierte Belüftungssystem drang er in Hutumambes Badezimmer ein. Er erwischte das miese Schwein beim Baden. Er nahm die grüne Mamba aus seiner Pringles-Packung und warf sie dem stinkenden Bastard genüsslich in die Wanne. »Schöne Grüße von Nabil und viel Spaß noch beim Seepferdchenmachen, Fettsack.« Er verschwendete keinen Blick mehr an den Sterbenden und verließ das Lager nicht, ehe er auch noch das Leben von vierzig der besten Söldner aus Hutumambes Leibgarde ausgelöscht hatte.

Aber wie zur Hölle war er in dieses Krankenhaus geraten? Siedend heiß fiel es ihm wieder ein. Es war Donnerstag gewesen. Wäschetag. Bei solchen Dingen war der Russe penibel. Ein sauberes, gestärktes Oberhemd war ihm genauso wichtig wie seine akkurat gefaltete Frotteeunterwäsche. Wer in solchen Dingen nachlässig war, der konnte auch in seinem Job nicht auf die Auszahlung der Rente hoffen.

Als er mit dem Wäschekorb aus dem Keller die Treppe hochkam, hatte er sich mit seinen Crocs im losen Bademantelgürtel verheddert. Ungebremst war er mit dem Kopf gegen die Kante seines banalen Ikea-Expedit-Regals geschlagen und musste dabei das Bewusstsein verloren haben.

Doch wer hatte ihn gerettet? Wer hatte ihn beobachtet? Es

war schließlich schon nach Mitternacht gewesen. War irgendjemand auf ihn angesetzt worden? Feinde hatte er genug. Die Amis, die Russen, die Belgier, die Mafia – er hatte schon für alle gearbeitet. Und jeder von ihnen hatte genug Gründe dafür, ihn tot sehen zu wollen. Oder hatte der fremde Beobachter mit diesem verdammten Päckchen vom BND zu tun, auf das er so sehnsüchtig wartete?

Der Russe fühlte sich erschöpft. Vietnam, Tschad, Afghanistan, Bolivien. Unzählige Tote. Er spürte, wie die gequälten Geister der Vergangenheit ihm langsam in die müden Knochen krochen. Die Zeit war gekommen. Im Herbst würde er sechsundsechzig werden – immer vorausgesetzt, es würde ihn vorher keiner erledigen. Mit den Informationen aus dieser Lieferung würde er sich endgültig zur Ruhe setzen können. Damit wäre er unangreifbar und könnte den Rest seines Lebens von seinen Feinden unbehelligt in der Karibik verbringen. Er sah sich schon in Jamaika in einem Turbo S durch die Vororte von Kingston gleiten. In der einen Hand einen Joint der exklusiven heimischen Grassorte Rost-a-toasta, in der anderen ein kühles Budweiser. Neben ihm auf dem Beifahrersitz rekelte sich eine dieser kaffeebraunen Dancehall-Schönheiten. So ein wilder, brauner Teddy mit rosa Innenfutter.

Für einen Augenblick schloss der Russe wohlig die Augen. Sein Handy riss ihn aus diesem äußerst angenehmen Tagtraum. Ärgerlich schaute er auf das Display. Das war kein gutes Zeichen. Das Syndikat meldete sich, das konnte er an der vereinbarten Rufnummer erkennen. Der Russe atmete tief durch und nahm das Gespräch an.

»Wo bleiben die Informationen?«

Er blieb ruhig und versuchte, überzeugend zu klingen: »Es gab ein kleines Problem mit der Zustellung. Aber ich habe alles im Griff. Nächste Woche liefere ich.«

Er hörte, wie am anderen Ende aufgelegt wurde. Wie immer wurde beim Syndikat kein Wort zu viel gesprochen. Peimann war sehr beunruhigt.

Isabelle Dujardin lag auf der Liege am Pool des legendären Club 55 in Saint-Tropez. Keiner der Männer, die sie gierig mit ihren Blicken verschlangen, konnte auch nur ahnen, dass diese bildhübsche Frau in dem eleganten Chanel-Einteiler eine der gefürchtetsten Spezialagentinnen des organisierten Verbrechens war. Dort wurde sie respektvoll »die Französin« genannt. Sie hatte sich als Troubleshooterin von Weltniveau einen Namen gemacht. Man buchte sie für die ganz aussichtslosen Fälle. Sie war teuer, aber mit einer hundertprozentigen Erfolgsquote jeden Tausender wert.

Sie döste in der Mittagssonne, als das Handy zwischen ihren langen, gebräunten Schenkeln sanft vibrierte. Sie kam kurz, aber heftig. Dann ging sie ran. »Dujardin«, hauchte sie befriedigt ins Telefon.

Eine undefinierbare Stimme gab folgende Information: »Der Russe wird alt. Er hat die Lage nicht mehr unter Kontrolle. Lösen Sie das Problem.«

Isabelle Dujardin bestätigte prompt: »Eine Million plus Learjet. Kontonummer wie üblich.« Sie legte hocherfreut auf. So, so, der Russe. Sieh an.

Die Französin überlegte kurz. Dann telefonierte sie mit ihrem Kontakt in Deutschland. Die Anweisungen waren unmissverständlich und präzise. Schon wenig später war sie im Besitz exakt der Informationen, die sie benötigte. Ungerührt stand sie auf, legte einen Fünfhundert-Euro-Schein auf die Liege und verließ den Club in ihrem geliebten Bentley Azure Cabriolet.

Uwe Peimann packte seine paar Sachen in einen der klinikeigenen Wäschebeutel. Er wollte nur noch schnell weg aus dieser weißen Düsseldorfer Sanatoriumshölle. Schließlich musste er sich um die Lieferung für das Syndikat kümmern. Er schlüpfte in einen der weißen Bademäntel, ignorierte die pochenden Schmerzen im Hinterkopf und öffnete vorsichtig die Zimmertür. Dann huschte er lautlos über den verwaisten Klinikflur und verschwand im Speiseaufzug. Im Erdgeschoss meldete er sich beiläufig an der Aufnahme ab. Niemand nahm Notiz von dem etwa eins achtundachtzig großen, unscheinbaren Mann im weißen Bademantel. Der Russe trat auf die Straße und verschwand genauso unauffällig, wie er gekommen war.

Im Essener Restaurant Mykonos war mal wieder der Teufel los. Wie jeden Freitagabend. Dimitri Roussos, von allen nur »Dimi« genannt, stand ölig grinsend hinterm Tresen und schüttelte nur den Kopf über das Treiben in seiner gemütlichen Taverne. Die schlichte, aber dennoch geschmacklose Einrichtung ließ kein Klischee aus: muskulöse Gipsheldenstatuen mit kleinen Pimmeln in den Ecken, Pappsäulen, Teppichläufer auf den Tischen und überall an den Wänden vergilbte Fotografien von irgendeiner vertrockneten Ägäisinsel. Dazwischen tummelten sich unzählige Retsina-Ballonkorbflaschen, wahrscheinlich mit russischen Etiketten. Dimi kratzte sich über die schwarzen Bartstoppeln. Er würde diese Deutschen nie verstehen. Was sollte das alles mit Griechenland zu tun haben? Sollte sein portugiesischer Schwager morgen den Laden übernehmen und daraus die »Algarve-Stuben« machen, würde er alles ganz genau so lassen können. Es wäre den Gästen egal, die meisten würden es gar nicht bemerken. Portugal, Kroatien oder Griechenland – Meer, Strand und

Pinien sahen doch überall gleich aus. Hauptsache, es gab auch weiterhin Berge von furztrockenem Grillfleisch und Zaziki mit Knoblauch. Am Ende zählte ja doch nur, dass gesoffen wurde. Wichtig: einmal pro Stunde 'ne Runde aufs Haus. Aber natürlich von dem guten Ouzo – für die Freunde. Diese deutschen Trottel.

Lächelnd betrachtete er das Bauerntheater in dem Restaurant und dachte voller Glück an seine Baustelle in der Düsseldorfer Jahnstraße. Vier moderne Eigentumswohnungen, zwei Arztpraxen und unten ein exklusives Ladenlokal. Achttausend Euro der Quadratmeter. Er hatte mehrere solcher Projekte, Onassis wäre stolz auf ihn gewesen. Dafür lohnte es sich, hier den leutseligen Ouzokasper zu mimen.

Eine dröhnende Stimme riss ihn aus den Gedanken. »Dimi, Dimi, kann ich statt dem roten Reis auch Pommes zum Souflaki kriegen? Mit schön viel von deinem Spezialzaziki drauf?«

»Natürlich, Dottore Möller. Einmal Mama Roussos' Spezialzaziki, geht klar. Schnell einen Ouzo aufs Haus?«

Sein Blick fiel auf den Zwanzig-Kilo-Eimer Milram-Frühlingsquark unterm Tresen, den der Küchengehilfe jeden Montag mit zwanzig Knoblauchzehen und einem Liter H-Milch verrührte. Dazu eine nachlässig geraspelte Schlangengurke und eine Tasse Branntweinessig von Netto – und fertig war das legendäre »Mama Roussos' Spezialzaziki«.

Seine gute Laune war durch nichts zu bremsen, denn heute Nacht würde unten im Kartenzimmer des Mykonos wieder ein großes Pokerturnier stattfinden. Dimi sah schon die Fünfhunderter stapelweise über den Tisch gehen. Zwanzig Prozent von allen Gewinnen war für ihn. Dafür stellte er die Location, Getränke und griechische Happen. Das war der Deal.

Illegal, absolut illegal. Wenn die Behörden davon Wind

bekämen, müsste er seine Zelte abbrechen und wieder auf Lesbos Hütchen spielen. Aber die ganze Schwarzkohle war einfach zu verlockend, um darauf zu verzichten.

Und überhaupt. Solange Hauptkommissar Sittler von der Sitte mit am Tisch saß, hielt sich das Risiko sowieso in Grenzen. Sittler, die alte Pottsau. Immer Schulden, immer teure Weiber, immer schnelle Autos. Wie sein neuer AMG GT S. Natürlich finanziert über albanisches Leasing: die erste Rate in bar, den Rest auf Mahnbescheid. Was ein Spacken, aber ein nützlicher Idiot.

Stavros Roussos, sein kleiner Bruder, kam durch die Tür und hatte die Teilnehmerliste mit den Namen der Zocker in der Hand. »Ey, Malaka, guck mal schnell hier drüber. Is' so okay?«

Dimi warf einen flüchtigen Blick auf den schmierigen Zettel. Alles alte Bekannte: der dicke Bodo »Porki« Pullmann, der lange Birkel, Sittler, Schröder und natürlich Dr. Kai Stössler, Essens berüchtigtster Gynäkologe. Von allen nur »Doc Pflaume« genannt. Eine bunte Mischung aus Geld, Gier und Dummheit. Perfekt. Das konnte ja heiter werden.

Er taxierte den Gewinn auf circa dreißig Riesen … und nur einer hatte kein Risiko. Zufrieden rieb er sich die Hände und lachte laut auf.

»Ey, Malaka, willst du den Schröder wirklich an den Tisch lassen?«

Dimi raunzte seinen Bruder genervt an: »Wieso nicht, Malaka? Der hat wenigstens Kohle.«

Aber Stavros fuhr unbeeindruckt fort. »Behalt den mal ein bisschen im Auge. Ich hab den letztens mit Natascha im Extrablatt am Kennedyplatz gesehen, die waren ganz schön am Turteln. Wenn du mich fragst, Bruderherz, läuft da was.«

»Fresse, Malaka. Was will Taschi denn mit diesem schwulen Lockenpudel? Der fährt doch mit 'nem Ballettröckchen in seinem Turbo. Völlig harmlos. Typischer Fernsehfuzzi, alle schwul mit großer Klappe. Taschi und Schröder – das ist wirklich witzig. Du bist echt 'n Komiker, Malaka. Lass mal, der Schröder ist in Ordnung, der will nur spielen.«

»Ich weiß nicht, ich hab so'n komisches Gefühl.«

»Ey Stavros, wenn du inkontinent bist, dann behalt das für dich! Und jetzt verschwinde, Malaka.«

Sein kleiner Bruder trollte sich murmelnd. Kichernd schüttelte Dimi den Kopf und lachte laut auf. Das war wirklich lustig. Natascha und Atze Schröder. Was für eine Vorstellung. Natascha brauchte einen richtigen Kerl und keinen Deutschen. So einer wie dieser Schröder dürfte in seinem Heimatdorf noch nicht mal die Ziegen hüten, geschweige denn bei ihnen übernachten. Höchstens mal ein Küsschen, aber nicht mit Zunge.

Er schüttelte sich. Atze, der Ziegenknutscher. Das war wirklich witzig. Er sah es schon vor sich: DSDZL. Hahaha! »Deutschland sucht den Ziegenlecker.« Mein RTL, ja klar. Er wischte sich die Lachtränen noch aus den Augen, als er schon längst unter der Dusche stand. Hihihi, es war einfach zum Brüllen, wenn er nur daran dachte. Sonntagabend in einer Free-TV-Premiere: *Ziegenalarm auf Mykonos* mit Schröder in der Hauptrolle und Ralf Möller als Mutantenziege. Ihm schossen vor Lachen schon wieder die Tränen in die Augen. Noch beim Rasieren vorm Spiegel musste er mit der Klinge aufpassen, dass er sich nicht vor Lachen umbrachte. Als er sich den letzten Schaum aus dem Gesicht wischte, war er schon wieder vor Lachen so durchgeschwitzt, dass er abermals duschte. Und während das eiskalte Wasser über seinen muskelbepackten Körper lief, dachte er daran, was seine

Oma immer zu ihm gesagt hatte, wenn er als Kind vom Ziegenhüten nach Hause gekommen war: »Dimitri, mein kleiner Malaka, duschen kann man nicht oft genug!«

2

Wo ist die verdammte Uhr?

Ich tobte vor Wut. Das hatte ich nicht verdient. Direkt nach der Aufzeichnung der NDR-Talkshow in Hamburg hatte ich mich mit meinem besten Kumpel Birkel in den Turbo geschmissen und Vollgas gegeben. Schließlich wollten wir pünktlich um Mitternacht am Pokertisch in Essen sitzen. Ein neuer Rekord für den alten Klassiker Hamburg-Essen war der Lohn gewesen: eine Stunde vierundzwanzig Minuten. Und jetzt kurvten wir schon seit fünf Minuten um das Mykonos herum und fanden keinen Parkplatz. Der dicke Pullmann hatte sein Land-Rover-Technikmuseum so geparkt, dass außer diesem ranzigen Försterbulli höchstens noch ein Smart vor dem Mykonos parken konnte.

Ich stellte meinen Porsche quer vor Dimis Einfahrt, in der auch schon Doc Pflaumes karierter Lambo und Sittlers AMG-Rollator standen. Nicht schlecht für einen Hauptkommissar. Wahrscheinlich beschlagnahmt. Birkel knallte wie immer die Beifahrertür meines Turbos derartig heftig zu, dass die Seitenscheibe bedenklich wackelte und der Seitenairbag schwungvoll aufploppte. Dieser hünenhafte Zwei-Meter-Riese war einfach zu groß und kräftig für normale Autos. In seinen

Riesenpranken sah die Porsche-Tür aus wie von einem viel zu klein geratenen Matchboxauto. Ich schaute ihn resigniert an. Er zuckte verlegen mit den Schultern.

»Scheiße, Atze. Schon wieder. Tut mir leid. Ich geb einen aus.«

Ich schaltete die Alarmanlage aus und stopfte den schlaffen Airbag provisorisch ins Handschuhfach.

»Alles schön und gut, Langer, aber selbst ich kann nicht für sechshundert Euro Ouzo saufen. Lass die Tür beim nächsten Mal einfach offen, das ist billiger.«

Wir betraten das Mykonos und gingen die Treppe neben dem Toilettengang zum Pokerzimmer hinunter. Vor der Tür stand einer von Dimis Brutaloschlägern und blaffte uns an: »Hier is' privat. Die Losung!«

Birkel verzog keine Miene. »Atze, wer spricht denn da? Ich kann von hier oben nichts erkennen.«

»Ruhig, Langer. Der sprechende Deostift tat nur seine Pflicht. Brav wandte ich mich an Popeye: »In Kettwig ist Pferdemarkt.«

Der Muckischrank ließ uns durch, die Tür ging auf, und augenblicklich standen wir in einem stinkenden Nebel aus Zigarrenqualm, Zaziki und billigem Roberto-Geissini-Parfüm. Alles wie gehabt. Der dicke Pullmann laberte einer viel zu blonden Thekenschönheit das linke Ohr ab, und Doc Pflaume unterhielt sich angeregt mit Sittler über seine Proletenkarre. Nur Dimi wirkte seltsam fröhlich, als er mich überschwänglich begrüßte: »Atze, alter Malaka – heut hab ich einen ganz besonderen Leckerbissen für dich: geschmorte Jungziege im eigenen Trog. Frisch geleckt und medium durch! Hahahahahahahahahaha!«

»Dimi, du alter Spartaner, hast du neben 'nem Atomkraftwerk geschlafen, oder warum strahlst du so? Hömma, du

Komiker, wenn du mal ins Fernsehen willst ... Bei *Schwiegertochter gesucht* brauchense noch ’nen Dummen für Beate. Zwei Pils für Birkel und mich.«

Immer noch geiernd, stellte Dimi uns zwei Pils auf den Tisch. »Jamas, ihr Ziegenwemmser!«

Wir setzten uns an den runden Pokertisch und stiegen beim nächsten Spiel ein. Zwei Stunden später herrschte nervöse Stille.

»Kacke! *Kacke!* Verdammte *Kacke!*«, plärrte Doc Pflaume, aber vor allen Dingen hörte er überhaupt nicht mehr mit dem Gejammer auf.

Ich war leicht genervt. »Pflaume, manchmal bewundere ich deine eloquente, differenzierte Ausdrucksweise. Dir ist wohl das Intimspray deiner Patientinnen aufs Sprachzentrum geschlagen, wa?«

»Kacke, sonne Kacke!«, jammerte er weiter und guckte immer wieder verzweifelt in seine Karten.

Birkel ging dazwischen: »Hömma, Doc, schalt mal zwei Löcher runter, das nervt. Du bist hier am Kartentisch und nicht in der Praxis an deinem Pflaumenbaum. Wenn das hier zu aufregend für dich ist, dann geh lieber nach Hause, heute kommt *Let’s dance.*«

Dem Doc standen Schweißtropfen so dick wie Oliven auf der Stirn. Alle zwei Minuten tropfte mal ’ne Perle auf den Pokertisch und zerplatzte geräuschvoll.

Sittler sah auch nicht gerade entspannt aus. Nervös kratzte er sich ganze Borkenkäfer aus seinem vermilbten Ellbogen. Was für Weicheier. Wenn die Jungs mein Blatt gehabt hätten ... nicht auszudenken. Ich hatte wirklich gar nichts auf der Hand, schob aber frohen Mutes und gut gelaunt zehn weitere Fünfhunderter in die Mitte. Bluffen statt bläffen. »Erhöhe auf fuffzig«, hörte ich mich selber sagen, so kalt und gefährlich, dass selbst Hannibal Lecter wie die Synchronstimme von Käpt'n Blaubär klang.

Dem Doc und Sittler gingen die Nerven durch. »Kacke, Schröder, verdammte *Kacke*. Ich hab's gewusst!«

Er knallte seine Karten auf den Tisch. Sittler überlegte noch kurz, dann stieg auch er aus.

Birkel, der alte Fuchs, hatte schon vor 'ner halben Stunde das Handtuch geschmissen und trank zur Sicherheit nur noch Wasser. Der dicke Pullmann und ich saßen uns gegenüber, und Käpt'n Doppelrahmstufe schob fett grienend seinen letzten Fünfhunderter in die Mitte. »Will ich sehen.«

»Verdammt, Porki, du siehst doch, dass hier nichts mehr liegt!«

»Tja, Schröder, ganz einfach: Gib auf.«

»Auf keinen Fall, nicht mit so 'nem Bombenblatt!« Hastig durchsuchte ich alle Taschen meiner Lederjacke. Dabei fingerte ich das Päckchen mit Taschis beziehungsweise Peimanns Uhr hervor. Lässig und mit strahlendem Gewinnerlächeln schmiss ich die Uhr auf den Geldhaufen.

»Was ist das denn für'n Käsewecker«, nölte der Dicke mir entgegen.

»Von wegen Käsewecker, du Kalorienfriedhof. Das ist 'ne echte Tudor Heritage Black Bay. Die ist mindestens das Fünffache wert!«

Gut, dass ich keine Ahnung hatte. Nützte aber trotzdem nichts.

Der Dicke schnaubte verächtlich. »Nur fürs Protokoll – dein Hartz-IV-Chronograf geht bei mir für höchstens achthundert übern Tisch. Aber lass gut sein. Hose runter, Schröder.«

Ich knallte arrogant wie Graf Koks meine Karten auf den Tisch. Eine Zwei, zwei Vieren, 'ne Sieben und ein Bube. Die zwei Sekunden Stille vor dem Sturm, bevor die ganze Meute in schallendes Gelächter ausbrach, taten mir so richtig gut.

»Oh, gemischte Tüte!«, höhnte Sittler als Erster. »Beim Maumau wärst du damit ganz vorne.«

Birkel schlug die Hände überm Kopf zusammen und trank vor Schreck einen doppelten Ouzo. Doc Pflaume schüttelte nur hysterisch den Kopf über seine angeblich »ganz groß« verpasste Chance. Dimi wischte sich zum wiederholten Mal die Lachtränen aus den Augen. »Schröder, du Mongo! Beim Schach gibt's keinen Elfmeter, Malaka! Hahahaha!«

Ich blieb völlig ruhig. Wahre Größe zeigt sich eben nur im Verlieren. »Tatjana, spring mal schnell ins Kühlhaus und hol 'ne Flasche Champagner. Aber nicht Dimis billige Hausmarke – nimm 'nen richtigen. Ich geb einen aus!«, sang ich munter in die Runde.

»Schröder, Geld wächst bei dir im Keller, oder wat?«, raunzte Pullmann feist.

»Dicker, nur die Ruhe. Wenn's Geld alle ist, dann kauf ich mir morgen neues. Der Glückliche kaut keine Fußnägel, egal ist 88, und Karfreitag fällt nächstes Jahr wieder auf 'nen Freitag. Also hör auf zu heulen und trink mal lieber einen. Montag um zwölf steh ich bei dir im Laden und hol mir die Uhr zurück.«

Der Dicke hatte ein Geschäft für halbwegs antike Antiquitäten und sonstigen Krempel. Ich möchte nicht wissen, welchen erbärmlichen Schund er in den letzten Jahren für horrendes Geld an den Mann gebracht hatte. Selbst die verranzten Stoffwindeln seiner Blagen hatte er mal als antike Leichentücher der heiligen drei Könige von Eschnapur an eine Horde japanischer Touristen verbimmelt. Geschäftstüchtig bis unter die Kalotte, immer am Bescheißen. Aber labern konnte er wie ein Priester. Der hätte selbst einem Veganer noch eine Klinikpackung Bifi verkauft.

Na ja, nicht lange drüber ärgern. War ja nur Geld. Schlimmer wäre gewesen, wenn ich gekniffen hätte. Wie sagte mein alter Kumpel und Pferdeschwanz Karl Lagerfeld immer: »Man muss das Geld oben zum Fenster rauswerfen, damit es unten zur Tür wieder reinkommen kann.«

Mittlerweile war es vier Uhr geworden, und unsere Runde löste sich nach und nach auf.

Uwe Peimann überlegte schon den ganzen Tag, wer ihn an seinem Unglückstag beschattet hatte. Er saß im Wohnzimmer seines Hauses in Düsseldorf. Die besten Gedanken hatte er immer in seinem luxuriösen cremefarbenen Massagesessel UEFA-Cup Comfort, dem Top-of-the-Line-Produkt aus dem Hause interlübke.

Wo blieb nur das verdammte Päckchen vom Maulwurf des BND? Wer hatte ihn beschattet, als er mit dem Kopf gegen das Regal gekracht war? Hatte sein unbekannter Retter von gestern Abend was damit zu tun? Waren die beiden vielleicht ein und dieselbe Person?

Der Russe kam nicht weiter. Um sich abzulenken, schaltete er den Fernseher ein. Er zappte lustlos hin und her und blieb bei der NDR-Talkshow hängen. Was für ein skurriles Bild: In der Runde saß unter anderem ein sehr kleiner Mann mit brauner Lederhaut und Warze im verkniffenen Gesicht, daneben ein Typ Marke Versicherungsvertreter mit Riesenzinken, dann ein vorwitziger Lockenkopf mit Pilotenbrille. Alle drei trugen geschmacklose Cowboystiefel und unterschieden sich auch sonst nicht groß voneinander. Der mit den Locken sprach noch am besten Deutsch und baggerte unentwegt an der vollbusigen Moderatorin rum, die Uwe Peimann bislang nur aus dieser herrlichen Fleischsalatwerbung kannte. Offensichtlich hatte die Firma Homann eine Menge Mayonnaise in das prachtvolle Dekolleté dieser blonden Schönheit gebuttert. Der Russe beschloss dranzubleiben. Wann bekam man sonst schon so eine schräge Truppe zu Gesicht. Der zweite Moderator kaute verschmitzt oder verschwitzt – so genau war das nicht zu erkennen – den Bügel seiner billigen Lesebrille klein. Er fragte den kleinen Mexikaner mit der Warze höflich nach seinem Befinden und nannte ihn dauernd »Peter Maffay«. Mit einem eigentümlichen Dialekt, den er bislang nur in osteuropäischen Flüchtlingslagern gehört hatte, entgegnete der Kleine, dass es ihm sehr gut ginge, vergaß aber offensichtlich, dies auch seinem Gesicht mitzuteilen.

Nun war wieder der Verrückte mit den Locken im Kreuzfeuer. Lächelnd fragte die Sexbombe mit den großen Salathupen: »Atze, vor zwei Jahren warst du zum letzten Mal hier, und zwar mit deinem Bestseller ›Und dann kam Ute‹. Ein Liebesroman. Was macht denn die Liebe zwischen dir und Frau Peymann?«

»Herzallerliebste Barbara, erst mal möchte ich betonen, wie zauberhaft du heute wieder aussiehst. Du weißt, ich hab's nicht so dicke, aber mit dir würd ich sogar umsonst schlafen. Deine High Heels, deine Löwenmähne, deine azurblauen Traumaugen – ich brenne vor Verlangen.«

Das Publikum tobte und goutierte die plumpe Anmache mit albernem Gelächter. Die blonde Barbara hakte nach: »Netter Versuch, aber was ist denn jetzt mit deiner Nachbarin? Seid ihr noch in love?«

»Meine liebste Barbara, ich kann dir versichern, Frau Peymann geht es gut. Vor allem seit wir uns wieder getrennt haben – und zwar deinetwegen. Nachbarn sind wir aber immer noch ... und wir teilen uns immer deinen Nudelsalat.«

Wie elektrisiert saß der Russe kerzengrade in seinem Luxussessel. Ute Peymann? Atze Schröder? Sein siebter Sinn meldete sich. Peimann schnappte sich sein Tablet und lud sich besagtes Buch von diesem Schröder auf den Bildschirm. Hastig überflog er das erste Kapitel. Na also. Ute Peymann, Kurt-Schumacher-Straße 10. Uwe Peimann, Cora-Schumacher-Straße 10. Selbst für einen Zufall wäre das schon ein starkes Stück Zufall gewesen.

Eiskalt wählte er die Nummer der Düsseldorfer Rettungsleitstelle und ließ sich mit dem diensthabenden Einsatzleiter verbinden. Einige Augenblicke später hatte er Gewissheit. Der Anrufer, der ihm das Leben gerettet hatte, war der ihm seit fünf Minuten bekannte Essener Spaßvogel Atze Schröder. Der Russe hatte keinen Zweifel mehr, er wusste, wo sich das Päckchen befand. Gleich morgen früh würde er Herrn Schröder einen kleinen Besuch abstatten.

Ich war platt wie ein Schnitzel. Gut, dass mein Porsche Turbo in der vergangenen Nacht den Weg in die Kurt-Schumacher-Straße von ganz allein gefunden hatte. Verzweifelt suchte ich das imaginäre Geländer, um mich in meiner Küche festzuhalten. Jetzt musste dringend etwas her, um wieder taufrisch zu werden.

Ich nahm zwei rohe Eier, einen Löffel Kakao, frischen Ingwer und eine Messerspitze Mescalin. Das ganze Gebräu musste jetzt nur noch mit einem Glas Miracel Whip cremig geschlagen und mit reichlich Tabasco abgeschmeckt werden.

Der Thermomix surrte siegessicher vor sich hin, bis mein Spezialmuntermacherdrink die richtige Konsistenz hatte. Ex und hopp! Und dann langsam bis zehn zählen. Ein todsicheres Ding.

Bei sieben rannte ich los, und bei achteinhalb hatte ich meine Freunde Villeroy und Boch schon fest im Arm. Super. Es lief. Ein fröhliches Potpourri aus den Tiefen meines gequälten Magens wurde feierlich an die Essener Stadtwerke verabschiedet. Nie wieder Schampus. Ich schüppte mir schnell noch eine Ladung kaltes Wasser ins Gesicht. Topfit kochte ich mir eine Tasse frischen Bohnenkaffee. Dazu eine Leberwurststulle mit dänischem Gurkensalat. Herrlich. Die letzten Stunden waren doch etwas hektisch gewesen. Ich erinnerte mich wohlwollend: Erst hatte ich Donnerstagnacht Taschis Traumkörper durch den siebten Liebeshimmel gesalbt, dann in Hamburg an Barbara Schöneberger rumgeschraubt und anschließend meinen persönlichen Porsche-Traumrekord Hamburg-Essen um vier Minuten unterboten. Eine Stunde vierundzwanzig, eine Zeit für die Ewigkeit. Zufrieden sprach ich mich an: »Schröder, du Teufelskerl, mit voller Buchse ist natürlich gut stinken. Was gelingt dir eigentlich nicht?« Ich zwinkerte mir selbst im Spiegel zu. Dann fiel mir siedend heiß die scheiß Pokerrunde bei Dimi wieder ein.

Fuffzig Mille in den Sand gesetzt. So ein Mist! Aber ich musste ja wieder den Dicken machen. Ich Idiot – nur um eine Handvoll halbseidener Wurstwassertrinker zu beeindrucken! Herzlichen Glückwunsch, Schröder. Du Napfsülze!

Na ja. Mir würde schon was einfallen, um den Verlust zu verkraften. Viel näher wollte ich mich mit dem Thema auch nicht mehr beschäftigen. Gott sei Dank klingelte es Sturm an der Tür.

Ich öffnete, und Philipp stürmte herein.

»Atze, gib mir mal bitte deinen Porsche-Schlüssel, ich muss nach Holland fahren, mein Shit ist alle.«

»Netter Versuch, Kleiner, aber nimm dein Longboard und besorg dir lieber 'ne Tüte Roibuschtee auf'm Straßenstrich. Mit vierzehn bist du noch zu jung für halb gare Drogen. Kleiner Tipp – lass dich bloß nicht von mir beim Kiffen erwischen. Du sollst es mal besser haben als ich.«

Liebevoll nahm er mich in den Arm. »Locker, Digger, chill ma' deine Base ... Würd ich doch nie machen. Schließlich höre ich doch schon seit ewigen Zeiten von dir den Spruch: ›Philipp, denk dran, was Lemmy gesagt hat: Drogen sind nur für Idioten.‹ Pass mal auf, ich will dir was zeigen.«

Munter ging er an meinen Computer und haute in die Tasten. Innerhalb von drei Minuten waren wir auf fünfzig verschiedenen Seiten. Plötzlich ploppte ein neues Fenster auf, und ich sah meinen Kumpel Birkel am Schreibtisch in seinem Swingerclub »69« sitzen.

»Hä, wie haste das denn gemacht, Kleiner?«

Philipp feixte lässig: »War doch total easy. KP – kein Problem. Über 'ne PIF-Datei in Australien, dann den Regierungsserver in Abu Dhabi gehackt und geschmeidig über den ganz normalen Telekom-Versorgungsserver in Birkels Büro.«

Ich war fasziniert und schockiert zugleich.

»Äh ... Kannst du dich auf alle Kameras im Club schalten?«

Der Bengel grinste breit über beide Ohren. »Wenn du mal ein paar schrumpelige Dackelflöten im Einsatz sehen willst, schalt ich sie dir gerne frei.«

Verdammte Hacke, meine gründliche Spracherziehung fruchtete bei meinem Ziehsohn mehr, als mir lieb war.

»Ey Philipp, wenn Birkel davon Wind kriegt, kannst du dich schon mal auf ein halbes Jahr im Streckverband einstellen. Bin mal gespannt, was deine Mama dazu sagt.«

Erschrocken kappte er die Verbindung und löschte den Verlauf.

»Um Gottes willen, Atze, mach keinen Scheiß – bloß nichts Ute sagen! Wenn Mama davon Wind kriegt, verschenkt die meinen Computer an die Flüchtlingshilfe, und ich muss wieder die *Schrot & Korn* im Kinder-Abo lesen.«

»Keine Angst, du Nachwuchs-Hawking, irgendwann wirst

auch du mal ein nützliches Mitglied der Gesellschaft sein. Also, hau rein, du Wemmser.«

Brav trottete er zur Tür.

»Ach, Philipp, bevor ich's vergesse: Kommst du auch an gespeicherte Blitzerfotos ran?«

Er lachte. »Wann? Wo?«

»Gestern Abend, 23.15 Uhr, A1, Dammer Berge. 299 bei Gegenwind in 'ner Sechziger-Baustelle. Konnte nicht bremsen, hätte mir den Schnitt versaut.«

»Alles klar, alter Mann. Kennzeichen hab ich ja.«

Bestens gelaunt brachte ich ihn zur Tür und verabschiedete ihn mit einem kernigen »Alles klar, hau die Hühner.«

Super, was für ein Prachtbursche. Mann, wie die Zeit verging. Eben noch ein brabbelnder Dreiradrowdy, und auf einmal steht ein eins achtundsiebzig großer Kerl mit Pubertätsrasen vor dir. Aber um Philipp habe ich mir nie Sorgen gemacht. Eine praxisnahe Erziehung mit Sinn und Substanz zahlte sich langfristig voll aus, und darauf habe ich immer geachtet. Man kann junge Menschen gar nicht früh genug mit den Grundwerten und dem moralischen Rüstzeug der modernen Gesellschaft vertraut machen. Unterstützende Literatur ist hier für alle verantwortlichen Eltern: *White Line Fever* von Lemmy Kilmister, *Feuchtgebiete* von Charlotte Roche und *Das große Lexikon der Vornamen* von Shania Davina Mösleitner.

Während ich mich mit einer Hand in der Hose auf dem Sofa fläzte, simste ich eine Liebesbotschaft an meine angebetete Natascha: »Ich bin so wild nach deinem Erdbeermund. Küssen! Sofort!«

Sekunden später bimmelte mein neues türkisches iPhone 9s. »heute mädelstag. shoppingqueen mit vera. küsschen.«

Um Himmels willen – Natascha und Vera beim Shoppen

in Düsseldorf! Das bedeutete: in Deckung bleiben. Aber solange die beiden mit Dimis Goldkarte unterwegs waren, war noch nicht alles verloren. Da war ich mit meinen fuffzig Miesen ja noch gut bedient. Ausgerechnet mit Vera, dem Luxusluder …

Vera war mit Alexander von Weckus verheiratet, einem der reichsten Immobiliengeier Deutschlands, und wenn sie shoppen ging, hatte Madame immer ihre American Express Centurion am Körper. Wenn die beiden Sahneschnittchen bei Louis Vuitton auf der Kö fertig waren, konnten selbst die Reinigungskräfte am nächsten Morgen mit teurem Schampus feucht durchwischen. Hilfe, ohne mich. Wo ich gerade schon mal so gemütlich lag, glitt ich sanft und sorgfältig ins Land der erotischen Träume rüber.

Auf der Kö in Düsseldorf brannte hingegen die Luft. Die beiden Freundinnen Natascha Orlov und Vera von Weckus steckten in einer ganz anderen Problematik.

»Mann, ey Taschi, kannst du dich auch mal um mich kümmern? Ich brauch dringend deinen Rat. Ey, leg doch mal das Handy aus der Hand. Dein neuer Verehrer läuft dir schon nicht weg. Also, guck mal – welche von den beiden soll ich denn jetzt nehmen? Die Speedy oder die Neverfull? Ich kann mich einfach nicht entscheiden. Oder soll ich beide nehmen?«

Natascha antwortete leicht abwesend und schielte dabei mit einem Auge immer noch auf ihr Handy.

»Nimm die Neverfull. Die Speedy ist nicht so dein Style, Veri.«

»Ach, Taschi, ich weiß nicht … Die Neverfull klingt mir irgendwie zu englisch.«

»Ach, und die Speedy nicht, oder was?«

Vera von Weckus starrte ihre Freundin entrüstet an.

»Denk doch mal nach, Schatzi! Speeeeeedy! Speedy Gonzales! Das ist Spanisch! Boah, dir muss man aber auch echt alles erklären.«

Natascha verdrehte die Augen und hielt sich den Kopf. Vera war lustig und lieb, aber ihr Intelligenzquotient hatte den geistigen Nährwert einer Buchstabensuppe. Nein, Vera hatte ganz einfach andere Kernkompetenzen – und diese hatte sie zeitlebens gewinnbringend für sich eingesetzt. Schon ihre Oma hatte der kleinen Vera täglich eingeschärft: »Ein Strumpfband zieht mehr als sieben Pferde, Schätzchen.« Und mit dieser eher praxisorientierten Lebensweisheit hatte sie es weit gebracht. Veras Mann Alexander war die dickste Fliege, die jemals an Veras honigbestrapsten Endlosbeinen kleben geblieben war. Und vor allem gehörte er zu jenen, die dieses Abenteuer einigermaßen bei Bewusstsein überlebt hatten. Die anderen Opfer hatte sie ausgesaugt, durchgekaut, ausgespuckt und am Rande eines Nervenzusammenbruchs pleite zurückgelassen. Eigentlich gehörte diese Frau nach Hollywood, denn ihre Ehe mit Alex war filmreif genug und mehr wert als jeder Oscar. Trotz allem war sie liebenswert, und jeder mochte sie. Die Männer sowieso.

Bevor die beiden im rustikalen Taschenstüberl von Herrn Louis Vuitton eingekehrt waren, hatten sie ein paar Meter weiter bei Gucci nach ein paar Gürteln und Schnallen Ausschau gehalten. Ein grau melierter Endvierziger im Maßanzug hatte Vera diverse Gürtel um die perfekte Taille gelegt und im Handumdrehen lichterloh in Flammen gestanden. Seine Anzughose war schon sichtbar auf halbmast geflaggt. Das Ganze sah so ein bisschen aus wie Reinhold Messners hastig hochgezogene Biwak-Zeltstange am Nanga Parbat. Oder wie Taschi süffisant bemerkte: »Jetzt noch ein Tütchen Sahnesteif in seinen Espresso, und der geht uns endgültig auf Schnappatmung.«

Doch Vera ließ den armen Kerl noch ein bisschen mehr durchdrehen. »Können Sie den einen Gürtel mal etwas höher ziehen, damit ich den breiten noch mal darunter vergleichen kann?«, säuselte sie verführerisch. Dabei hielt ihr armer Rosenkavalier den schmalen Gürtel schon direkt unter ihre prallen Obstkörbchen. Noch einen Zentimeter höher, und die glatt rasierte Gürtelechse würde kollabieren.

Fünf Minuten später hatte Vera endlich Erbarmen. Die beiden hochattraktiven Frauen verließen kichernd den Abzocktempel mit drei Gürteln und zwei Sonnenbrillen, ohne das eigene Portemonnaie auch nur angefasst zu haben.

»Hoffentlich kann der kleine Grauburgunder bis heute Abend die Spannung halten.«

»Ey Vera, nicht echt, oder? Was willst du denn mit dem?«

»Wieso? Der war doch voll süß. Nur ein bisschen spielen, Taschi, sonst nix. Um halb neun sind wir an der Bar vom Breidenbacher Hof verabredet.«

Eine Stunde später saßen die beiden Grazien im Bocconcino am Hafen und gönnten sich einen Lillet mit Russian Wild Berry und frischer Minze.

»Mensch, Taschi, jetzt biste ja schon wieder am Simsen. Was schreibst du denn da eigentlich für Romane? Zeig mal her!« Sie riss Natascha das Handy aus der Hand und las laut vor: »süßer, denke die ganze zeit nur an dich. sehen wir uns morgen? hab dimi schon gesagt, ich wäre bei mamutschka. kuss, kuss, kuss.« Vera johlte diabolisch. »Aaaaaaach neeeee, guck mal einer an! Unsere anständige, treue Frau Natascha Orlov hat eine Affäre! Huuuh! Wer ist denn dein Schnuckelchen überhaupt? Kenn ich den?« Natascha hielt ihren Finger an die Lippen. »Weiß nicht. Gib mir mein Handy wieder, los! Und schrei doch nicht so!«

Ihr Handy machte »Bing«, und die Rücksimse ploppte auf: »Meine Sonnenblume, brenne vor Verlangen. Mein glänzender Liebeskrieger trommelt erregt den Takt der Begierde. Warum nicht sofort?«

Vera las es so laut und deutlich vor, dass einige andere Gäste mit hochrotem Gesicht zu Boden schauten. Natascha war kurz davor durchzudrehen und fauchte ihre beste Freundin leise an.

»Gib mir jetzt sofort mein Telefon zurück! Das ist jetzt nicht mehr lustig!«

»Erst sagen, wer das ist. Los, ich sag dir doch auch immer alles.«

»Nein, Vera, das kann ich nicht machen. Der ist zu bekannt«, sagte Natascha stolz und versuchte, das Handy zu ergattern. Ohne Erfolg. Vera hielt es hoch und klickte mit dem Daumen auf die Schaltfläche.

»Du sagst mir jetzt sofort, wer das ist, oder ich schick die SMS an Dimi.«

Ihre Augen funkelten streitlustig. Taschi kannte diesen Blick. Damit war nicht zu spaßen. Sie zierte sich noch eine halbe Minute, dann platzte es schwärmerisch aus ihr heraus: »Na gut, aber du sagst es keinem weiter! Versprochen? Er heißt Atze Schröder.«

Vera fiel aus allen Wolken. »Waaaaaaaas? Atze Schröööööder? Der Fernsehkoch? Spinnst du? Den finde ich überhaupt nicht süß! Den könntste mir schenken!«

»Mein Gott, Vera, du kennst aber auch niemanden! Atze Schröder – das ist der mit den tollen Locken, dieser Komiker, der mit der Brille! Ja nee is klar.« Verschwörerisch blickte sie Vera erwartungsvoll an.

»Ach so, dieser Türke, der so komisch spricht. Supersüß. Aber … der hat doch keine Locken? Der hat doch ganz lange schwarze Haare?«

Natascha verzweifelte fast: »Ey Vera, machst du das eigentlich extra? Willst du mich veräppeln? Du kennst doch wohl Atze Schröder, den berühmten Komiker! *Alles Atze.*«

»Nee, ich kenn keine Komiker, außer Bernd Stelter. Von dem hat Alex das Abnehmbuch. Und diesen Elias Dingsbums, den fand ich so süß in *Fack ju Göhte*. Los, jetzt zeig mal ein Foto, Taschi!«

Natascha nahm das Handy und googelte »Atze Schröder«. Wortlos, mit immer noch geröteten Wangen präsentierte sie ihrer Freundin das aktuelle Tourplakat. Ein schriller Schrei gellte durchs Bocconcino, und Vera schlug die Hände vors Gesicht. Dann herrschte eine grausame Stille. Vera starrte mit weit aufgerissenen Augen ungläubig auf das leuchtende Display von Nataschas Smartphone. Sie schnappte nach Luft, nahm ihr Glas und trank es in einem Zug leer. Sie vermied jeglichen Blickkontakt mit ihrer Freundin und schaute verkrampft in die Luft. Als hätte sie ihren Verstand komplett verloren.

Je länger sie schwieg, desto ärgerlicher wurde Natascha. »Ja, ich weiß, das ist jetzt ein blödes Foto. In echt sieht der viel besser aus!«

»Ey Taschi, ich bin vielleicht nicht die hellste Kerze auf der Torte, aber soweit ich weiß, werden die für solche Fotos doch total geschminkt! Wie soll der denn dann in echt aussehen?«

Natascha platzte vor Ärger der Kragen. »Ja, Vera, das musst du gerade sagen. Dein Alex sieht doch jetzt schon aus wie 'ne alte Galapagos-Schildkröte! Als der sich letztens auf Ibiza am Strand gebückt hat, knitterte sein Gehänge wie ein verschrumpelter Knobelbecher. Sehr süß! Außerdem – was weißt du schon von der Liebe? Wenn zwei Seelen sich berühren, dann sehen sie mit dem Herzen. Du kennst doch gar keine Liebe. Bei dir geht's immer nur um Sex und Geld.«

Sie redete sich in einen Rausch der Gefühle. Als sie endlich verstummte, blickte sie ihre Freundin bockig an.

Lange sah Vera ihr ins Gesicht. Fassungslos.

»Achduscheiße!« Mitleid tropfte wie süße Sahne aus ihrer Stimme: »Taschi, meine Süße, um Gottes willen – du bist ja verknallt!«

Ich schlief selig auf meinem Sofa, aber in meinem Traum ging es richtig zur Sache.

»Mein Gott, ist das ein Ding!«, flüsterte sie ehrfurchtsvoll. »So groß hatte ich ihn mir nicht vorgestellt!«

Ich war begeistert. »Fass ihn ruhig mal an, der gehört ab jetzt nur dir und wird dir sehr viel Spaß bereiten!«

Zärtlich glitten ihre schmalen Finger über die perfekten Rundungen der unglaublich gehärteten Oberfläche. Das ließ ich mir gefallen. Vor Wonne juchzend, drückte sie energisch den Startknopf.

»Atze, du Schuft, so ein Thermomix ist doch sauteuer!«

»Für dich, Taschibaby, kann es gar nicht teuer genug sein.«

Sie küsste mich leidenschaftlich, aber der Thermomix ging mir mit seinem Geklingel voll auf den Sack. Ich konnte mich überhaupt nicht aufs Knutschen konzentrieren. Verflucht, seit wann klingelten diese dummen Dinger denn so laut? Es hörte gar nicht mehr auf.

Als ich langsam die Augen öffnete, realisierte ich, dass dieses blöde Geräusch von meiner Türklingel kam. Widerwillig sprang ich von meinem Kuschelsofa und ging Richtung Wohnungstür.

Ich drückte auf den Knopf der Gegensprechanlage: »Wer stört?«

Eine freundliche, warme Stimme tönte aus dem Lautsprecher: »Ja, guten Tag, Herr Schröder. Peimann ist mein Name, ich möchte mich bei Ihnen bedanken. Sie haben mir am Donnerstag das Leben gerettet. Darf ich kurz raufkommen?«

Ich überlegte kurz. »Ja sicher, kein Problem. Erster Stock rechts.«

Ich hatte keine Ahnung, wovon dieser Mann sprach, aber für großzügige Geschenke war ich immer zu haben. Wahrscheinlich einer dieser Ehemänner, der mir für die liebevolle Betreuung seiner Gattin danken wollte. Eine herzhafte Affäre brachte doch immer wieder frischen Wind in eine abgeflaute Ehe. Jaaa, auch eine gute Gitarre musste von Zeit zu Zeit mal neu durchgestimmt werden.

Ich stand in der Küche und schaltete die Kaffeemaschine ein, als ich plötzlich eine Hand auf meiner Schulter spürte. Zu Tode erschrocken, drehte ich mich um.

»Herr Schröder, das ist aber schön, dass Sie kurz Zeit für mich haben. Wollen wir uns nicht setzen?«

Verdutzt pflanzte ich mich auf meine vier Buchstaben. Hatte ich die Wohnungstür vorhin schon geöffnet? Anscheinend. Ich betrachtete den Mann gegenüber am Küchentisch. Gepflegte Erscheinung, vielleicht eins achtundachtzig groß, gut sitzender Anzug, angenehmes Äußeres, scharfes Kinn, wache Augen. Gar nicht unsympathisch. Anfang vierzig, Ende sechzig.

»Herr Peimann, was kann ich für Sie tun? Möchten Sie vielleicht einen Kaffee?«

»Nein danke, Herr Schröder. Ich bleibe auch nicht lange. Ich möchte mich nur kurz bei Ihnen bedanken.«

Ich hatte immer noch keinen Schimmer, was mein unbekannter Besucher von mir wollte. »Äh, immer gerne, aber worum geht's eigentlich?«

Der Mann lächelte mich gütig an. »Ja aber, Herr Schröder, Sie haben doch den Rettungswagen gerufen, als ich vorgestern blutend in meinem Hausflur lag – schon vergessen?«

Ach ja, Herr Peimann ... Jetzt fiel bei mir der Groschen! Das war also der Typ, den ich Donnerstagabend durch den Briefkastenschlitz gesehen hatte. Na, Gott sei Dank ging es ihm wieder gut.

»Mann, Mann, Mann, Herr Peimann, da haben Sie aber Glück gehabt! Was ist denn da passiert? Sind Sie beim Rückwärtseinparken von Ihrem Treppenlift gefallen?« Ich zwinkerte ihm jovial zu, doch er verzog keine Miene.

»Ein kleiner Haushaltsunfall – das hab ich Weihnachten schon wieder vergessen. Aber was ich mich seit gestern frage – was wollten Sie eigentlich bei mir?«

»Ach so, Herr Peimann, Entschuldigung! Natürlich! Hier war irrtümlicherweise ein Päckchen für Sie abgegeben worden. Wahrscheinlich weil meine Nachbarin Peymann heißt. Aber mit ey statt ei. Anders kann ich's mir nicht erklären. Na ja, jedenfalls wollte ich Ihnen das Päckchen persönlich vorbeibringen, damit bei der Post nicht noch mehr Unfug damit passiert. Ganz ehrlich, welcher Postbote verwechselt eigentlich Cora mit Kurt Schumacher? Kurt hatte doch eindeutig die besseren Hupen!«

Peimann lächelte bemüht. »Stimmt, Herr Schröder ... wirklich sehr witzig.«

Endlich taute der Typ ein bisschen auf. »Herr Schröder, kennen Sie den? Sagen Sie mal Postbote ohne O.«

Ich konterte prompt: »PSTBTE! Keine Chance, Herr Peimann! Ich bin Berufskomiker, seit fünfundzwanzig Jahren. Warten Sie mal, ich hol schnell Ihr Päckchen.«

Ich ging zur Garderobe, dort hing meine Lederjacke. Ich griff in die linke Innentasche und zog den wattierten Umschlag heraus. Ui, so ein Mist. Das Päckchen war leer. Oh Gott – natürlich, die Uhr war ja beim dicken Pullmann! Was für ein Elend. Jetzt konnte ich mir schön 'ne gute Ausrede zusammenfabulieren. Obwohl ... Quatsch, lohnte sich nicht. Am besten die Wahrheit sagen, es gab ja gar kein Problem.

Ich ging mit dem Umschlag zurück zur Küche. Mit meinem treuesten Dackelblick schaute ich meinem Besuch in die Augen.

»Herr Peimann, nicht wundern, aber das Päckchen ist leer. Die Uhr ist gar nicht drin. Wissen Sie, ich kriege so viel Post von Fans, da muss man vorsichtig sein. Was ich da schon alles rausgefischt hab: verfaulte Fische, Rasierklingen, gebrauchte Schlüpfer ... Ganz ehrlich, manchmal bin ich echt schockiert, wozu die Menschen fähig sind. Eines Tages bringen wir uns noch alle um. Stimmt's, Herr Peimann? Bei Ihrem Päckchen hab ich nur das Ticken gehört und gleich zu meiner Nachbarin gesagt: Lass mich das aufmachen, du bist zu hübsch für appe Arme. Tja, leider hab ich zwei linke Hände, und bums, lag der Wecker auf dem Küchenboden. Die schöne Tudor Heritage Black Bay! Echt ein Schmuckstück, toll, vor allem mit der schönen roten Lünette. Bei meiner afrikanischen Rolex kann man die nicht drehen.«

Peimann taxierte mich teilnahmslos. »Herr Schröder, wo ist die Uhr?« Er kam ganz nah an mein Gesicht und sprach auf einmal etwas Furcht einflößend: »Herr Schröder, diese Uhr ist sehr wichtig für mich. Ein Verlust wäre nicht akzeptabel. Sie verstehen?«

Ich plusterte mich auf. »Herr Peimann, für wen halten Sie mich? Die Uhr ist in den besten Händen. Topadresse für fachgerechte Uhrenpflege. ›Pullmanns Schmuckkästchen‹ an der

Rüttenscheider Straße hier in Essen. Ich geb Ihnen Ihr Schätzchen doch nicht mit Kratzern zurück. Wissen Sie, was? Ich bring sie Ihnen höchstpersönlich am Montag vorbei. Passt Ihnen abends um acht?«

Mit freundlichem Gesicht erhob sich Peimann und verabschiedete sich mit festem Händedruck. »Bezaubernde Idee, Herr Schröder. So wird's gemacht. Todsicher. Wie gesagt, es mag sentimental klingen, aber diese Uhr liegt mir sehr am Herzen – ich muss sie unbedingt wiederhaben. Meine Adresse haben Sie ja.«

Ehe ich noch was sagen konnte, war er auch schon zur Tür hinaus. Was für ein Vogel. Welch ein Geschiss um dieses blöde Päckchen. Jetzt konnte ich Montag schon wieder nach Düsseldorf gurken, nur weil die Post zu dusselig gewesen war, eine Adresse richtig zu lesen. Als ob ich nix Besseres zu tun hätte.

Komm, Schröder – nicht aufregen. Erst mal 'ne schöne Tasse Kaffee und ein gepflegtes Stück Marmorkuchen.

Schwungvoll schmiss ich mich aufs Sofa und schaltete die Sportschau ein. Aha, Fußball. Mit etwas Glück könnten die Bayern diese Saison ja auch mal Meister werden. Man würde sehen. Das Leben war schließlich kein Ponywerfen.

Peimann saß bereits wieder in seinem Mercedes. Und dachte nach. Es ging also um eine Uhr. Eine Tudor Heritage Black Bay. Ein eher volkstümlicher Chronograf, wie die Schweizer sagen würden.

Er schnaubte verächtlich. Eine einigermaßen vernünftige Uhr unter zwanzigtausend Euro – wie sollte so was gehen? Verdammte »Geiz ist geil«-Mentalität. Sie hatte aus diesem blühenden Land eine Gesellschaft von Miesepetern, Nörglern und Kostverächtern gemacht, die schwachsinnigen

Komikern wie diesem Atze Schröder huldigten. Obwohl Peimann normalerweise kein nötiges Risiko scheute, entschied er sich in diesem Falle anders: Diesem gelockten Hirnfriedhof die Lichter auszuknipsen würde zu viel Staub aufwirbeln. Der Vollmongo war einfach zu bekannt. Aber er würde auf keinen Fall bis Montag warten, um sich von dem Deppen die Uhr bringen zu lassen. Die ganze Sache ging ihm total gegen den Strich, er musste schleunigst handeln, bevor ihm dieser skurrile Folklorehaufen noch seinen wohlverdienten Ruhestand versaute.

Darüber hinaus verspürte der Russe auch keinen Drang, sich unnötig mit dem Syndikat anzulegen. Er hatte versprochen zu liefern, also würde er liefern. Er schaute auf die Uhr. 18.32 Uhr. Sein Werkzeugkoffer lag hinten im Kofferraum. Trödelbuden wie dieses »Schmuckkästchen« an der Rüttenscheider Straße hatten immer, wirklich immer, drittklassige Alarmanlagen. Ganz sicher. Sein S600 V12 rollte fast lautlos an dem dunklen Ladengeschäft von diesem Pullmann vorbei. Er bog um die Ecke und stellte den Wagen unauffällig in der Seitenstraße ab. Er nahm nur das kleine Spezialetui aus dem Werkzeugkoffer und näherte sich lautlos dem Geschäft über dem vermüllten Hinterhof.

3

Porki schmeckt alles

Nur wenige Stunden zuvor stand Bodo Pullmann mit seinen drei Zentnern stolz in seinem Sechzig-Quadratmeter-Imperium. So ein feines Geschäft im Premiumsegment gab es seiner Meinung nach höchstens zwei-, dreimal in Europa. Paris, London, Essen. Alle bedeutenden Schmuckhändler ließen sich von ihm aushelfen: Wempe, Wampe, Rüschenbeck, Bijou Brigitte. Wie oft hatte er ihnen nicht schon mit täuschend ähnlicher Nachtdekoration die Versicherungssumme gerettet? Neulich hatte sogar die Tochter des Essener Stadtkämmerers ein Kommunionskettchen bei ihm erstanden.

Bodo Pullmann streichelte sich zufrieden über den mächtigen Bauch. Er war nicht irgendwer in Essen. Er war ein gefragter Mann.

Oben in der Wohnung wartete seine Gisela mit dem Essen auf ihn. Samstag war immer Diättag. Das hieß, außer ein paar Schnitzeln gab es höchstens eine Pfanne Butterbratkartoffeln. Ganz leicht karamellisiert, wie er sie am liebsten mochte. Satt konnte ein echter Kerl wie er davon allerdings nicht werden. Deshalb biss er noch mal herzhaft in seinen Big Mac und verstaute den Rest sorgfältig im Schubfach unter der Kasse. Die

Türglocke hatte geläutet, und eine sehr elegant gekleidete Dame betrat sein Etablissement. Er taxierte die attraktive Erscheinung. Es hatte sich also noch weiter rumgesprochen, wo in Essen die feinste Ware zu finden war. Er versuchte, seinen Bauch ein bisschen einzuziehen, und reckte sich staatsmännisch in Positur.

»Grüß Gott, gnädige Frau, womit kann ich dienen?«

»Bonjour, Monsieur Pullmann. Ich 'abe ein kleines Problem. Ich 'abe jetzt schon ganz Essen abgesucht, aber es scheint, als könnten nur Sie mir 'elfen.«

Das war Musik in Porkis Ohren und Schokolade für seine geschundene Seele. Endlich mal jemand mit Niveau und Sachverstand. Natürlich eine Französin, was sonst. Französisch, eine Sprache, derer auch er mächtig war. Fließend. Wenngleich nur sehr rudimentär.

»Mademoiselle, scusi, por favor, mein Französisch ist zwar etwas eingerostet, aber Sie beherrschen meine Muttersprache ja umso besser, wenn ich Ihnen das Kompliment machen darf. Was suchen Sie denn genau?«

Sie nahm einen Zettel aus der Tasche und las umständlich vor: »Ich suche eine Tudor 'eritage Black Bay mit roter Lünette.«

Er lächelte siegessicher. »Mon chérie, entschuldigen Sie den Hinweis, aber für Menschen mit Stil hat die Heritage doch immer eine rote Lünette.«

Seine kosmopolitische Kundin warf mit einem bezaubernden Lächeln die perfekt frisierten Haare nach hinten und fasste ihn am Ärmel. »Mon dieu, endlich mal ein Experte mit im wahrsten Sinne umfangreichem Detailwissen!«

Porki Pullmann witterte Morgenluft. So ein Zufall. Neben dem halb angekauten Big Mac lagen nach wie vor die fünfzig Riesen und die Uhr, die er seinem Kumpel Atze Schröder gestern Nacht beim Pokern abgenommen hatte. Ja, das Leben meinte es gut mit ihm. Schon wieder Zahltag. Zufälligerweise war nämlich die Uhr, nach der diese piekfeine Französin suchte, genau dieses Modell: eine Tudor Heritage Black Bay! Er verspürte unter seinem prächtigen Wanst ein sanftes Pochen im Lendenbereich, wo schon seit Jahren nichts mehr pochte und auch keiner mehr anklopfte. Schon gar nicht Gisela. Aber Geld macht nun mal geil. Glück im Spiel, Baguette in der Liebe.

Mit gespielter Unglücksmiene wandte er sich an sein Opfer: »Eieiei, Jesus, Maria und Josef! Schauen Sie, Señiora, ich habe so eine Uhr, aber sie ist leider nicht verkäuflich. Ich habe sie für einen guten Freund reserviert. Das tut mir sehr leid.«

Die schöne Französin schaute ihm tief in die Augen. »Sagen Sie so etwas nicht, Monsieur Pullmann! Ich brauche die Uhr unbedingt, für einen sehr guten Freund, mit dem ich zum Geburtstag diniere.«

Der Dicke blieb eiskalt, wie immer in solchen Momenten. Dann sülzte er tragisch weiter: »Das glaube ich Ihnen gerne, bella donna, aber ich habe meine Prinzipien. Ich kann da nichts für Sie tun. Wenn etwas reserviert ist und ich jemandem mein Wort gegeben habe, dann ist das wie in Stein gemeißelt. Ich bin ein Ehrenmann.«

Sie machte einen Schritt auf ihn zu, und er konnte ihr sündhaft teures Parfüm erahnen. »Mon dieu, Monsieur, das steht doch außer Frage! Aber vielleicht kann ich Sie mit einem bisschen Geld umstimmen?«

»Nein, keine Chance«, dröhnte er mit seiner ganzen Leibesfülle.

»Viertausend?«

»Abgemacht. Selbstverständlich ohne Rechnung und in bar, Sie verstehen.«

Er hatte es noch nicht ganz ausgesprochen, da lagen auch schon acht druckfrische Fünfhunderter auf dem Tresen. Er öffnete die Schublade und nahm die Uhr heraus. Nicht ohne vorher noch mal gierig einen Bissen von dem Big Mac runterzuschlingen. Mit einem Klecks Mayonnaise auf dem Ringfinger überreichte er die Uhr.

»Sorry, den Karton hab ich nicht mehr, geht doch auch so, oder?«

Angeekelt und mit spitzen Fingern wickelte seine neue Geschäftspartnerin das Objekt ihrer Begierde in ein blütenweißes Hermès-Seidentaschentuch. Laut »Hasta luego!« schnaufend, hielt der Dicke ihr die Tür auf und komplimentierte die Französin nach draußen. Er schaute ihr sehnsuchtsvoll nach, als sie über das Trottoir elegant davonstöckelte.

Diese Französinnen, alle verdorben.

Er schloss die Tür von innen ab und ging hinter den Tresen. Zärtlich nahm er das Geld in die Hand. Geld war ihm am liebsten, Geld war erotisch. Geld gab keine Widerworte. Wie aufs Stichwort schallte es im selben Moment durch den Hausflur: »Pooooorkiiii! Was machst du denn da unten? Frisst du wieder heimlich? Essen ist fertig!«

Irgendwann würde er sie umbringen, aber ganz langsam und qualvoll. Sie hatte es mehr als verdient. Diese Frau machte ihn einfach wahnsinnig. Allein dieses »Pooooorkiiii« – zum Verrücktwerden! Den ganzen Tag ging das so. Diese Frau würde seine Klasse nie begreifen. Warum nicht woanders noch mal ganz von vorn anfangen? Geld hatte er genug. Vielleicht mit dieser wunderbaren Französin von vorhin? Er war sich sicher, in ihren Augen eine gewisse Sehnsucht nach einem richtigen Mann erkannt zu haben. Zu dumm, dass er nicht nach ihrer Adresse gefragt hatte.

Während er versonnen seinen Gedanken nachhing, fiel

sein Blick auf den Zettel neben der Kasse. Darauf hatte Madame das Modell der Uhr notiert und ihn in der Eile wohl liegen lassen.

Er nahm das Stück Papier und roch daran. Oh, là, là, was für ein Duft! Er betrachtete diese Reliquie der Lust von allen Seiten. Unten auf dem Bogen stand in wunderschöner Druckschrift: Hôtel La Bastide de Saint-Tropez. Schwer atmend inhalierte er noch mal einen tiefen Zug von diesem betörenden Duft. Dann zuckte er zusammen.

»POOOOOOORKIIIIII!«

Diättage waren Hundstage. Bodo »Porki« Pullmann hasste sie abgrundtief. Vier kleine Schnitzel und eine Pfanne Bratkartoffeln. Wer sollte davon satt werden? Kein Bier, kein Eis, kein Nachtisch.

Jetzt saß er mit einer Cola light und einer streng abgezählten Portion Erdnüsse neben seiner Gisela auf dem Sofa vor dem Fernseher. Es lief irgendeine Samstagabendshow, die er nicht kannte. War auch egal, er hatte Hunger. Zwischen ihnen lag dösend der Tibetterrier Gandhi. Er hasste die Töle. Man wusste nie, wo vorne oder hinten war. Es gab nur einen Vorteil: Das Vieh war eine sichere Bank für Ausreden.

Er hörte sich selber stöhnen: »Gilla, ich glaub, der Hund muss noch mal raus. Lass mal, ich geh schon.«

Er wuchtete sich in die Höhe und schnappte sich die Leine. Der Hund folgte ihm bereitwillig, denn das kluge Tier wusste genau, dass jetzt der abendliche Spaziergang zum Rüttenscheider Grill anstand.

Zehn Minuten später hatten sie den rettenden Proviantbunker erreicht. »Schön durch mit Pommes und für Gandhi eine Curry, der kommt ja schließlich von da unten.«

Der Russe näherte sich dem Hintereingang des »Schmuckkästchens«. Die Tür machte keinen großen Eindruck auf ihn. Eine typische Fünfzehn-Sekunden-Nummer. Er fingerte nach seinem Titan-Inbus und der edlen japanischen Yakitori-Klinge. Durch seine hauchdünnen Kalbslederhandschuhe konnte er die Makellosigkeit des gehärteten Stahls spüren. Er war versessen auf solche Details. Allein die Handschuhe waren ein Meisterwerk des legendären Handschuhmachermeisters Pepe Asturio aus Burgos. Exklusiver als exklusiv. Jedes Paar maßgefertigt. Asturio war ein Künstler. Er verwendete nur allerfeinstes Wapitileder, und für jedes einzelne Paar mussten sich mindestens fünfzehn junge Wapitihirsche von ihren Vorhäuten trennen. Er roch noch mal an dem eigenwilligen Kunstwerk. Diese achttausend Euro waren wirklich gut investiert.

Er schob den Inbus präzise ins Schloss und drückte sanft die Türklinke nach unten. Ups, die Tür ging ja auf? Peimann war verärgert. Er hasste die Dämlichkeit der Leute. Bedachten sie denn nicht, was alles passieren konnte, wenn man seine Tür nicht abschloss? Wenn kriminelles Gelumpe nach Einbruch der Dunkelheit durch die Gegend marodierte?

Wie ein Schatten glitt er in Pullmanns Ladenlokal. Instinktiv öffnete er die Schublade unter der Kasse. Deppen wie dieser Pullmann versteckten ihre Preziosen immer in dieser Schublade. Faulheit war der Tod der Fantasie. Geschmeidig griffen seine Handschuhe in die Lade und stießen auf etwas Weiches. Wahrscheinlich das Samtetui für die Uhr. Der Russe packte zu und zog seine Beute heraus.

Augenblicklich tobte er vor Wut. In seiner Hand lag ein angefressener Big Mac. Das ekelige Fett zog in Sekundenschnelle in die von nun an wertlosen Asturio-Handschuhe. Die geronnene Mayonnaise verklebte die kunstvollen Ziernähte.

Peimann war außer sich. Hass stieg in ihm auf, blanker Hass. Dafür würde er diesen Pullmann bei lebendigem Leibe häuten.

Doch erst mal musste er sich dringend beruhigen. Rache war kein guter Krieger. Er legte die Hände zusammen und versenkte sich für einen kostbaren Moment in sich selbst. Jetzt zahlte es sich aus, dass seine Pflegeeltern ihn zur Erholung immer in dieses kleine Shaolin-Kloster im Himalaja geschickt hatten. Tränen der Rührung traten in seine Augen. Wenn ihm irgendwas in diesem Leben leidtat, dann der unglückliche Mord an seinen Pflegeeltern.

Sekunden später rächte sich diese überflüssige Sentimentalität. Er blickte in den Lichtkegel einer Varta-Taschenlampe.

»Poooooooorkiiiii, frisst du schon wieder heimlich? Du fettes Schw...«

Der Rest des Wortes verstarb mit einem dumpfen Plopp. Der Russe hatte der Störenelfriede mit einem gezielten Tritt den Kehlkopf zertrümmert. Als Gisela Pullmanns unnützer Kopf auf dem Linoleum aufschlug, war sie bereits tot.

Der Russe wurde langsam alt. Früher wäre ihm so etwas nicht passiert. Noch vor zehn Jahren wäre dieses Subjekt erledigt gewesen, bevor es auch nur den Mund geöffnet hätte. Aber wo war nur die verdammte Uhr?

Gut gelaunt schlenderte Porki Pullmann über den Bürgersteig und zog dabei seinen vollgefressenen Köter hinter sich her. Das doppelte Schaschlik mit der großen Pommes hatte ihm vorzüglich geschmeckt. Allerdings forderten der zehnminütige Gehweg und die viel zu frische Luft ihren Tribut. Er verspürte noch einen kleinen Appetit und überlegte gründlich. Die üblichen Fressverstecke in seiner Wohnung hatte er schon am Nachmittag akribisch geplündert. Verdammt. Doch gerade als er sich damit abgefunden hatte, hungrig ins Bett zu gehen, fiel ihm Gott sei Dank der halbe Big Mac unter der Kasse wieder ein. Glückshormone durchzogen sein Hungerzentrum im Hirn. Alles würde gut werden. Erregt schloss er die Tür zum Geschäft auf, dann verlor er das Bewusstsein.

Als Bodo Pullmann die Augen aufschlug, packte ihn das nackte Entsetzen. Vor ihm auf dem Boden lag seine tote Frau Gisela. Was aber noch schlimmer war: Neben seinem Frauchen saß Gandhi und verschlang hastig die Reste seines halben Big Macs. Er wollte schreien, konnte aber nicht. In seinem Mund steckte ein Paar allerfeinster Wapiti-Hirschlederhandschuhe.

»Wo ist die Uhr?«, sprach der schwarz gekleidete Mann, der ihm gegenübersaß. »Wo ist die Tudor Heritage?«.

Pullmann versuchte, durch die nassen Handschuhe zu sprechen: »Pfie hapf ipf pfärpfauft. Am eime Pfranpföwin.«

Angewidert musterte ihn der Mann. »Wie heißt die Frau?«, fragte er kalt.

Der Dicke würgte verzweifelt. »Weipf ipf nipf.«

Sein Peiniger nahm eine kleine Klinge und fuhr ihm längs über beide Beine. Er fing augenblicklich an zu bluten wie ein Schwein.

»Den Namen!«

Fast besinnungslos vor Schmerz, schrie Porki erneut durch die Handschuhe: »Ipf weipf ef nifft!«, und kippte mitsamt dem Stuhl, an den er gefesselt worden war, nach vorne. Dabei fiel ein kleiner Zettel aus seiner Hemdentasche.

Der Russe nahm den Zettel und bekam die Information, die er so dringend benötigte. Hôtel La Bastide de Saint-Tropez. Ein feines Lächeln umspielte seine Lippen. So, so, die Französin. Mal wieder hatte sie ihm die Suppe gründlich versalzen.

Es wird Zeit, dass du stirbst, Isabelle.

Peimann wusste, wo er sie finden konnte. Schon morgen Mittag würde er sich auf den Weg nach Saint-Tropez machen, allerdings nicht ohne einen kleinen Umweg über Zürich einzulegen. Dort musste er ein paar Bankgeschäfte tätigen, bei denen er außerdem die Fünfundfünfzigtausend aus Pullmanns Kasse einzahlen konnte.

Der Russe schaute verächtlich auf den würgenden Fleischberg hinab, der hilflos auf dem Boden lag. Der Dicke würde nach seiner Berechnung in exakt achtundfünfzig Minuten verblutet sein. Peimann schob ihm den Zettel zurück in die Hemdtasche. Dann steckte er sich das Geld ein, zog die Tür ins Schloss und verließ das »Schmuckkästchen« so, wie er gekommen war.

Gandhi, der Tibetterrier, leckte seinem stöhnenden Herrchen über das schweißbedeckte Gesicht. Bodo Pullmann schlug die Augen auf und spürte den stechenden Schmerz in seinen Beinen. Überall war Blut. Er versuchte zu schreien, doch in seinem Mund steckte immer noch ein Riesenklumpen nassen Leders, der seltsam angenehm nach Hirsch schmeckte.

Er hatte keine andere Wahl. Er würde ihn hinunterschlucken müssen, wenn er um Hilfe rufen wollte. Ansonsten würde er hier neben seiner toten Frau jämmerlich verbluten.

Der Dicke konzentrierte sich. Atmete tief durch die Nase und fing an zu würgen. Auf seinen Schluckreflex konnte er sich verlassen. Es ging sogar leichter als gedacht: Zentimeter um Zentimeter verschwand der gigantische Lederbrocken in seiner Speiseröhre.

Er schwitzte vor Anstrengung, atmete immer wieder durch die Nase, um nicht zu ersticken.

Nach zehn Minuten hatte sein geschwächter Körper das

Wunder vollbracht, und die exklusiven Handschuhe des Russen gesellten sich zu dem Schaschlik und den vier Schnitzeln. Und endlich konnte Bodo Pullmann laut um Hilfe schreien. Dann verlor er erneut das Bewusstsein.

Isabelle Dujardin nippte an ihrem Hennessy und betrachtete zufrieden die Tudor Heritage. Diese Uhr war dem Syndikat also eine Million Dollar wert. Was es mit dieser Uhr auf sich hatte, interessierte die Französin nicht. Je weniger sie wusste, desto kleiner war die Gefahr. Schweigen war in ihrer Branche eine solide Lebensversicherung.

In fünfzehn Minuten würde sie in Nizza landen. Der Learjet, den das Syndikat ihr zur Verfügung gestellt hatte, setzte sanft auf der Landebahn auf, und nur wenige Minuten später saß sie wieder in ihrem kobaltblauen Bentley Azure Cabrio und machte sich auf den Weg ins Hôtel La Bastide de Saint-Tropez. Dort residierte sie bereits seit zehn Jahren. Ein eigenes Apartment lohnte sich in ihrer Branche nicht.

Über das Autotelefon wählte sie eine Mobilnummer, die sie für diese Operation bekommen hatte. Eine Mailbox meldete sich, und Isabelle fasste sich kurz. »Auftrag erledigt. Ich habe die Uhr. Zustellung nach Eingang der Zahlung.«

Isabelle Dujardin liebte ihren Beruf. Sie hatte indes nicht damit gerechnet, dass es so einfach werden würde. Ihr Netzwerk funktionierte nach wie vor tadellos. Selbst einen erfahrenen Mann wie den Russen auszuspionieren war kein Problem, sie war ihm immer einen Schritt voraus gewesen. Armer, alter Mann!

Sie parkte den Wagen auf dem weißen Kies vor dem Hotel, betrat ihre Suite ohne Umweg über die Rezeption und schloss die Uhr sorgfältig in den Safe. Sie knöpfte ihre Bluse auf und stieg aus ihrem Bleistiftrock. Unterwäsche trug sie selten, das war ihr zu vulgär. Draußen auf der Terrasse plätscherte schon leise das warme Wasser in den Whirlpool. Sie stieg hinein und entspannte sich augenblicklich in dem angenehm temperierten, prickelnden Wasser.

4

Die Skorpione von Marrakesch

Schwungvoll betrat ich das Foyer der Uniklinik Essen. Die hübsche Rezeptionistin rief mir schon auf halber Strecke entgegen: »Huhu, Herr Schröder! Ihr dicker Freund liegt auf der Intensiv, fünfter Stock, Zimmer 203. Übrigens, ich hab um neunzehn Uhr Dienstschluss.«

Ich zwinkerte ihr zu, betrat schwungvoll den Aufzug und drückte auf die 5. Was hatte der Dicke nur wieder ausgefressen? Birkel hatte mich angerufen und mir lediglich Bruchstücke mitgeteilt. Und die hatte er auch nur von den Nachbarn der Pullmanns mitbekommen. Ein Einbrecher. Wie sonderbar. Ich fragte mich, was es bei Pullmanns zu holen gab. Etwas Essbares konnte es jedenfalls nicht sein.

Eine Menge Fragen blieb offen. Wie würden sie den Koloss wohl künstlich ernähren? So dicke Schläuche gab's doch gar nicht? Wahrscheinlich hatten die Schwestern zwei Betten zusammengeschoben. Wie hatte man unser Moppelchen überhaupt in den fünften Stock bekommen?

Beruhigt warf ich einen Blick auf das Typenschild des Aufzuges: 15 Personen, 1350 Kilo. Sie hatten sicherlich das Bett reingeschoben, und die Sanitäter waren gelaufen.

Ich riss mich zusammen und betrat mit bekümmerter Miene die Intensivstation. In Pullmanns Zimmer waren zwei Schwesternschülerinnen emsig damit beschäftigt, den dick bandagierten Free Willy in ein neues Nachthemd zu wickeln. Jetzt tat er mir doch ein bisschen leid. Er sah wirklich nicht gut aus. Er heulte sogar ein wenig, wahrscheinlich wegen Gilla. Augenblicklich hatte auch ich einen dicken Kloß im Hals. Was für eine Tragödie! Gilla hatte zwar immer genervt wie ein rostiger Nagel im Knie, aber so was wünscht man ja keinem. Fast fing auch ich an zu flennen.

Ich nahm seine Hand, meine Stimme brach ein wenig: »Porki, Kumpel, was machst du für Sachen? Wie geht's dir denn?«

Weinerlich flüsterte er mir ins Ohr: »Atze, hier gibt's nur Schonkost!« Fast wäre mir die Hand ausgerutscht, doch der Fettsack plärrte sofort weiter: »Du musst gleich unbedingt zu Dimi fahren und mir 'ne Zeus-Platte holen. Mit Kretanischen Kartoffeln, doppelt überbacken.«

Ich war fassungslos. Da wird man überfallen, die eigene Frau wird abgemurkst, man liegt schwer verletzt auf der Intensivstation, und der Zyklop denkt nur ans Fressen! Angewidert schnauzte ich ihn an: »Sag mal, hast du sie noch alle? Ich will jetzt auf der Stelle wissen, was passiert ist. Haarklein. Und wenn du auch nur ein Detail weglässt, werde ich dafür sorgen, dass du auf Nulldiät gesetzt wirst.«

Die nächste halbe Stunde hörte ich mit offenem Mund zu. Wenn ich alles richtig verstanden hatte, waren drei schwer bewaffnete Wrestler in sein Geschäft gestürmt, um seine Kasse auszurauben. Dort hatte er wohl die fünfzigtausend gebunkert, die er beim Pokern von mir gewonnen hatte und die er den Gangstern nicht rausrücken wollte. Mitten in diese heikle Kampfsituation war dann Gilla mitsamt Gandhi reinspaziert, weil der Hund angeschlagen hatte. Um ihr Leben zu verteidigen, musste er wie ein Löwe gekämpft haben – doch als sie ihm die Beine zerschnitten, war der Kampf natürlich verloren. Sie hatten ihn noch ein wenig gefoltert und wollten unbedingt die Tudor Heritage haben. Als sie erfuhren, dass er die Uhr nicht mehr besaß, tickten sie durch und brachten Gisela um.

Nach dieser anstrengenden Schilderung schwiegen wir beide erst mal für ein paar Minuten. Dann blickte ich ihm ernst in die Augen. »Heilige Scheiße, Alter ... Aber mal 'ne dumme Frage: Warum hast du denen die Uhr denn nicht einfach gegeben, Dicker?«

»Du bist gut, Atze – die hatte ich doch gar nicht mehr! Hab ich verkauft, für achthundert Euro.«

Ich grübelte. Was musste das für eine wertvolle Uhr gewesen sein, dass man dafür einen Menschen umbrachte und einen weiteren folterte. Die Mördergang waren nach Herrn Peimann schon die Zweiten, die so explizit diese dämliche Uhr haben wollten.

Ich nahm mein iPhone aus der Tasche und googelte die Tudor Heritage Black Bay. Ich war überrascht. Eine ganz normale Uhr, nicht mal besonders teuer. Die Preise gingen von zweitausendzweihundert bis dreitausend Euro. Sah ein bisschen aus wie 'ne Rolex-Kopie. Die konnte man sich doch an jeder Straßenecke besorgen. Warum also so ein Aufwand für so eine Uhr?

Ich hakte noch mal nach: »Dicker, wem hast du wann die Uhr verkauft und für wie viel? Und lüg mich mal ausnahmsweise nicht an.«

Kleinlaut gab er Antwort: »Gegen dreizehn Uhr kam so 'ne schicke Französin ins Geschäft, die wollte die unbedingt als Geburtstagsgeschenk haben und hat mir sogar vier Mille dafür gegeben.«

»Was – die kostet neu doch nur zweitausend und ein paar Kaputte! Wieso überhaupt eine Französin?«

Er fing wieder an zu heulen. »Die hatte diesen Zettel dabei ...« Sein Blick wanderte zum Nachtschränkchen. Ich nahm den blutverschmierten Zettel und las, was darauf stand: »Tudor Heritage Black Bay«. Mehr stand da nicht. Doch, unten war die Adresse eines Hotels in Saint-Tropez aufgedruckt. Ich grübelte. Was hatte das alles zu bedeuten? Ich musste hier raus, mal an die frische Luft.

Ich verabschiedete mich und versprach dem Dicken, ihm morgen eine Palette Appetithemmer mitzubringen. Noch auf dem Flur konnte ich seine wimmernde Stimme durch die Tür hören: »Zeus-Platte, überbacken! Zeus-Platte! Bitte, Atze, bitte! Hiiiiiiiilfeeeeee!«

Vor dem Krankenhaus saß ich eine ganze Weile in meinem Turbo und überlegte angestrengt. Eins war klar: Drei Leute waren wie der Teufel hinter einer Uhr her, die offensichtlich aus Versehen bei Ute im Briefkasten gelandet war. Herr Peimann, eine Französin und drei angebliche Wrestler. Die Französin hatte sogar mehr Geld dafür bezahlt, als nötig gewesen wäre, und Peimann hatte mehrfach betont, wie wichtig ihm dieser Wecker war. Und diese Gang hatte noch nicht mal davor zurückgeschreckt, die Pullmanns für diese Uhr abzumurksen.

Es lief mir eiskalt den Rücken runter. Verdammte Scheiße, wo war ich da nur reingeraten? Das Beste wäre wohl, die Uhr ohne weitere Fragen am Montagabend bei Peimann in den Briefkasten zu werfen. Dann kam mir *die* Idee. Warum bis Montag warten? Essen – Saint-Tropez, das waren vielleicht zwölfhundert Kilometer. Knappe fünf Stunden. Es war gerade einmal 11.20 Uhr am Sonntagvormittag. Ich würde um siebzehn Uhr in diesem Hotel von dem Zettel am Pool liegen und versuchen, der hübschen Französin den Käsewecker abzuluchsen. Falls die Uhr und ihre aktuelle Besitzerin überhaupt dort aufzufinden waren.

Es gab nur eine kleine Chance, aber die musste ich nutzen. Ich flutete die sechs Zylinder, und mein fetter Heckmotor nahm mich drückend von hinten. Der Turbolader pfiff angriffslustig Beethovens »Ode an die Freude«. Frankreich macht es Schnellfahrern nicht einfach, aber ich wusste mir zu helfen. Der Trick auf französischen Autobahnen ist einfach, aber wirksam: Man muss nur konstant über zweihundertfünfzig Stundenkilometer fahren, dann können die ineffizienten französischen Blitzer einen nicht mehr erfassen. Dieser Trick funktioniert übrigens auch, wenn man mit dem Wohnwagen unterwegs ist.

Fünf Stunden und zweiundzwanzig Minuten später bog ich in die prachtvolle Einfahrt des Hôtel La Bastide de Saint-Tropez ein. Mein Bolide kam direkt neben einem stattlichen Bentley Azure Cabrio zu stehen. Geld schien hier wohl nicht das Problem zu sein.

Ich federte behänden Schrittes zur Rezeption und buchte das billigste Einzelzimmer. Dann brachte ich meine Jacke auf das Zimmer, klaute mir an der Garderobe des Spa- und Wellnessbereichs eine passende Badehose und tigerte zum Pool. Herrlich! Vive la France!

Nach fünf Minuten ergab sich allerdings ein kleines Problem. Ich suchte nach einer hübschen Französin, aber um den Pool herum lagen mindestens acht traumhafte Exemplare dieser Gattung! Welch ein begnadetes Land. Ich fühlte mich wie Gott in Frankreich.

Porki hatte gesagt, dass seine Französin sehr gut deutsch sprach. Das könnte der Plan sein. Ich müsste einfach nur eine nach der anderen auf Deutsch ansprechen und versuchen, etwas herauszubekommen. Vielleicht hatte ich ja auch Glück, und eine der scharfen Mademoiselles trug die Uhr sogar am Arm.

Natascha Orlov saß in der kleinen Küche in der Wohnung ihrer Mutter Raissa. Sechzig Quadratmeter, auf denen sie und ihre vier Geschwister bei ihren Eltern und einer Tante groß geworden waren. Sechzig Quadratmeter pures Glück. Als sie fünf war, hatten ihre Eltern ihr kleines Kaff in der Nähe von Odessa mit Sack und Pack Richtung Deutschland verlassen. Es war hart gewesen: Vater Fjodor malochte sich bei Thyssen zehn Stunden am Tag den Rücken krumm. Fehlte nicht einen Tag, kam als Erster und ging als Letzter. Seine Kollegen nannten ihn »den Schweiger«, denn Fjodor sprach nicht mehr als nötig. Aber man konnte sich auf ihn verlassen, und das zählte bei den harten Malochern mehr als jedes überflüssige Wort. Wenn Orlov von der Schicht nach Hause kam, hatte das Essen auf dem Tisch in der kleinen Küche zu stehen. Dann durfte ihn keiner stören, noch nicht mal Taschi, sein kleiner Augenstern. Nach dem Essen räumte er seinen Teller weg, spülte ihn sorgfältig ab und nahm sich dann ein kaltes Bier aus dem Kühlschrank. Damit setzte er sich um Punkt sieben vor die *heute*-Nachrichten, trank den ersten Schluck aus der Flasche und zündete sich eine Ernte 23 an. Genüsslich vor sich hin paffend, blies Fjodor von Zeit zu Zeit den blauen Rauch der Zigarette aus dem Mundwinkel und hörte sich die Neuigkeiten aus aller Welt an. Nach jedem Kommentar zog er spöttisch die Augenbrauen hoch und murmelte stets den gleichen Satz: »Du bist auch 'n ganz Schlauer.« Wenn die Nachrichten zu Ende waren, spielte er noch eine Runde »Mensch ärgere dich nicht« mit den Kindern und sang ihnen ein Schlaflied vor.

Dann überließ er es seiner Frau Raissa, die fünf Mädchen ins Bett zu bringen. Orlov hatte für vieles Verständnis, aber das war Frauensache.

Nataschas Mutter Raissa versorgte mit vielen kleinen Nebenjobs die Familie, denn von Fjodors Lohn allein konnte man keine Großfamilie durchbringen und gleichzeitig noch für die Verwandten in Odessa sparen. Meistens putzte sie, wenn die Kinder morgens zur Schule gingen. Nachmittags half sie in einem Kiosk in der Nachbarschaft aus. Ihre Schwester Olga kümmerte sich währenddessen aufopferungsvoll um die fünf Kinder ihrer Schwester und vergaß bei aller Hektik dabei nie, sich hingebungsvoll die Fußnägel zu lackieren. Stets hörten die Schwestern von ihr: »An den Füßen einer Frau erkennt ein kluger Mann die Sau.«

Natascha saugte derlei Weisheiten auf wie ein Schwamm. »Taschilein, du musst immer ein bisschen schlauer, gepflegter und hübscher sein als die anderen.« Und mit dieser Lebensphilosophie war sie auch immer gut gefahren.

Nach ihrem hervorragenden Abitur hatte sie eine Ausbildung zur Kosmetikerin gemacht – und die Abschlussprüfung mit Auszeichnung bestanden. Mit einundzwanzig Jahren hatte Natascha Orlov dann den ersten großen Höhepunkt ihres Lebens erlebt: In der legendären Düsseldorfer Diskothek »Checker's« wurde sie zur »Miss Killepitsch« gewählt. Killepitsch ist ein Düsseldorfer Kräuterlikör, den vernünftige Menschen höchstens zum Abbeizen nutzloser Parkbänke benutzen würden, wenn er nicht sogar für diesen Zweck zu gesundheitsschädlich gewesen wäre. Also waren die Marketingstrategen dieser Firma geradezu versessen auf positive Propaganda und veranstalteten jährlich eine Miss-Wahl in den angesagtesten Clubs der Landeshauptstadt. 1999 hatte sich Natascha überlegen gegen vier weitere Kandidatinnen durchgesetzt. Nie hatte Düsseldorf eine hübschere »Miss Killepitsch« gesehen.

Ihr Papa wäre stolz auf sie gewesen, doch diesen triumphalen Sieg seiner Tochter noch lebend zu erleben war ihm nicht mehr vergönnt. Zwei Jahre zuvor war er gestorben. Fjodor Orlov hatte sich im wahrsten Sinne des Wortes kaputtmalocht. In der Werkslackiererei, in der man in den Achtzigern noch ohne Mundschutz gearbeitet hatte, hatten die giftigen Dämpfe seine Lunge zerfressen. Mit siebenundfünfzig Jahren war er elendig an Krebs verreckt. Natascha hatte sich genau gemerkt, was Tante Olga ihr bei der Beerdigung ins Ohr geflüstert hatte: »Merk's dir, mein Kind: Echte Arbeit lohnt sich nicht.«

In dem Kosmetiksalon »Heidis Nagelbude« am Krayer Markt hatte sie dann vor sechs Jahren Dimitri Roussos kennengelernt. In ihren Augen hatte sie das große Los gezogen. Er führte ein gut gehendes Restaurant, trug eine dicke Goldkette um den Hals und war sehr großzügig. Ein Mann, der die Dinge entschlossen regelte. Nur seine besitzergreifende Art zerrte mitunter an ihren Nerven. Aber so war der Grieche nun mal. Alles war perfekt.

Raissa Orlov schmeckte geräuschvoll die deftige Soljanka ab, die schon seit einigen Stunden auf dem Herd vor sich hin köchelte. »Natascha, hör gefälligst zu, wenn deine alte Mutter mit dir spricht. Du bist jetzt achtunddreißig und hast immer noch keinen Mann und keine Kinder. In meinem Heimatdorf hätte man dich schon längst erschossen. Und jetzt kommst du und sagst mir, dass du diesen Griechen nicht liebst? Nur Esel lieben sich! Ein Mann muss doch nicht schön sein, er muss nur gut riechen.«

Natascha verdrehte die Augen. Hätte sie ihrer Mutter erzählt, dass Dimi schon seit Jahren roch wie eine alte Olivenölfritteuse, ihre Mutter hätte nur eine weitere dieser schwachsinnigen Bauernregeln hervorgekramt.

»Mamutschka, ich werde Dimi verlassen. Ich liebe einen anderen Mann.«

Mama Raissa fiel vor Schreck der Kochlöffel in die Soljanka. »Wen?!«, schrie sie ihre Tochter an.

»Atze Schröder, wenn du es genau wissen willst.«

»Was?!« Raissa Orlovs Stimme überschlug sich fast vor Wut. »Diese Schwuchtel mit den Locken?«

»Mama, ich hab dir doch schon tausendmal gesagt, dass nicht alle Männer im deutschen Fernsehen schwul sind.«

»Doch! Ich hab's genau gesehen! In dieser Serie wohnt er sogar mit einem Türken zusammen! Dein Vater würde sich im Grab umdrehen! Schäm dich! So haben wir dich nicht erzogen.«

Vor Ärger über ihre ungezogene Tochter spuckte sie in die Suppe.

Nataschas Mutter hatte durchaus liberale Ansichten, aber nur was Kochrezepte und Wodka anging. In Sachen Männer, Sex und Gleichberechtigung der Geschlechter entsprachen ihre Ansichten eher der Keuschheitsdoktrin des orthodoxen Patriarchen Nikolai V., der bis ins späte neunzehnte Jahrhundert die Existenz von Frauen munter geleugnet hatte.

»Ach, Mama! Wir leben im einundzwanzigsten Jahrhundert, und Frauen dürfen nicht mehr einfach so erschossen werden. Mach dir keine Sorgen um deine Tochter. Ich weiß, was ich tue.« Sie stand vom Tisch auf, drückte ihre Mutter liebevoll und küsste sie auf beide Wangen.

Noch im Hinausgehen hörte sie die alte Frau jammern: »Nichts als Unglück hat man mit diesen dummen Kindern! Mit Söhnen hat man Sorgen, mit Töchtern hat man Krieg.«

Natascha freute sich schon auf das Abendessen mit ihrem Geliebten und noch mehr auf das erotische Dessert. Aber wo blieb ihr Atze nur, ihr kleiner Liebesgott? Sie hatte heute noch gar keine SMS von ihm bekommen. Ungeduldig parkte sie ihren Mini auf dem Parkplatz vor ihrem Haus. Noch im Aufzug zu ihrer Penthousewohnung holte sie ihr Handy aus der Tasche und wählte seine Nummer, die sie unter dem Namen Rocco Siffredi abgespeichert hatte.

»Je t'aime ... moi non plus«, schallte es aus meinem Handy. Vielleicht nicht der beste Klingelton, wenn man in ein Fachgespräch mit einer französischen Bikinischönheit an einem Pool in Saint-Tropez verwickelt ist. Ich schaute meiner neuen Bekanntschaft in die Augen und sagte: »Excusez-moi, mon petit amuse-gueule, da muss ich leider ran – der Élysée-Palast, wahrscheinlich François Hollandaise.«

Mit wichtiger Miene zog ich mich in eine stille Ecke des Poolbereichs zurück.

»Taschilein, meine feurige Piemontkirsche, wie schön, dass du mal anrufst! Woher wusstest du, wo ich bin?«

Ihre Stimme klang vorwurfsvoll und kurz vor beleidigt. »Schatzi, wo bist du denn? Wo bleibst du nur? Du wolltest doch zu mir kommen?«

»Tja, äh, Taschi, das klingt jetzt vielleicht ein bisschen komisch, aber du musst mir bitte glauben ... Bitte, Natascha, ich werd's dir auch genau erklären, sobald ich wieder da bin ... Aber ich bin in Saint-Tropez.«

»Du bist ... hä?«, fragte sie verwirrt. »Mit wem bist du wo? Ich hab nur Saint-Tropez verstanden.«

»Ähm ... Na ja, Taschi, das liegt womöglich daran, dass ich auch Saint-Tropez gesagt habe. Ich musste mich hier ganz überraschend mit einem alten Geschäftsfreund treffen. Mach dir keine Sorgen, ich liebe nur dich!« Dann legte ich auf und schaltete das Handy vorsichtshalber aus.

Natascha hatte das Frauengelächter und Wassergeplätscher im Hintergrund genau gehört. Eins war klar: Sie glaubte ihrem Liebhaber kein Wort. Wütend rief sie noch mal an, doch das Handy war nicht mehr erreichbar. Natascha Orlov holte gerade tief Luft für einen ihrer berüchtigten Tobsuchtsanfälle, als ihre Türglocke summte. Die Kamera der Gegensprechanlage verriet ihr den überraschenden Besucher: Vor der Tür stand niemand Geringeres als ihr offizieller Lebensgefährte Dimitri Roussos. In einem Anflug von leichter Panik versuchte sie, die Lage zu sondieren. Was wollte Dimi jetzt von ihr? Normalerweise besuchte er sonntagabends immer seine Mutter. Und danach war er meistens so genervt, dass er nur noch seine Ruhe haben wollte.

Natascha versuchte, ihren Ärger über Atzes Saint-Tropez-Ausflug runterzuschlucken. Jetzt bloß nicht die Kontrolle verlieren! Sie atmete tief durch. Wenn Dimitri sie so wütend sähe, würde er auf jeden Fall zu viele Fragen stellen. Sie setzte ihr Migränegesicht auf, zog die Mundwinkel noch tiefer und öffnete die Tür.

Zwei Minuten später stand er vor ihr in der Wohnung. »Jiá su, Baby! Ich hör nichts mehr von dir, ich seh nichts mehr von dir – was ist denn los? Krieg ich kein Küsschen, wenn ich reinkomme?«

Ein leicht zwiebeliger Gyrosgeruch breitete sich wabernd in der Wohnung aus. Jetzt bekam sie wirklich Kopfschmerzen.

»Entschuldige bitte, arkoudaki mou. Dein Engel hat leider mal wieder Migräne ... weil ich mit meiner Mutter einen fürchterlichen Streit hatte.«

Dimi schmiss sich aufs Sofa und legte besitzergreifend seine miefenden Moussakamauken auf den Tisch. »Ah, deine Mutter, die gute alte Mama Raissa ... Lass mich raten: Sie will, dass wir endlich heiraten, stimmt's?«

»Ja, genau das war das Thema«, antwortete Natascha wahrheitsgemäß, und nicht ganz so wahrheitsliebend fuhr sie fort: »Aber ich hab ihr ganz klar gesagt, dass ich das alleine entscheide.«

Er fasste grinsend ihre Hand und zog sie zu sich auf das Sofa. Fordernd begrapschte er ihren Arsch und versuchte, sie zu küssen. »Baby, wir heiraten einfach, wann ich will. Wichtig ist doch nur, dass du mich liebst. Ich hab dich in den letzten Monaten ein bisschen vernachlässigt, aber du weißt ja, wie viel ich um die Ohren hab: das Restaurant, die Baustellen ... und die Familie ... und alle wollen mitreden!« Er schaute sie gespielt böse an. »Aber wie ich gehört habe, hast du dich mit Atze ja ganz gut getröstet!«

Sie erstarrte vor Schreck und schaute ihm intensiv ins Gesicht. Für einen Augenblick vergaß sie sogar seine leichte Zazikifahne. Und Dimi hielt ihrem Blick stand. Drei unendlich lange Sekunden vergingen. Taschi hätte sich fast in die Hose gemacht.

Dann fing Dimi an zu grinsen und sagte: »Hahaha, Baby, jetzt hab ich dich fast gehabt! Du und diese Fernsehtucke – ich lach mich schlapp!«

Er schüttelte sich vor Lachen, und Natascha kicherte nervös.

»Mensch, Dimi! Du sollst mich doch nicht immer so verarschen!« Dabei gab sie ihm einen Klaps auf die Schulter und schmiegte sich an ihn. »Du weißt doch, dass ich nur dich liebe!«

Dimi lachte erneut auf. »Stavros, der Malaka, hat dich mit Schröder im Extrablatt an einem Tisch gesehen und sich seinen Teil gedacht. Aber womit, frag ich dich?« Er wollte sich totlachen. »Womit soll Stavi denn denken? Der hat doch kein Gehirn, der kleine Malaka!«

Natascha beschloss, auch zu grinsen. Insgeheim mochte sie Stavros durchaus gerne. Er war zwar nicht der Klügsten einer, aber er hatte ein gutes Herz, und im Gegensatz zu Dimi war er immer höflich und hilfsbereit. Und er sah bei Weitem besser aus als sein Bruder. Ein hübscher Mann. Leider kuschte er total vor Dimi und ließ sich von ihm wie Dreck behandeln.

Dimi hatte aufgehört zu lachen und sah sie prüfend an: »Taschi, woran denkst du?«

Sie fühlte sich ertappt. »Ach, Dimi, immer nur an dich, du weißt doch, es gibt nur einen Mann für mich. Du bist der Beste, Liebling!«

Er schnalzte zufrieden mit der Zunge, eine Angewohnheit, die sie schon immer abstoßend gefunden hatte. Genüsslich öffnete er seine Hose, und sein einäugiger Zyklop erwachte zum Leben. Während sie pflichtbewusst den Kopf zum Gebet senkte, hörte sie ihn eiskalt sagen: »Das ist auch besser so. Sollte ich dich jemals mit einem anderen erwischen, schlag ich euch beide tot.«

In dem Augenblick wusste Natascha Orlov, dass er es ernst meinte. Sie ergab sich ihrem Schicksal, ohne jedoch die Hoffnung auf eine bessere Zukunft zu verlieren.

Stunden später lag sie wach neben dem schnarchenden Dimi und heulte stumm in sich hinein. Sie wusste ganz genau, dass er jedes einzelne Wort ernst gemeint hatte. Er würde sie umbringen. Wie konnte sie Atze nur vom Ernst der Lage überzeugen? Er machte immer nur seine Witze darüber. Außerdem beschäftigte sie noch eine ganz andere Frage und brachte sie um den Schlaf: Was zur Hölle trieb Atze in Saint-Tropez?

Dr. Monika Mertens saß in ihrem abhörsicheren Büro in Pullach. Die gedrungene Zweiundsechzigjährige war eine der mächtigsten Frauen Deutschlands. Und eine der unbekanntesten. Über ihr war nur noch der Präsident der Behörde, der aber eigentlich nur repräsentative Aufgaben hatte. So eine Art Grüßaugust für die Presse und nützlicher Kloppsack fürs Parlament. Demokratie, ja nee is' klar. Einer musste ja zu sagen haben.

Der BND war eine Bundesoberbehörde und somit Organ der Bundesrepublik Deutschland. Nur dem Bundeskanzleramt unterstellt. Kontrolliert vom Parlament. Lächerlich! Ihre Abteilung war das eigentliche Machtzentrum der »Pullacher Pullewanne«, wie sie den Dienst scherzhaft zu nennen pflegte. Dabei galt der BND selbst international als das Filet mignon unter den Geheimdiensten. Während die NSA eine Panne nach der nächsten landete, hielt Dr. Monika Mertens ihren Laden im eisernen Griff. Wenn über einen Nachrichtendienst schon öffentlich berichtet wurde, galt dies als Komplettversagen. Spionage erforderte äußerste Präzision und war kein Geschäft für warmgeduschte Moralisten. Für sie war Moral eher eine Frage von zu niedrigem Blutdruck. Sie hatte schon unzählige Informanten umbringen lassen, weil sie zu wenig gewusst hatten. Ihr Leitmotto war: Agenten müssen Intellektuelle sein; sie dürfen im entscheidenden Augenblick kein Opfer scheuen.

Dr. Monika Mertens war eine Drecksau. Und dennoch: Bei aller Härte wurde sie von ihren Leuten geliebt. Denn die Frau, die sich selber gerne »Mutti« nannte, war keinesfalls unmenschlich. Sobald nur einer nieste, stand sie mit einem Erkältungstee und einem frisch gebügelten Taschentuch an seinem Schreibtisch, und sie hatte auch noch nie den Geburtstag eines Mitarbeiters vergessen. Wer ihr loyal ergeben war, konnte auf Mutti zählen. Ihre einzige Schwäche waren die starken Reval-Zigaretten, die sie ketterauchend wegquarzte. Dazu trank sie literweise Filterkaffee, gerne auch mit einem Schuss Weinbrand. Oder einem Boonekamp.

Dr. Monika Mertens war nichts fremd in diesem Geschäft. Sie hatte es sozusagen von der Pike auf gelernt. In Lauf ihrer Karriere war es turbulent zugegangen. Sie hatte Helmut Schmidt im Deutschen Herbst so manche Mentholzigarette angeleckt und den Saunaofen für Helmut Kohl und Maggie Thatcher höchstpersönlich auf einhundertzehn Grad eingestellt. Ihr größter Coup jedoch war Monica Lewinsky gewesen. Der pausbäckige Blasebalg, der aus Mister President einen treuen und willfährigen amerikanischen Coco Jambo gemacht hatte.

Doch nun hatte sie anscheinend ein kleines Problem: Eike Klein! Das dachten vielleicht ihre Mitarbeiter, aber Monika Mertens war nicht sonderlich beunruhigt.

Sie lachte heiser und zündete sich eine Reval an. Anfangs hatte es nur Gerüchte über einen Maulwurf in der Abteilung B2 gegeben. Dann hatte das Warnsystem Unregelmäßigkeiten auf Kleins Schweizer Konten angezeigt. Sie hatte daraufhin seine Überwachung verschärfen lassen und einen ihrer besten Leute auf ihn angesetzt. Das Video auf ihrem Bildschirm war eindeutig. So, so, ein Mikrochip in einer Uhr. Wie originell. Dieser Klein hatte wohl zu viele James-Bond-Filme geschaut.

Mit einer lässigen Handbewegung klappte sie den Laptop zu und trank ihren Kaffee aus.

Das Blackberry meldete sich. Aufmerksam las sie die chiffrierte Textnachricht: »Kamelmelken in der Karawanserei. Mehr Info unter 88 29.«

Ihre Miene hellte sich auf. Mit einer Stimme, die selbst

Darth Vader zutiefst erschreckt hätte, lachte sie schallend auf. »In Marrakesch bist du also!« Was soll's! Sie rieb sich zufrieden die Hände. Eike Klein würde sie nicht um ihren Schlaf bringen. Früher oder später würde sie dieses Problem auf ihre Art und Weise lösen. Wie in all den Jahren zuvor. Dass diese kleinen Agenten sich immer so wichtig nahmen.

Im Augenblick interessierte Dr. Monika Mertens nur eine Frage: Wer hatte die Uhr?

Aber auch das war nur eine Frage der Zeit, und Dr. Monika Mertens konnte warten. Warten, bis irgendwer die Nerven verlor und eine Dummheit anstellte. Sie hackte eine Mail in ihr Blackberry. Ihre Leute sollten ein Auge auf die üblichen Pappenheimer werfen und sie sofort über jede auffällige Aktivität informieren. Sie erhob sich von ihrem Sessel, nahm ihre Handtasche und verließ ihr Büro über den Fahrstuhl. In der Tiefgarage stieg sie in ihren Dienstwagen. Am Abend war Kegeln angesagt. Grinsend stellte sie fest, dass sie das mindestens genauso aufregend fand wie ihren Beruf – wenn nicht sogar aufregender.

Die malerische Altstadt von Marrakesch wirkt nur auf Touristen so bedrohlich. Während in Agadir die Leuchtreklame von KiK und Döner-King das Stadtbild prägte, hatte Marrakesch seinen magischen Charme bewahrt und sogar auszubauen vermocht. Die Stadt war zur Oase für den internationalen Jetset geworden. Mick Jagger, Madonna, Kate Moss und viele andere Celebrities hatten in der Metropole am Fuß des Atlasgebirges Paläste und Villen erworben.

Gegen den magischen Zauber Marrakeschs nahmen sich ehemalige In-Städte wie Istanbul, New York oder Flensburg aus wie verlassene Dorfplätze in der Niederlausitz. Edles Publikum – Intellektuelle, Künstler, Mäzene, wer was auf sich hielt, feierte in Marrakesch. Hier spielte die Musik. The Big Dattel. The City That Never Sleeps.

Eike Klein stieg voll in die Eisen seines betagten Citroën Méhari. Fast hätte ihm ein Kamel mit einem Tuareg die Vorfahrt genommen. In Deutschland war das meistens umgekehrt.

Er stieg aus und beruhigte das aufgeregte Tier. Das war eine seiner großen Freuden hier, Kamele mit Zucker zu füttern. Das kribbelte immer so schön in der Hand. Der Trick war: Man musste die Hand ganz gerade halten, sonst zwickten sie mit ihren starken Schneidezähnen hinein.

Am Strand war es langweilig, weil die Kamele da nicht hindurften. Zu viele Touristen, das musste man verstehen. Tierquälerei. In Deutschland galt »Kamel« als Schimpfwort, aber Deutschland war weit weg.

Die BND-Kollegen hatten von seinem geheimen Deal nichts mitbekommen. Wie auch? Er hatte alle Spuren verwischt. Nur seiner Nachbarin hatte er einen Zettel dagelassen mit den Worten: »Bin für ein paar Monate in Marrakesch. Bitte gießen Sie die Usambaraveilchen. Ich bringe Ihnen auch was Schönes mit.« Das mit dem Mitbringsel war ein Trick von ihm. Damit sie nicht nach ihm suchten.

Klein residierte fürstlich im La Mamounia, in der Marlene-Dietrich-Suite. Sechs-Sterne-Bunker, sündhaft teuer, aber mit legendärem Luxus aus Tausendundeiner Nacht. Goldene Seifenschalen mit Colorado-Mischung im Bad, Rebel-Yell-Whiskey aus Elfenbeinkaraffen und in der Minibar Felsensteiner Apfelschorle, so viel man wollte. Es war das Paradies.

Für heute Abend hatte er eine Einladung ins Le Foundouk, also ließ er sich zuvor bei einem jener unglaublich geschickten Berber barbieren. In der Linken einen Hendrick's Gin und Tonic, in der Rechten das Mundstück einer Hochleistungsshisha, die randvoll mit feinstem grünem Marokkaner vor sich hin glomm. Im Illustriertenregal hatte er sogar eine ältere *BUNTE* gefunden. Darin waren Boris Becker und Sandy Meyer-Wölden noch ein Paar. Er war immer ein großer Fan gewesen: dieser Wille, dieses strahlende Siegerlächeln ... tolle Frau. Ihn verachtete Klein. Was hatte Becker schon geleistet? Gut, Wimbledon gewonnen. Das hatten zig andere vor ihm auch. Pah, da war er doch nur einer von vielen.

Jetzt ging es gleich ins Le Foundouk. Freitags war dort Mottoparty. Heute hieß es frei nach Lynyrd Skynyrd: Sweet Home, Alibaba. Klein hatte sich passenderweise als Kleiner Muck verkleidet.

Zum Glück kannte er den Weg genau. Das Le Foundouk lag in einer ehemaligen Karawanserei und verfügte über einen prächtigen Innenhof. In der Eingangstür befand sich eine kleine Klappe, durch die jeder Besucher erst mal abgecheckt oder abgeschreckt wurde.

Klein war hier schon bekannt.

Die Tür ging auf, und schon tauchte er in eine orientalische Märchenwelt ein. Vier vollbusige Leilas aus der Bauchtanztruppe von Joaquín Cortéz bemühten sich redlich, bei seiner spontanen Darbietung einer böhmischen Löffelpolka mitzuhalten. Rechts neben der Tanzfläche lagen zwei Lines allerfeinsten Kokses, so dick wie Autobahnmarkierungen, die zwei international bekannte Models auf Kniepolonaise wie Industriestaubsauger wegzischten. In einer Nische an der Bar vergnügte sich ein Pulk Waliser bei einer Art gemischter Erotiktüte: Leckmuscheln, Flutschfinger und ein paar längste Pralinen der Welt. Au weia! Wer da wen knutschte, war mit bloßem Auge nicht zu erkennen.

Zwei stark behaarte Ladyboys packten Klein beherzt unter den Achseln und schleppten ihn in ein abgelegenes Séparée im dritten Stock. Er protestierte nur der Form halber und freute sich schon auf ein bizarres Vergnügen. Die Burschen hatten nicht zu viel versprochen. Was sahen die beiden Lümmeltanten gut aus!

Sie fesselten ihn zu einer Traube und hängten ihn in einen Schrank. Aus einer kunstvoll verzierten Holzschachtel wurden zwei Skorpione genommen und vorsichtig gemolken, sodass nur noch eine kleine Menge Gift in ihrem Stachel steckte. Dann setzten die beiden Krawallmuttis je eines dieser Tiere auf seine beiden Hoden. Augenblicklich stachen die verängstigten Tierchen zu.

So was Schönes hatte Eike Klein noch nie erlebt. Das Gift schoss in Windeseile durch seine Blutbahn. Es fühlte sich großartig an. Er war ein Leguan in der Serengeti – endlose Weiten, sonnige Höhen, blutrote Horizonte ... Er konnte fliegen, er konnte Flüsse trinken, Drachen töten ... Auf dem purpurnen Gipfel des Kilimandscharo traf er auf Dr. Monika Mertens. Die attraktive Mittsechzigerin war nur mit einem durchsichtigen Dirndl bekleidet und sah verführerisch aus. Sie knutschten eine Ewigkeit, und er kam, ganz ohne sie um Erlaubnis zu fragen. Endlich hatte Eike Klein das Paradies betreten.

Am nächsten Morgen fanden ihn zwei völlig verstörte Putzfrauen mit blauem Gesicht baumelnd im Schrank. Kopfschüttelnd warfen die beiden resoluten marokkanischen Feudelmuttis ihn zum restlichen Müll im Innenhof. Nie war er glücklicher gewesen.

5

Der Todesengel von Saint-Tropez

Der Russe hatte sich um vier Uhr morgens auf den Weg nach Saint-Tropez gemacht. Der hubraumstarke Zwölf-Zylinder-Reihenhaus-Motor blubberte zufrieden im unteren Drehzahlbereich. Er liebte es, gemächlich vor sich hin zu cruisen und die Landschaft an sich vorüberziehen zu lassen. So hatte man doch viel mehr Zeit zum Nachdenken.

Denken hilft, dachte er und grinste.

Es gab mehrere Möglichkeiten, von Düsseldorf nach Saint-Tropez zu fahren. Peimann nahm natürlich die Strecke über Genua. Er kannte in Portofino eine kleine Pasticceria, wo die besten Florentiner der Welt hergestellt wurden. In eine Tasse warmen Rüdesheimer Kaffees gedippt, war dieses herrliche Gebäck ein Stück vom Himmel. In dieser durchgedrehten Welt brauchte er solche Inseln der Behaglichkeit immer mehr.

Seine Gedanken schweiften zurück. Wie immer, wenn er lange Strecken fuhr. Er sah sich mit kurzer Hosenträger-Hirschlederhose auf seinem feuerroten Bobby-Car vor der Haustür seiner Pflegemutter sitzen. »Uwe, denk immer daran: Nimm dir Zeit und nicht das Leben!«, hatte sie ihm ein ums andere Mal gesagt. Und auch die weisen Shaolin-Mönche im

Ferienlager waren alles andere als Freunde falscher Hektik gewesen. Immer wieder hatten sie ihrem Zögling eingeschärft: »Gras wächst nicht schneller, wenn man daran zieht.«

Isabelle Dujardin, ich bin auf dem Weg zu dir.

Der Russe kannte sie seit ihrem sechzehnten Lebensjahr. Tragisch, ihre Geschichte, wirklich tragisch. Ihr Schicksal erinnerte in allen Belangen an einen dieser düsteren Filme von Luc Besson: Isabelle hatte ihr Elternhaus verlassen, als sie gerade vierzehn geworden war. Ihre Mutter, eine temperamentvolle Irin mit militanter IRA-Vergangenheit, hatte sich geweigert, beim Ponyreiten Isabelles Vierbeiner Sabrina an der Trense zu führen. Isabelle hasste ihre Mutter. Verständlicherweise. Statt *Bibi und Tina* durfte sie immer nur die ersten zwanzig Minuten von *Der Soldat James Ryan* schauen. Wenn die anderen Kinder genüsslich in ihre gesunde Milchschnitte bissen, musste die kleine Isa eine Schale getrockneten Hirsebreis zu sich nehmen. Kindergeburtstage waren regelmäßig ausgefallen, dafür musste das zarte Mädchen jeden Sonntag zum Training mit der Wehrsportgruppe Kelly.

Die Sache mit dem Pony jedoch hatte das Fass zum Überlaufen gebracht. Kurz entschlossen war der renitente Teenager einfach davongeritten.

Er selbst hatte sie zum ersten Mal in einem Ausbildungslager der PLO im Libanon gesehen. Ihr geschickter Umgang mit Waffen aller Art war ihm sofort aufgefallen. Was ihre Ausbilder besonders an ihr bewunderten, war die gnadenlose Brutalität.

Vier Jahre später sahen sich beide in Tunis wieder. Aus dem Teenagermädchen mit dem verpickelten Gesicht und den Pferdepostern an der Zeltwand war eine hochattraktive Tötungsmaschine geworden. Peimann verliebte sich auf der Stelle in sie, und die beiden wurden ein gefürchtetes Paar.

Alles lief bestens, sie waren wie füreinander geschaffen. Sie liebten sich perfekt. Sie töteten perfekt. Sie lebten perfekt. Die beiden waren zu einem Monster mit zwei Köpfen geworden.

Es war die schönste Zeit in seinem Leben gewesen. Isabelle war sein Ein und Alles. Und der größte Fehler, den er je in seinem Leben begangen hatte.

Am Anfang, als er noch blind vor Liebe gewesen war, hatte er ihre bizarren Sexpraktiken noch als Spiel betrachtet und sich nur allzu gerne ihrer grenzenlosen Fantasie unterworfen. Mit leidenschaftlicher Begeisterung hatte er die Eselsmaske getragen, die sie ihm jedes Mal angelegt hatte. Bis ihm eines Tages auffiel, dass es gar keine Maske war. An jenem Tag begriff Uwe Peimann, wie kaputt sie war. Als er irgendwann nur noch kuscheln wollte, verweigerte sie ihm jegliche Zuneigung. Eines Morgens nannte er sie zärtlich Mutti und verlangte nach einer Tasse guten warmen Kakaos. Die nächsten zehn Minuten waren die schlimmsten zehn Minuten seines Lebens gewesen. Sie schlug ihm mehrfach mit der flachen Hand ins Gesicht und schimpfte ihn einen dysfunktionalen Perversen. Und er wehrte sich nicht. Er ließ sie gewähren.

Doch in jenen zehn Minuten starb die Liebe in Uwe Peimanns Herz, und ein Loch brannte sich in seine geschundene Seele.

Man trennte sich und verlor sich aus den Augen. Als er im Laden von diesem Pullmann den Zettel gesehen hatte, erkannte er ihre Handschrift auf den ersten Blick. Es war wie ein Stich ins Herz gewesen, aber eines hatte sich in all den Jahren offensichtlich nicht geändert: Sie konnte sich nach wie vor nichts merken und musste sich alles notieren. Er hatte sich damals immer über ihre zahlreichen Post-its am Kühlschrank geärgert. Schalldämpfer reinigen. Milch kaufen. Selbst die banalsten Dinge wollten ihr nicht in den Kopf. Solche Unzulänglichkeiten waren unverantwortlich in ihrem Job. Allein dass sie den Briefbogen eines Hotels verwendet hatte, durfte einer Topagentin wie der Französin nicht passieren.

Das Hôtel La Bastide de Saint-Tropez kannte er wie seine Westentasche. Dort hatten sie sich geliebt, gestritten und in endlosen Nächten wieder versöhnt.

Mit der rechten Hand maß er seinen Puls. Sechzig. Na bitte. Er empfand wirklich nichts mehr für sie. Schon auf der Beerdigung ihres Vaters, eines liebenswerten Pastors aus der Normandie, hatte er sie aus dem Hintergrund aufmerksam beobachtet und keinerlei Regung mehr verspürt.

Es war ein Jammer. Sie hatte so viele Talente. Diese Frau sprach vierzehn Sprachen fließend, darunter Suaheli, Inuktitut, Sanskrit und Friesisch – sogar herb. Und kochen konnte sie! Niemand machte Frikadellen schmackhafter als Isabelle! Schön mit Senf, dazu ein feines Schöfferhofer Weizen. Und sie liebte es, lauthals zum Radio mitzusingen. »Frankreich, Frankreich« der Kölner Folkloreband Black Fööss war immer ihr gemeinsames Lieblingslied gewesen, damals, als alles noch so einfach schien und die Tage fünfundzwanzig Stunden hatten.

2013 änderte sich alles. Isabelle verführte auf Hawaii den jungen, in Liebesdingen völlig unerfahrenen Eduard Snowden, der sich von da an für was Besseres hielt und fortan nur noch Edward Snowden genannt werden wollte. Whistleblower, is' klar. Vor allem blow, 'türlich, 'türlich. Der Rest war Geschichte. Seitdem arbeitete sie nur noch selten und wenn, dann für kriminelle Organisationen.

Die Tanknadel näherte sich der Reserve, und er fuhr von der Autobahn ab ins Zentrum von Monaco. Dort ließ er seinen geliebten 600er stehen, den er vier Wochen zuvor bei Vapiano in Mettmann gestohlen hatte. Er parkte auf dem Parkplatz des Casinos. Zwei schnelle Handgriffe später saß er in einem bestens gepflegten Golf Country. Dieses Fahrzeug würde ihm aufgrund seiner hohen Bodenfreiheit in der Gegend rund um das Hotel noch nützlich sein. Gutes Essen, exzellenter Kognak – all das beherrschten die Brüder hier in Frankreich, aber der Russe hatte noch nicht eine einzige vernünftige Straße oder ein gerades Baguette gesehen. Er beglückwünschte sich zu seiner Autowahl. Außerdem war der Golf auch noch sparsamer als der S600 – und unauffällig.

Als er wieder auf die Autobahn zurückfuhr, wanderten seine Gedanken zurück zu seinem ursprünglichen Plan. Er musste endlich diese Uhr in seinen Besitz bringen, sonst würde das Syndikat noch unruhiger werden. Er wusste, dass sie ihm schon jetzt nicht mehr voll vertrauten. Und natürlich waren ihm die beiden BND-Kasper längst aufgefallen, die seit Stunden vor seinem Haus in Düsseldorf herumgelungert hatten. Das konnten nur Leute von Dr. Monika Mertens sein. Und das musste etwas zu bedeuten haben. Wenn die Mertens sich einschaltete, ging es um etwas sehr Großes.

Wie hatte Isabelle überhaupt Wind von der Sache bekommen? Wer hatte sie beauftragt? Er konnte die vielen Puzzleteilchen einfach nicht zusammensetzen. Wenn diese beiden Frauen hinter der Uhr her waren, musste sie dann nicht wertvoller sein als die zweihundertfünfzigtausend, die sie ihm für seinen Kurierdienst angeboten hatten?

Der Russe beschloss, die Uhr genau zu untersuchen, sobald sie später an seinem Handgelenk baumelte. Wahrscheinlich wäre noch wesentlich mehr Geld für ihn drin. Doch das alles waren Fragen, die auch später noch geklärt werden konnten. Erst mal musste er sich wieder auf seinen konkreten Plan fokussieren. Isabelle war nun wirklich keine Laufkundschaft, und schon der kleinste Fehler konnte tödlich sein. Was ihm bevorstand, war kein Kindergeburtstag.

Rund zweihundert Meter vom La Bastide de Saint-Tropez entfernt, stellte er den Golf ab und observierte erst mal ausgiebig und gründlich sein Zielobjekt. Er zog sein altes NVA-Fernglas aus dem Rucksack und beobachtete den Parkplatz vorm Hotel. Richtig gemütlich hatte er es sich auf seiner Decke im Gebüsch gemacht. Die Tupperdose mit den Florentinern lag akkurat neben der Thermoskanne, in der ein bekömmlicher Kaffee Hag dampfte. Zitternde Koffeinhände konnte er jetzt nicht gebrauchen.

In die Stille dieser berückenden Landschaft dröhnte plötzlich der Motor eines Porsche Turbo am Limit. Peimann griff zum Fernglas – und er traute seinen Augen nicht. Das Nummernschild ließ keinen Zweifel am Besitzer des exklusiven Sportwagens. E-AS 69. Schwungvoll ging die Fahrertür auf, und ein bestens gelaunter Atze Schröder stieg aus dem Wagen.

Der Russe war fassungslos. Mit offenem Mund bestaunte er Schröders drahtigen Körper, der sich ungeniert auf dem Parkplatz dehnte und dann ein frisches T-Shirt anzog. Diesen makellosen Body hätte er einem deutschen Komiker nicht zugetraut. Otto Waalkes, Didi Hallervorden, all die Helden seiner Jugend sahen jedenfalls nicht annähernd so aus. So viel stand fest. Er beobachtete, wie Schröder im Hotel verschwand, setzte das Fernglas ab und dachte nach.

War das ein Zufall? Was wollte Schröder ausgerechnet hier? War Schröder auch hinter der Uhr her? Hatte Isabelle ihn benutzt? Sie vermischte nur zu gerne mal Berufliches mit Amourösem.

Er packte seine Sachen zusammen und zog auf einen Beobachtungsposten auf dem Hotelgelände. Flach lag er auf dem Dach der Hotelkapelle und betrachtete das Treiben am Pool. Minuten später stolzierte Schröder wie ein selbstverliebter blasierter Gockel in einer kleinen schwarzen Versace-Badehose aus dem Spabereich. Hut ab. Es gab in Europa nur noch wenige Männer, die eine goldene Brokatbordüre an einer Badehose ohne Imageschaden tragen konnten.

Ohne jeden Selbstzweifel – auch wenn er angebracht gewesen wäre – sprach der gut gelockte Stenz eine Badenixe nach der anderen an. Dann bestellte er lauthals zwei Runden Champagner. Der schien wirklich überhaupt keine nennenswerte Hemmschwelle zu haben. Das machte ihn irgendwie sympathisch. Der Russe fühlte für Sekunden eine aufkeimende Verbundenheit mit diesem aufrechten Mann. Er hatte diesen Gedanken kaum zu Ende gedacht, da sah er Isabelle auf Schröder zugehen. Sie wechselten ein paar Worte. Die Abendsonne brannte ihm unangenehm im Nacken. Es war kurz nach acht. Der Russe ahnte, was jetzt kommen würde. Und Schröder tat ihm leid.

Behände wie ein Panther glitt Peimann über das Dach hinüber zum Giebel des Haupthauses. Isabelle hatte wie immer Zimmer 9. Todsicher. Der Russe hielt inne. Es war noch zu hell, um sich auf dem Balkon zu verstecken. Er würde warten müssen, bis es dunkel wäre und die Französin von ihren Spielchen genug hatte.

Die Entscheidung war gefallen. Isabelle Dujardin saß in der Falle, und der Russe konnte sich entspannen. Er zweifelte nicht eine Sekunde lang daran, dass er diesen wunderschönen Ort mitsamt der Uhr am Handgelenk verlassen würde.

Er versank in meditative Starre, ohne auch nur den Hauch seiner Konzentration zu verlieren.

Ich war mal wieder in absoluter Hochform und redete wie ein Wasserfall. Meine Zunge war von all dem Französischsprechen schon ganz schwer … vor allem aber von dem guten

Ruinart-Rosé-Champagner. Ich hatte großzügig zwei Runden am Hotelpool spendiert und war meiner Meinung nach aus der luxuriösen Hautevolee von Saint-Tropez nicht mehr wegzudenken. Ich wandelte auf den Spuren von Gunter Sachs, gab eine Anekdote nach der anderen zum Besten und unterhielt die ganze Runde wie ein aufgedrehter Grand Charmeur. Leider in schleppendem Wehrmachtsfranzösisch. Die Damen hatten aber trotzdem ihren Spaß und gackerten wie gallische Hühner auf der Stange.

Die Schönste unter all den gut gebauten Topmodels war eine rassige, dunkelblonde Schönheit mit grünblauen Augen. In lupenreinem Deutsch sprach sie mich an: »'err Schröder, ich bin ein ganz, ganz großer Fan von Ihnen! Aber warum 'aben Sie mich bloß damals in Paris auf der Terrasse des George V. sitzen lassen?«

Ich war schockiert. Das war doch normalerweise eine meiner todsicheren und besten Anmachmethoden?! Mit dem Spruch hatte ich immer eine vorsichtig geschätzte Erfolgsquote von hundert Prozent, und er führte zielsicher in die exklusiven Lustkatakomben der weiblichen Begierde.

Ich fackelte nicht lange und schob gleich den nächsten Klopper in frankophilem Gewand hinterher:

»Exquisa ma, parlewu Philadelphia, je suis Buko Gilbert. Rattan, rattan, radatadatan.«

Ihr silbrig helles Lachen zog mir direkt ins hormonelle Taufbecken. »Sie meinen wohl Gilbert Bécaud, mein Lieber. Man nennt ihn auch Monsieur 'underttausend Volt, aber Sie sind ja die reinste Naturgewalt, mon cher!« Oh, là, là, das hier war offensichtlich ein Gespräch unter Erwachsenen. Was für eine Klassefrau! Die schaute nicht weg, die wollte es wissen. Sie schob sogar noch ein weiteres Holzscheit ins Feuer: »Warum führen wir diese Unterhaltung nicht im Café Boxspring weiter?« Sie sah mir tief in die Augen, nahm mich an der Hand und wartete meine Antwort nicht eine Sekunde ab.

Wenige Augenblicke später hatte sie mich mit zwei Samttüchern ans Bettgestell gefesselt und zog mir mehr als geschickt die Hose runter. Dann flüsterte sie mir ins Ohr: »Mon cher, ich bin genau die, 'inter der du 'er bist, und ich 'ab genau das, wonach du suchst.«

Mittlerweile völlig nackt, ging sie zum Safe und holte die Uhr heraus. Dann band sie mir die Tudor ums Handgelenk und setzte sich auf mich. »Es macht mich einfach scharf, wenn Männer im Bett eine schöne Uhr tragen. Und diese Uhr macht mich besonders geil, weil sie eine Million wert ist.«

Ich liebe ja skurrile Situationen, aber diese war mir ein bisschen zu sportlich. Ich protestierte schwach, aber entschieden: »Äh, Entschuldigung, Mademoiselle, das kommt jetzt vielleicht etwas überraschend, aber ich möchte Sie ausdrücklich darauf hinweisen, dass ich verlobt bin.«

»Interessant«, gurrte sie, »aber es fühlt sich gerade nicht danach an.« Sie biss mir zärtlich ins Ohr.

Hilflos musste ich mit ansehen, wie mir mein bester Mann schamlos in den Rücken fiel und gemeinsame Sache mit der wohlmanikürten Hand dieser französischen Bestie machte. Dann verlor ich ihn aus den Augen.

Wie lange sie entfesselt auf mir rummachte, vermochte ich nicht zu sagen. Sie wand sich jedenfalls wie eine unheilvolle Königskobra und versuchte, mich zuschanden zu reiten. Plötzlich hielt sie inne und flüsterte mir mit irrem Gelächter heiser ins Ohr: »Du machst mich verrückt, du kleiner Wichser! Sowie dein kleiner Soldat nicht mehr steht, werde ich dich töten. Aber ganz langsam, versprochen!« Dann lachte sie irre.

Aha, daher wehte der Wind also.

Immerhin gab mir das ein paar Stunden Zeit, um einen Ausweg aus dieser prekären Lage zu finden. Wieder und wieder kam sie, aber ihre Bewegungen wurden immer langsamer. Da hatte mal wieder jemand den Mund zu voll genommen. Wie immer. Erst große Klappe haben und dann nicht liefern.

Ich drehte meinen schönen Körper leicht zur Seite. Sanft glitt sie von mir runter auf das Laken. Jetzt bloß keine Hektik. Unter leichten Schmerzen drehte ich meine Handgelenke immer wieder hin und her, dann spürte ich, wie sich der rechte Knoten ein wenig lockerte.

Fünf Minuten später konnte ich meine fast tauben, abgestorbenen Hände endlich befreien. Die Verrückte schlief wie ein Baby, doch zur Sicherheit fesselte ich nun meinerseits ihre Hände ans Bett. Gott sei Dank. Nun aber nix wie weg.

Ich raffte hastig meine Klamotten zusammen, die ich zuvor mit der Irren aus dem Spind im Wellnessbereich geholt hatte, und zog mich schnell an. Aber verdammt, mir platzte fast die Blase. Schnell ins Bad. Gegenüber der Toilette hing ein großer Spiegel über dem Waschbecken. Praktisch, wie sich herausstellte. So konnte ich wenigstens sehen, dass das Sexmonster noch immer selig schlief. Ich kontrollierte meinen kleinen abtrünnigen Verräter, der die Tortur anscheinend ohne größere Blessuren überstanden hatte. Als ich den Blick wieder hob, gefror mir das Blut in den Adern.

Im Spiegel sah ich, wie Herr Peimann eine Waffe mit Schalldämpfer auf die Stirn der schlafenden Französin setzte. Ich biss mir vor Schreck auf die Lippen, stand schnell auf und zog mir die Hose hoch, den Blick noch immer fest auf den Spiegel gerichtet.

Peimanns Stimme klang verächtlich: »Isabelle, arme kleine Isabelle. Hast du wirklich geglaubt, du kämst mir so davon? Was für ein Jammer. Du hättest mir den Kakao machen sollen, du egoistisches Monster. Aber das wolltest du ja nicht. Das war dir wohl zu langweilig, und ich war dir zu bieder. Du hast schon immer die Gefahr gesucht – und jetzt, kleine Isabelle, jetzt kommst du darin um. Adieu, chérie.« Seine Miene war eiskalt, seine Augen zwei schmale Schlitze. Dann drückte er zweimal ab. Ich riss das Toilettenfenster mit einem Ruck auf und sprang, ohne nachzudenken, kopfüber hinaus.

Glücklicherweise fiel ich auf die Markise über der Frühstücksveranda. Ich rutschte hinunter, rappelte mich auf und rannte wie um mein Leben zu meinem Turbo. Tür aufreißen, Motor starten und mit einem rasanten Paul-Walker-Turn vom Parkplatz. Ich verschmolz mit dem Wagen und gab Gas. Zwei Schüsse durchschlugen noch die Heckscheibe, doch da bog ich schon um die Ecke.

Ich fuhr wie ein entfesselter Irrer und hielt erst drei Stunden später wieder an – Gott sei Dank an einer Tankstelle in Genf, denn der Tank war mittlerweile leer. Inzwischen war es Montagmorgen, zwei Uhr, um genau zu sein. Ich stellte mit leichtem Unbehagen fest, dass dem guten Herrn Peimann die Tudor Heritage offensichtlich wirklich wichtig war. Es gab nur ein Problem: Der Käsewecker befand sich an meinem linken Arm. Und nachdem ich gesehen hatte, wie er mit Isabelle Dujardin umgegangen war, zweifelte ich nicht eine Sekunde daran, was er mit mir machen würde. Er würde mich jagen und wie ein tollwütiges Karnickel abknallen. Achduscheiße, hätte ich dieses verdammte Päckchen doch bloß in den nächsten Briefkasten geworfen! Wie ich es vorgehabt hatte! Aber nein. Und dann kommt es zweitens auch noch anders, als man denkt. Wer hätte denn auch schon ahnen können, dass dieser Peimann für diese Uhr sogar die schönsten Frauen umbrachte?

Also, ich jedenfalls nicht.

6

Birkel räumt auf

Die muffige Zimmerluft in diesem viel zu kleinen Zimmer ließ mich früh erwachen. Wieder einmal bewahrheitete sich die alte Tourneeweisheit: Keine Hotels buchen, in denen Tiernamen vorkommen. Mit einem Geschmack im Mund wie eine rüstige Marktfrau unterm Arm erwachte ich im Motel »Zum goldenen Hirsch«. Ich musste einfach ein paar Stunden ausruhen und hatte an der Rezeption jovial um das beste Zimmer gebeten.

»Aber ja, Herr Schröder«, hatte es mir auf Schwyzerdütsch entgegengeschallt, »in dem Zimmer hat auch schon Ray Charles geschlafen.«

So sah das Zimmer auch aus. Seit 1964 war hier nichts mehr verändert worden, so viel war klar. Ich hatte einen tiefen Atemzug Zimmerluft auf Lunge genommen. Lecker. Es roch, als wäre der gute alte Ray hier auch gestorben.

Ich rieb mir den Schlafdreck aus den Augen und überlegte.

Eins war klar: Nach Hause konnte ich nicht. Dieser irre Herr Peimann war mir auf den Fersen, und mein einziger Schutz bestand darin, dass er nicht wusste, wo ich mich aufhielt. Verdammte Hacke. Ich war schon oft verfolgt worden: von gehörnten Ehemännern, scharfen Lamettaschlampen, lebensfrohen Hausfrauen, geldgeilen Veranstaltern und skrupellosen TV-Redakteuren. Aber dieser durchgeknallte Mörderrentner war eine völlig neue Erfahrung für mich.

Plötzlich wurde ich kreidebleich, denn einen Aspekt dieser unerfreulichen Situation hatte ich noch gar nicht bedacht.

Klar – am einfachsten wäre es, ihm die Uhr ganz einfach wiederzugeben. Nur – und das war mir jetzt völlig klar – töten würde er mich trotzdem. Ich hatte im Hotel zu viel gesehen, er konnte sich keinen Augenzeugen für seinen Mord an der Französin leisten. Und offensichtlich brachte er sowieso jeden um, der von der Existenz der Uhr wusste.

Eiskalt lief mir der Angstschweiß literweise durch den Klempnerpfirsich.

Da Peimann mich besucht hatte, wusste er genau, wo ich wohnte und wie das Päckchen in meinen Besitz gelangt war. In unserem Gespräch in meiner Küche hatte ich auch meine Nachbarin erwähnt. Peymann und Peimann – Scheiße, Scheiße, Scheiße! Also waren ab sofort Ute und Philipp auch nicht mehr sicher. Ich zog mein Handy hervor und wählte Utes Nummer. Es war 7.30 Uhr morgens. Keiner ging ran. Ich wählte Philipps Nummer, auch dort ging keiner ran. Das konnte alles oder nichts bedeuten. Entweder waren sie schon auf dem Weg zur Schule, oder ... Verdammt! Ich versuchte mich zu beruhigen. Mein Tageskilometerzähler zeigte 150 Kilometer an. Immer wieder hatte ich es bei beiden probiert. Ohne Erfolg. Mittlerweile war es 8.45 Uhr, und Lörrach zog an mir vorbei. Panik erfasste mich, und ich rief im Sekretariat der Ilja-Rogoff-Waldorfschule an.

»Frau Mersmann, Atze Schröder hier. Ist Frau Peymann heute zur Arbeit erschienen?«

Schnippisch wie immer antwortete die Torfhexe: »Nein, die feine Frau Peymann ist noch nicht erschienen. Die Schüler haben mich gerade informiert.«

Oh, oh, das verhieß nichts Gutes. Montagmorgens hatte sie in der erste Stunde immer bilinguales Radieschensäen mit der 9b. So was würde meine korrekte Ute doch nie ausfallen lassen! Mir rutschte das Herz in die Hose. War Peimann schneller als ich gewesen? Waren die beiden in Lebensgefahr? Man macht ja immer seine Späße über so was, aber wenn so ein Albtraum dann Realität wird, ist Schluss mit lustig.

Ich war außer mir vor Sorge, und mein Magen schmerzte plötzlich. Ich verdammter Idiot! Wieso hatte ich dem blutenden Peimann diese Scheißuhr nicht durch diesen Scheißbriefkastenschlitz geworfen? Mit welchen Leuten hatte ich es hier nur zu tun? Dieser irre Rentenrambo brachte Isabelle um, drei Wrestler folterten den Dicken und seine Frau ...

Moment mal. Mir wurde schlecht, aber gleichzeitig wurde ich stinkwütend. Ich wählte die Nummer vom dicken Pullmann, der auf der Intensivstation bestimmt schon am Frühstücken war. Mit Sicherheit sogar. Als letztes Jahr Blutspendewoche in Essen war, hatte der Fettsack wegen der Schokolade und dem Kartoffelsalat nach der Blutentnahme in einer Woche insgesamt fünfeinhalb Liter gespendet.

Er meldete sich mit vollen Mund: »Atze, Junge, wo steckst du denn? Was geht? Lass mal ein bisschen quatschen!«

»Dicker, halt mal die Luft an. Ich hab jetzt keine Zeit. Du erzählst mir jetzt mal, was genau bei dir im Laden passiert ist. Wer hat dich so zugerichtet? Und komm mir nicht mit deinen Wrestlern, sonst erwürge ich dich höchstpersönlich.«

Er stammelte weinerlich vor sich hin: »Atze, für mich ist das auch alles nicht leicht. Das ist alles Stress für mich. Ich krieg hier überhaupt nichts zu essen.«

»Dicker, pack endlich aus, ich hab jetzt keine Zeit für miese Witze. Wer war in deinem Laden?«

»Hab ich dir doch schon gesagt. Da war 'ne Französin, die diese Uhr gekauft hat, und später dann noch so ein älterer Typ, der hat die Gilla umgelegt ...«

»Okay, verstanden, Dicker. Es waren also zwei Personen bei dir?«

»Ja, zwei. Die Frau war nett und ist mit der Uhr weg. Und dann der Ältere. Der war nicht nett. Der hat die Gilla umgebracht. Mausetot ist die. Und ich auch bald, wenn ich nicht schleunigst was Vernünftiges auffe Gabel kriege!«

Ich legte angeekelt auf und versuchte erneut, Ute oder Philipp zu erreichen. Wieder vergebens. Wieder packte mich die Wut. Der Dicke, so ein Lügensack! Von wegen drei Wrestler und »gekämpft wie ein Löwe«. Peimann war auch ganz gut allein mit dem Speckbunker fertiggeworden.

Der Irre hatte also schon zweieinhalb Menschen auf dem Gewissen, wenn man den Fettsack mit einrechnete.

Ich klingelte wieder bei Ute und Philipp durch. Verdammte Scheiße, beide gingen immer noch nicht ran. Ihre Mailboxen hatten sie natürlich auch beide ausgeschaltet. Is' klar. Wenn es schon mal schiefgeht, dann aber auch richtig.

Ich malte mir die schlimmsten Dinge aus. Sollte er ihnen auch nur ein Haar krümmen, würde ...

Tja, was dann? Ich kannte nur einen Menschen, der mit mir bedingungslos auch gegen eine Büffelherde antreten würde.

Ich wählte Birkels Nummer, und der Lange ging sofort ran.

»Hör gut zu, Langer. Stell keine dummen Fragen und mach genau, was ich dir sage. Irgendein Verrückter will mir, Ute und Philipp an den Kragen. Der Typ hat schon zwei Leute umgebracht. Du fährst jetzt in die Kurt-Schumacher-Straße und beobachtest unser Haus. Falls dir irgendwas auffällt, ruf sofort an. Ich bin mit dem Auto kurz vor Frankfurt und in anderthalb Stunden da. Ey, und sei vorsichtig. Das sind gefährliche Jungs.«

Uwe Müller, genannt Birkel, steckte sein Handy in die Tasche und schüttelte den Kopf. Er zweifelte nicht einen Moment daran, was sein bester Freund ihm gerade am Telefon gesagt hatte. Wahrscheinlich hing es ja auch mit dem Mord an der Frau vom Dicken zusammen. Ihm war der Ernst der Lage klar, aber Angst kannte er nicht. Er war lange zur See gefahren und dabei in viele brenzlige Situationen geraten. Außerdem betrieb er seit zwanzig Jahren den gut gehenden Swingerclub »69«. Alle möglichen Rotlichtgrößen hatten in dieser Zeit versucht, ihm sein Geschäft abzunehmen, doch an dem Langen hatten sich bisher noch alle die Zähne ausgebissen: Die Russen, die Rocker, die Banker – alle hatten es probiert. Aber Birkel stand noch immer wie ein Pils in der Brandung. Die Eiger-Nordwand mit Augen. Außerdem hatte Birkel beste Verbindungen, weil er ein Toptyp war. Einmal hatten die Nazis ihm aufgelauert, weil er sie mit Hausverbot in seinem Flötenklub belegt hatte. Mit zwölf Mann und allerhand Schlagwerk hatten sie sich im Hinterhof auf ihn gestürzt. Keine gute Idee. Einige von denen trinken noch heute ihr Mettbrötchen aus der Schnabeltasse und grüßen brav ohne Zähne. Birkel hatte den Vorfall nicht mal erwähnt, rausgekommen war das Ganze nur, weil sogar der Bürgermeister höchstselbst sich bei ihm bedankt hatte.

Birkel schnappte sich seine Knarre, eine antiquierte Walther PPK, sowie ein handliches Migränestäbchen in Eiche rustikal. Dann wuchtete er seine hundertdreißig Kilo in den Hummer und rollte zielstrebig in Richtung Kurt-Schumacher-Straße 10.

Zwei Straßen vor dem Haus parkte er seinen Wagen am Kiosk vom alten Willi Prünte. Dort packte er sich einen Stapel Reklameblättchen und klemmte sie sich untern Arm. Hauseingang um Hauseingang steckte er die Prospekte an die Türgitter. Dabei beobachtete er die Umgebung aufmerksam.

Auffällig war ein Ford Mustang mit holländischem Kennzeichen. Dieses Gefährt stand direkt vor dem Haus. Er warf ein paar Prospekte vor die Haustür und klingelte bei Ute. Niemand öffnete.

Die Fenster im Rücken, ging Birkel zurück zum Bürgersteig. Am Törchen drehte er sich abrupt um und sah einen Schatten hinter der Gardine, die sich auch ein wenig bewegte.

Er ging um den ganzen Block und schlich sich über die Parallelstraße bis zu Utes Garten. Hinter der riesigen Tanne hockte er sich hin und wählte Atzes Nummer.

Kurz vor Köln – ich war mittlerweile fast wahnsinnig vor Sorge – meldete sich Birkel über die Freisprechanlage. »Atze«, flüsterte er, »hier stimmt was nicht! Ich hab geklingelt, aber keiner macht auf. Utes Auto steht in der Einfahrt, und ich hab genau gesehen, dass Leute in der Wohnung sind. Die Gardine hat sich bewegt, und dahinter konnte ich einen Schatten erkennen!«

Panik zog meinen Rücken rauf und runter, und ein stechender Schmerz quälte mein Skrotum. War Peimann mir zuvorgekommen, oder hatte er irgendwelche Schläger vorbeigeschickt?

»Pass auf, Langer, warte auf mich. Laut Navi hab ich noch vierunddreißig Minuten. Behalt alles im Auge. Wenn die abhauen wollen, häng dich dran!«

Ich trat das Gaspedal fast durchs Bodenblech. Ute! Philipp! Die liebsten Menschen meines Lebens. Mir war doch alles scheißegal. Ich war normalerweise cooler als Käpt'n Iglo im Tiefkühlfach, aber wenn es um diese beiden ging, dann ging es auch um mein Leben.

Dicke Tränen kullerten über meine stoppeligen Wangen. Peimann, ich warne dich, ich finde dich, und wenn es das Letzte ist. Ich bind dir den Arsch so hoch, dass der Mond platzt. Ich kau dich durch und spuck dich wieder aus.

Ich ermahnte mich zur Ruhe. Die weisen Worte des Fußballtitanen Zinédine Zidane erklangen in meinem Ohr und verfehlten nicht ihre buddhistische Wirkung: »Wenn Zorn spricht, verhüllt die Weisheit ihr Angesicht.«

Zwanzig Minuten später kniete ich neben dem Langen unter der Tanne. »Wie sieht's aus? Tut sich was?«

Er schüttelte den Kopf. »Nix, keine Bewegung. Aber ich hab einen Plan. Pass auf, ich trete die Tür ein und hau den Käseköppen die Birne matschig.« Stolz strahlte er mich an. »Was sagste?«

Trotz der ernsten Lage musste ich kurz grinsen. »Genial! Ein ganz ausgebuffter Plan! Wo holst du das nur alles her?«

Er strahlte mich weiter an, dann wurde er sauer. »Wieso, ist doch geil? Weißt du was Besseres?«

»Birkel, das sind keine 08/15-Schläger, das sind Profis. Und du weißt doch auch gar nicht, wie viele das sind. Wir müssen extrem vorsichtig sein. Für die ist ein Menschenleben nichts wert. Die pusten uns doch sofort weg! Wir machen es so: In meiner Wohnung ist doch die Verbindungstür ... nach unten ins Kinderzimmer von Philipp.«

»Hä? Verbindungstür?« Der Lange guckte mich verständnislos an.

»Ja, die haben Ute und ich doch damals eingebaut ... mit der Wendeltreppe dran ... als wir noch zusammen waren! Damit Philipp immer zwischen den beiden Wohnungen hin-

und herkonnte, ohne durch den Hausflur zu müssen. Da steht jetzt in meinem Schlafzimmer der dicke Eichenschrank davor. Den musst du nur zur Seite schieben, dann siehst du die Tür. Ich hab mein Handy in der Tasche. Wenn du einsatzbereit bist, sims mich an, dann versuch ich, die Brüder an der Tür abzulenken.«

Durch den Fahrradkeller verschwand der Lange ins Haus und schlich sich in den ersten Stock in meine Wohnung. Ich selbst ging um den Block herum zum Hauseingang, schellte bei Ute und wartete. Nach einigen Sekunden hörte ich Utes zittrige Stimme. »Hallo? Wer ist da?«

»Ich bin's, Atze. Mach auf!«

Der Öffner der Haustür summte, und ich ging ins Treppenhaus. Utes Wohnungstür öffnete sich, und ich atmete noch mal tief durch. Jetzt oder nie. Ich wartete eine gefühlte Ewigkeit auf die SMS von Birkel, doch sie kam nicht. Verdammt.

Birkel war durch den Fahrradkeller ins Treppenhaus geschlichen. Mit einer Grandezza, die man diesem Hundertdreißig-Kilo-Koloss nicht zugetraut hätte, huschte er die Treppe hoch zu Atzes Wohnung. Im Schlafzimmer sah er den dreihundert Kilo schweren Eichenschrank. Dahinter musste die Tür sein. Gut, dass dieses Möbelstück so massiv war. So konnte der kleine Philipp den lüsternen Dr. Libido Schröder nicht bei seinen ausufernden Liebesspielen überraschen.

Er hob den hässlichen Trümmer-Schrank geräuschlos zur Seite und drückte vorsichtig die Verbindungstür auf. Er hörte Stimmen aus Utes Wohnzimmer. Die Frikandel-Wemmser unterhielten sich. Offensichtlich waren sie nur zu zweit.

»Du hältst die beiden hier in Schach, und ich kümmer mich solange um den Lockenkopf. Und keinen Mucks, sonst ...«

Der Lange zog seine Schuhe aus und huschte auf Socken zur Kinderzimmertür. Er sah einen der beiden durch den langen, dunklen Altbauflur am Kinderzimmer vorbei zur Wohnungstür gehen. Sein Berggorilla-Arm sauste durch den Türspalt. Er packte den Holländer am Hals, und seine Riesenpranke drückte in Millisekunden zu. Noch ehe der Schläger realisierte, welche Urgewalt über ihn kam, sackte er bewusstlos weg und hing leblos an Birkels ausgestrecktem Arm. Birkel hielt den gefährlichen Gangster von sich weg wie eine Puppe und marschierte schnurstracks ins Wohnzimmer zu dessen Kollegen.

Die Überraschung war perfekt. Der zweite Gangster wirbelte ob der Trittgeräusche überrascht mit der Waffe in der Hand herum. Noch ehe er eine Frage stellen oder schießen konnte, verprügelte ihn der Lange mit dem Torso seines bewusstlosen Kumpels. Krachend klatschten ihre Köpfe zusammen. Kein schönes Geräusch.

Birkel schmiss die beiden wie lästige Lappen gegen die Heizung und sammelte ihre Waffen auf. Dann klopfte er sich die Klamotten ab und nahm die zitternde Ute in den Arm. »Na, Mausi, lange nicht gesehen. Haste mal 'nen Kaffee?«

Mit offenem Mund hatte Philipp das ganze Szenario verfolgt. Dann brüllte er laut auf und fiel dem Langen in die Arme.

Mit schlotternden Knien stand ich vor der Wohnung. Warum passierte denn nichts?

Plötzlich hörte ich ein dumpfes Krachen und einen lauten Schrei. Eindeutig Philipp! Ich verlor die Beherrschung. Mein Junge schrie, und mir war plötzlich alles scheißegal.

Ich trat die Tür mit einem mächtigen Kung-Fu-Tritt ein und sprintete den langen Flur entlang aufs Wohnzimmer zu.

Ich war bereit zu töten: »Kommt her, ihr Wichserse. Ich reiß euch euren miesen Käsearsch auf und schredder euch höchstpersönlich unter die Tulpenzwiebeln!«

Es stimmte wirklich: In der höchsten Not gab es ein paar wenige Auserwählte, die sich in eiskalte Tötungsmaschinen verwandeln konnten. Ich gehörte natürlich dazu. Schade nur, dass ich keine Zeit mehr hatte, mein Bruce-Lee-Stirnband aus den guten, alten Jugendzentrumszeiten von oben zu holen.

Mit einem Hechtsprung und seitlich gedrechselter Rolle landete ich platschend vor einem riesigen Paar Sneaker in Größe 52. Ich blickte hinauf in das grinsende Gesicht von Birkel.

»Na, Batman, auch 'nen Kaffee? Ute macht gerade einen.«

Ich fing mich in wenigen Augenblicken und betrachtete die groteske Szenerie mit den beiden verbeulten Käsewürfeln am Boden. Eins war klar: Hier konnten wir nicht bleiben. Die zwei Kasperköpfe hatte bestimmt mein neuer Fan und Bewunderer Herr Peimann geschickt, und es konnte nicht lange dauern, bis auch er persönlich hier auftauchte, um mir seine Aufwartung zu machen.

Ute schrie mich an: »Atze, was ist hier eigentlich los? Hier kommen zwei Typen rein, bedrohen uns mit einer Pistole, und alles, was sie sagen, ist: ›Wo ist die Uhr, und wo ist Schröder?‹ Was geht hier eigentlich vor?«

Typisch Frau. Da macht man, da tut man ... Undank ist der Welten Lohn.

»Ute, jetzt bleib doch mal bitte sachlich. Das ist doch alles deine Schuld. Hättest du mich nicht gezwungen, dieses Päckchen auszuliefern, wär das alles nicht passiert.«

Geschickt wich ich ihrer Ohrfeige aus, doch das unkontrollierte Geschrei wollte kein Ende nehmen: »Sag mir jetzt gefälligst ...«

Ich unterbrach sie: »Ute, wir müssen hier weg. Und reiß dich jetzt bitte mal für ein paar Stunden zusammen. Ich erklär dir alles, sobald wir in Sicherheit sind. Pack ein paar Sachen. Philipp, du auch. In fünf Minuten hauen wir ab. Und Ute – keine Fragen. Mach jetzt einfach mal, was ich sage.«

Und siehe da: Unter dem Eindruck der vorausgegangenen Bedrohungssituation taten die beiden tatsächlich, was ich sagte. Birkel schnappte sich die zwei noch immer bewusstlosen Schläger und kramte dem Großen den Mustang-Schlüssel aus der Jackentasche. Dann rollte er sie wie Matjesfilets in einen Teppich, warf sich das Paket über die Schulter und sagte: »Ich werd mal eben die beiden Grachtenpisser in Holland abparken. Ein Kumpel von mir hat da einen Schrottplatz. Der kann so einen Mustang mit zwei Helfern immer gebrauchen. Ich ruf dich dann später an. Wo treffen wir uns?«

Ich überlegte kurz und sagte intuitiv: »Bei Opa Stahl in der Gartenlaube.«

Während wir noch die Taschen in den Kofferraum von Utes Mercedes warfen, war Birkel auch schon mit blubberndem V8-Motor und zwei fliegenden Holländern im Kofferraum um die Ecke gebogen. Ich stieg in den Benz und öffnete Ute und Philipp die Türen. Ein kurzer Anruf bei Opa Stahl, und schon waren wir auf dem Weg dorthin. Keiner sagte ein Wort, so groß war die Anspannung. Fünfzehn Minuten später saßen wir auf Opa Stahls Terrasse. Der Alte stellte Philipp und Ute freundlich eine Tasse Tee auf den Tisch, mir knallte er mürrisch ein kaltes Pils vor die Nase. Wie immer war er die Freundlichkeit in Person.

»Schröder, du Penner!«, begrüßte er mich empathisch. »Was hast du denn jetzt schon wieder ausgefressen?«

Karl-Heinz Stahlmeier, von allen nur Opa Stahl genannt,

war eine Essener Legende, seit er den berüchtigten Zuhälter Dieter »die Natter« Kuballa durch einen Schlag mit der Kohleschüppe für zehn Jahre in den Knast befördert hatte. Wir hatten uns bei der offiziellen Feier für den Essener Sozialverdienstorden kennengelernt. Seitdem fuhr ich mindestens zweimal im Monat auf ein Pilsken bei ihm vorbei. Der rüstige Rentner war mit seinen siebzig Jahren mental derartig auf der Höhe, dass selbst Vitali Klitschko nach spätestens drei Runden heulend den Ring verlassen hätte. Mit Opa Stahl und Birkel an der Seite hätte man sogar die ewig neutrale Schweiz auf Krawall bürsten können. Ein typischer Ruhrgebietsopa: immer am Meckern, immer nur am Lästern, aber ein Herz wie ein Golden Retriever. Für seine Freunde hätte er sein letztes Hemd gegeben.

»So, mein Junge, du willst also den Schlüssel für die Gartenlaube. Wieso dat denn?« Er blickte mich prüfend an – genau wie Ute und Philipp, die bis jetzt geschwiegen hatten.

Jetzt musste ich endgültig die Hosen runterlassen und die Wahrheit sagen. Ich erzählte die ganze Geschichte ausführlich, aber dennoch so knapp es ging. Opa Stahl hörte mit der obligatorischen selbst gedrehten Kippe zwischen den Lippen zu und grunzte nur hin und wieder ein verächtliches »Ja, dann heul doch« dazwischen. Ute und Philipp schüttelten nur ungläubig die Köpfe und schauten mich staunend an. Aus Jugendschutzgründen hatte ich selbstverständlich den erotischen Hindernisritt mit der scharfen Französin weggelassen. Ich deutete nur vage an, dass ich Opfer eines sadistischen Übergriffs geworden sei.

Als ich fertig war, stand Opa Stahl auf und holte den Schlüssel. »Hier, mein Junge, und nicht krümmeln. Ruck, zuck haste die Ratten in der Hütte. Hinter der Terrassentür ist der Stromkasten. Einfach den FI reindrücken, schon haste Saft.«

Ute hatte sich wieder etwas gefangen und hob mit ernster Stimme an: »Stopp, stopp, ganz langsam. Wir müssen zur Polizei gehen!«

Mir entgleisten die Gesichtszüge über so viel Unverständnis. »Ute, spinnst du? Was soll ich den Bullen denn erzählen? Dass ich fünfzig Mille und eine gestohlene Uhr beim Pokern verloren hab? Das ist illegal! Ach ja, und wo ich gerade beim Auspacken bin ... Ich habe außerdem eine Französin ans Bett gefesselt, die daraufhin von einem mir bestens bekannten Killer ermordet wurde. Der dazu noch Gilla Pullmann umgebracht und den Dicken gefoltert hat. Habe ich noch was vergessen, Herr Wachtmeister? Richtig – mein bester Kumpel hat zwei Holländer bewusstlos geschlagen, die meine Exfreundin und ihren Sohn mit der Waffe bedroht haben. Und jetzt entsorgt er sie auf irgendeinem Schrottplatz hinter der Grenze.«

Sie schaute mich ratlos an und wollte was sagen, aber ich kam ihr aufgebracht zuvor. »Mensch, Ute, denk doch mal nach, dann gehe ich auch mindestens für ein paar Jahre in den Knast. Außerdem lassen diese Typen, die hinter der Uhr her sind, euch dann noch lange nicht in Ruhe!«

Opa Stahl sprang mir bei. Gott sei Dank.

»Mädchen, der Junge hat leider recht. Die Polente kann euch da nicht weiterhelfen. So ein Pack kommt immer wieder. Solche Asis muss man mit Stumpf und Stiel untergraben. Ausrotten das Unkraut, sonst hast du nie Ruhe. Das ist die einzige Sprache, die diese Penner verstehen.«

Opa Stahls flammende Rede hatte Ute zumindest nachdenklich gemacht.

Ich redete ihr zu: »Ute, dieser Peimann kriegt seine scheiß Uhr zurück, und ich lass mir was einfallen, damit hier wieder Frieden einkehrt. Wenn ich mit dem fertig bin, passt der nicht mal mehr angeleckt auf eine Postkarte. Alles kaum der Rede wert. Jetzt macht ihr erst mal drei Tage Urlaub in Opas herrlicher Nobeldatscha, und in zwei Wochen lachen wir alle darüber.«

Ich lächelte siegessicher, aber in meinem Großhirn meldete sich Käpt'n Dünnschiss. Zu Recht. Zwei Menschen waren schon tot, der Dicke lag auf der Intensiv, und zwei Holländer wurden von Birkel in eine ungewisse Zukunft geschaukelt. Nur ich musste wieder so tun, als würden wir ein lauwarmes Drehbuch für *Notruf Hafenkante* verfilmen. Schönen Dank auch. Aber wenigstens hatte ich die gewünschte Wirkung erzielt. Ute und Philipp glaubten mir und gaben erst mal Ruhe.

Das Kleingartenhäuschen von Opa Stahl hatte den Charme einer liebevollen Siebziger-Jahre-Frühstückspension: orangefarbene Plastiklampen, im Bad lindgrüne Kacheln und im ganzen Haus Linoleumboden. Die drei Programme des Nordmende-Fernsehers funktionierten einwandfrei, teilweise sogar in Farbe. Während Ute erst mal das Geschirr spülte und Ordnung machte, setzte ich mich mit der Uhr zu Philipp an den Tisch. Er klappte seinen Laptop auf und hackte wie ein Wilder auf die Tasten. Ich nahm die Uhr vom Handgelenk und betrachtete die Tudor von allen Seiten. Was war an diesem Kackteil so wertvoll, dass zwei Menschen dafür hatten sterben müssen? Ich fand keine Erklärung. Abgelenkt von Philipps Tastengeklapper, ranzte ich in seine Richtung:

»Mann, ey, Philipp, das nervt! Was machst du da überhaupt?«

Ohne den Blick vom Monitor abzuwenden, murmelte er: »Ich schick gerade vom Server unseres Hausarztes eine Entschuldigung an die Schule.«

»Hömma, Kleiner, du hast Nerven. Statt Briefe an eure Tomatenschlachterei zu senden, könntest du mir hier ruhig mal helfen!«

Zutiefst gelangweilt und mit jugendlicher Arroganz, nahm Philipp die Uhr und versuchte mit analytischem Blick, etwas Ungewöhnliches zu entdecken. Er zog die Krone raus und drehte daran. Dann bewegte er die Lünette hin und her. Dabei drückte er die ganze Zeit auf der Krone rum. Es machte *Pling,* und die Krone kullerte auf den Tisch.

»Oh, tut mir leid!«, entschuldigte er sich erschrocken.

Wie von der Tarantel gestochen sprang ich auf, sodass der Küchenstuhl umkippte. »Du verdammtes …!« Ich sprach meinen Fluch nicht zu Ende.

Wir starrten beide auf die vermeintliche Krone, die mitten auf dem Tisch liegen geblieben war. Wir konnten uns keinen Reim darauf machen, denn was wir da sahen, war nicht die Krone. Die saß nämlich immer noch bombenfest an der Uhr. Ratlos blickten wir uns an. »Was ist das denn?«, fragten wir quasi zeitgleich.

Ich nahm Philipp die Tudor ab und schaute genauer hin. Unterhalb der Krone war jetzt ein etwa fünf Millimeter breiter Schlitz zu erkennen, und was in diesem Schlitz gesteckt hatte, lag nun chromglänzend vor uns auf dem Küchentisch. Es war eine winzige Lade, und darin steckte ein weißes Stück Plastik, das aussah wie eine kleine SIM-Karte.

Philipp grinste begeistert: »Geil, eine Jedec Embedded-SIM, SON-8-Format! Kommt erst Ende des Jahres auf den Markt!«

Ich schaute ihn an, als hätte er Chinesisch gesprochen. »Jedis? Sind das nicht die armen Ritter aus Star Wars?«

Philipps Grinsen wurde noch breiter. »Nee, Atze, das ist eine Speicherkarte. Aber die allerneueste Generation! Echt saugeil!«

Ich verstand kein Wort von dem, was dieser kleine Nerd da von sich gab. »Ja, und was heißt das jetzt? Dass diese neuen Uhren keine Batterien mehr haben?«

Philipp kicherte spöttisch.

»Nein, das ist ein Speichermedium. So was hat in einer Uhr eigentlich gar nichts zu suchen. Die hat irgendjemand da reingepflanzt, um Informationen zu transportieren. Oder besser gesagt: unbemerkt zu schmuggeln.«

Ich musste schleunigst meine Deutungshoheit zurückgewinnen. »Jaaaa, das ist mir schon alles klar, du kleiner Schlaukopp. Das hätte ich dir auch vorher sagen können. Aber welche Informationen stehen denn da jetzt drauf? Das ist ja alles so klein geschrieben, dass ich das selbst mit Brille nicht lesen kann.«

Unverschämt lachte der Bengel in sich hinein. »Mann ey, du Computermumie! Du bist ja technisch auf dem Stand eines Taschenrechners! So einen Chip muss man mit einem Spezialprogramm *auslesen.*« Er nahm das Teil, fummelte an seinem Handy rum und hatte mit seinem Laptop plötzlich Zugriff auf das Dingen. Auf seinem Bildschirm erschienen lange Zahlenreihen, die aussahen wie ein Strickmuster.

»Und, Kleiner, was steht denn jetzt auf diesem topmodernen Plastik-Leitz-Ordner?«

Philipp kratzte sich bedächtig über seinen Pubertätsrasen.

»Kann ich dir nicht sagen, Atze. Da ist eine Verschlüsselung drauf. Und zwar nicht so ein Billigscheiß wie bei PayPal oder eBay – das hier ist allerfeinster Stoff. Solche Logarithmen hab ich noch nie gesehen. Da muss ich mal meine Hackerjungs fragen. Vielleicht blickt Yogi da durch. Der hat neulich mal was erzählt über so'n Kram. Das wird eine knifflige Angelegenheit. Dafür brauch ich mindestens zwei Tage.«

7

The New Playboys

Der Russe betrat sein Haus. Die Fahrt von Saint-Tropez nach Düsseldorf in diesem unbequemen Golf Country hatte ihn echt geschlaucht. Aufmerksam betrachtete er die Umgebung rund um die Cora-Schumacher-Straße 10 nach ihm unbekannten Fahrzeugen. Bingo. Auf dem Bürgersteig vor Haus Nummer 4 wurde der Russe fündig.

Er schüttelte ungläubig den Kopf. Die Hirnis vom BND standen immer noch unauffällig in ihrem gammeligen VW-Transporter auf Beobachtungsposten. Mit solch unfähigen Agenten war Deutschland doch dem Untergang geweiht.

Eine geschlagene Stunde lang observierte er die Szenerie und trat erst ins Haus, als er sich sicher sein konnte, dass ihn keine unliebsame Überraschung erwartete. Er war mehr als beunruhigt. Seine schnelle Eingreiftruppe, die beiden Holländer, meldeten sich nicht mehr. Peimann hatte ihnen genaue Instruktionen gegeben. Sie sollten herausfinden, ob diese Ute Peymann und ihr Sohn irgendwas über die Uhr wussten. Außerdem hatte er so den Druck auf Schröder erhöhen wollen, damit der ihm die Uhr lieferte. Doch seit geraumer Zeit gab es von beiden kein Lebenszeichen. Wie abgeschnitten.

Irgendwas musste bei diesem Schröder in der Wohnung schiefgegangen sein. Aber was?

Normalerweise waren Klaas und Kees zuverlässig und hocheffizient. Erfahrene Leute, nicht zu überraschen. Dass ein Durchschnittstyp wie Schröder – bei allem Respekt für seinen durchtrainierten Körper – mit solchen Spezialisten fertigwürde, war undenkbar. Aber wer steckte dann dahinter? Der BND? Das Syndikat?

Er versuchte es noch mal auf dem Handy von Kees van der Vaart. Endlich passierte was. Der Ruf ging raus, und nach einigen Sekunden meldete sich knarzend eine holländische Stimme: »Ijzer- en vrachtwachenbedrijf de Kuyper! Dag!«

Hä? Der Russe war überrascht und fing an zu stammeln: »Äh ... äh ... Excuse me, I want to talk to Klaas or Kees.«

Erst herrschte Stille am anderen Ende der Leitung, dann bölkte die Stimme herrisch: »Kees? Klaas? Ja, dat kan niet ... Dat is een negatief vraag! Alle in dat ziekenhuis in Rotterdam. Tot ziens!«

Dann war die Leitung tot.

Peimann war schockiert. Um Himmels willen, das Syndikat hatte anscheinend zugeschlagen! Tot ziens, Rotterdam – für den Russen war die Sache jetzt sonnenklar: Die Gouda-Twins schliefen mittlerweile bei den Fischen. Mausetot wahrscheinlich. Allmählich wurde es ungemütlich

Sein Handy klingelte. Verdammt, das Syndikat.

Er meldete sich, und eine eiskalte Stimme drang an sein Ohr: »Wir warten immer noch auf die Lieferung. Sie wirbeln zu viel Staub auf. Unsere Leute beim französischen Geheimdienst sind nicht begeistert von Ihrer Aktion in Saint-Tropez. Bis morgen Abend zwanzig Uhr ist alles gelaufen, und zwar final. Kein Aufschub.«

Dem Russen fröstelte. Kein Aufschub bedeutete auch international, dass es keinen Aufschub mehr gab. Entweder würde er die Uhr morgen liefern oder er wäre ein toter Mann.

Peimann starrte mit leerem Blick durch das große Wohnzimmerfenster. Der Wind blies die grauen Wolken durcheinander. Die Fischreiher waren schon lange nicht mehr in seinem Garten gewesen, seit er keine Zeit mehr hatte und der Teich vertrocknet war.

Er fühlte sich müde und abgeschlagen. Seinen letzten Auftrag hatte er sich ganz anders vorgestellt. Aber die Branche war nun mal nicht mehr wie früher. Es hatte sich schleichend geändert, und der Russe verstand, dass ein wandelnder Anachronismus wie er in dieser neuen Zeit jegliche Daseinsberechtigung verloren hatte. Früher hatte man sich in exklusiven Hotels von gelenkigen Mata Haris die Knute laminieren lassen. Champagner war in Strömen in die Wanne geflossen. Dazu Kaviar und Russische Eier. Mysteriöse Telexe, ominöse Dechiffriermaschinen, schnelle Sportwagen, tote Briefkästen ... alles vorbei. Stattdessen musste man sich mit Computern und albernen Komikern rumschlagen. Hätte er doch diesen verdammten Auftrag nicht angenommen! Er könnte längst high an irgendeinem jamaikanischen Strand liegen und den Touristinnen tagtäglich seine gute Laune unterheben. Ras-tafari statt Ras-terfahndung. Aber sie würden ihn kriegen. Wenn nicht das Syndikat, dann der BND, da machte er sich keine Illusionen. Diese Leute kannten keine Grenzen. Und schon gar nicht einen verdienten Ruhestand. Dessen war sich der Russe bewusst, dafür war er zu realistisch. Verdammt, er musste liefern. Wo steckte dieser schwachsinnige Schröder mit der Uhr? Nicht dass der auch schon in Rotterdam irgendwo unten im Hafenbecken lag.

Ich lag unten, und Nataschas Becken kreiste wie eine wild gewordene Hully-Gully-Maschine auf der Seemannskirmes über mir. Gut, dass ihre Wohnung ziemlich schalldicht war. Sie jauchzte vor Vergnügen und vergaß vor Ekstase fast ihre gute Kinderstube. Herrlich, das tat mir jetzt mal richtig gut nach all den unerfreulichen Ereignissen. Wie hatte doch neulich der Dalai Lama in einem seiner unzensierten Interviews in *Bild der Frau* ganz richtig festgestellt: »Die Menschheit sollte einfach mehr poppen, dann wären alle vielleicht mal etwas entspannter unterwegs.« Wurde ja auch mal Zeit, dass der Mann mal was Kluges sagt. Ich selbst ließ mich, angestachelt von Taschis Zügellosigkeit, zu ein paar charmanten Dirty-Talk-Attacken hinreißen: »Jaaaaa, das macht Spaß, das macht gute Laune hier. Noch mal festhalten, da geht noch was! Eijeijeijei! Könnt ihr noch? Und das Ganze noch mal rückwärts, volle Lotte!«

Wie ein Kirmesmoderator gab ich der entfesselten Taschi letzte Instruktionen und ahmte geschickt die lauten Kirmeshupen nach: »Möööp, Mööp!« Das mochte sie so gerne. Sie kam mit einer Monsterwelle, und gemeinsam surften wir in ruhigeres Wasser. Mit einem Siegerlächeln stieg sie ab und betrachtete ihre neue Tudor Heritage Black Bay – das Einzige, was sie noch an ihrem scharfen Körper trug.

Zwei Stunden zuvor war ich schnurstracks bei Bruno Erich, einem der fünfzig führenden Juweliere in Essen, reinmarschiert. Dort hatte ich die Tudor für Taschi gekauft. Ich konnte ihr ja nicht das Original mit dem Mikrochip geben. Der schöne Bruno und ich hatten früher, Mitte der Siebziger, zusammen in der beliebten Partyband »The New Playboys« gespielt. Ich hatte mit Pornobalken am Schlagzeug gesessen, und »Brüno« – so nannte er sich damals, weil es internationaler klang – hatte die Farfisa-Orgel bedient. Die »New Playboys« hatten sich von den original »The Playboys« abgespalten, weil uns deren Repertoire nicht avantgardistisch genug gewesen war. Wir wollten mehr Coolness und Style in unsere Liveshows bringen. Als wir im damals sehr beliebten Essener Tanzlokal »San Francisco« – nicht nur für die Gäste überraschend – von einem Rumba-Medley beliebter Abba-Hits auf eine zwanzigminütige Ska-Version von Kraftwerks »Autobahn« umschwenkten, konnten uns große Teile des tanzwilligen Publikums nicht mehr folgen und bewarfen uns mit Eierlikör. Daraufhin hatte Bruno seine Farfisa-Orgel endgültig an den Hänger genagelt, während ich mit der Essener Truppe »Milzbrand« den Speedmetal im Ruhrgebiet salonfähig machte. Der schöne Bruno heiratete die Tochter des beliebtesten Juweliers der Stadt und übernahm später den Laden seines Schwiegervaters. Seine heimliche Liebe blieb jedoch immer die Musik. Nach Feierabend saß er oft bis spät in der Nacht in seinem Kellerstudio und schusterte selbst komponierte Songs zusammen, die er dann den ganzen Tag über die Lautsprecher seines Ladens abspielte ... sehr zum Leidwesen seiner geprüften Mitarbeiter.

Der einzige Vorteil dieser akustischen Tortur bestand darin, dass Brunos Kettchenbude als einziges Juweliergeschäft im Ruhrgebiet noch nie überfallen worden war.

Seine Freude war groß gewesen, als ich durch die Tür gestiefelt kam. »Atze Schröder, mein Lieblingsdrummer. Schön, dich mal wieder zu sehen. Was kann ich für dich tun?«

»Brüno, alte Hütte! Mach erst mal die Mucke aus, du jallerst ja den besten Hund kaputt!«

Er drückte auf einen Knopf und lächelte wissend. Außer mir hörte ich hinten im Lager noch zwei Mitarbeiter erleichtert aufatmen.

»Ach, Atze, du warst noch nie ein Fan von guten deutschen Texten ... Aber was kann ich denn nun für dich tun?«

Ich holte die Uhr aus meiner linken Jeanstasche und legte sie auf den Tresen. Bruno nahm sie in die Hand und betrachtete sie

»Tudor Herry. Findest du an jeder Ecke. Ist eben 'ne Arme-Leute-Rolli.«

Herry, Rolli. Ich zuckte zusammen. Das hatte mich an ihm schon immer genervt – dieser zwanghafte Drang, alles abzukürzen.

Er sah mich fragend an. »Was soll ich denn damit?«

»Bruno, ich brauch noch eine davon. Exakt das gleiche Modell. Du hast nicht zufällig eine da?«

Verwundert schaute er mich an und schaltete schnell um auf Geschäftsmann. »Tja, Schröder, die Dinger sind echt selten ... gerade die mit der roten Lünette.«

Ich schaute ihn lässig an: »Hör mal zu, du Klimperaugust, erzähl mir nichts. Beim dicken Pullmann krieg ich die für schmale achthundert Euro!«

Seine Stimme überschlug sich. »WAS! Für achthundert? Das sind ja zweitausend unter Liste! So was ist unseriös! Apropos, hast du überhaupt gehört, was sie mit dem Dicken gemacht haben?«

Ich log, ohne mit der Wimper zu zucken.

»Nee, hab nichts mitgekriegt. Hatte viel zu tun, war unterwegs. Was ist denn mit dem?«

Er blickte mich konspirativ an und senkte die Stimme: »Der ist in seinem Geschäft von einer Bande Albaner überfallen worden. Fünf von denen hat er erwischt, aber die anderen haben seine Gilla abgemurkst und den Dicken schwer verletzt.«

Ich stellte mich unwissend und konterte ungerührt: »Was?

Das gibt's doch gar nicht! Dann krieg ich die Uhr da doch erst recht zum Spottpreis – der braucht doch jetzt Kohle für die Beerdigung.«

Verschlagen sah er mir in die Augen: »Atze, weil du's bist, siebenhundertneunzig! Aber ohne Rechnung.«

Ich zählte ihm das Geld auf den Tresen, Bruno verschwand gut gelaunt nach hinten und holte die Uhr aus dem Lager. Im Vorbeigehen drückte er den Knopf der Stereo-Hausanlage. Entsetzt lauschte ich seiner jämmerlichen Schlagermusik und konnte den miesen Textfetzen nicht ausweichen. Ungeniert hatte er »Du trägst einen Muschelrock« auf »Da krieg ich gleich aufs Kuscheln Bock« gereimt, und das war noch eine der besseren Stellen!

Kaum hatte er mir die Schachtel mit der Tudor Heritage in die Hand gedrückt, verabschiedete ich mich und ergriff die Flucht. Dann fuhr ich in Utes Mercedes – mit dem ich jetzt aus Sicherheitsgründen unterwegs war – direkt zu Naschas Penthouse. Ich hatte, seitdem ich sie Samstag spätnachmittags in Saint-Tropez am Pool weggedrückt hatte, etwa neunundvierzig verpasste Anrufe von ihr auf meinem Display gezählt. Da war die Uhr ein willkommenes Drachenfutter, um Madames leicht erregbares Gemüt zu besänftigen.

Im Treppenhaus vor Taschis Wohnung hatte ich die Uhr an einer schwer zugänglichen Stelle meines Körpers versteckt, aber schon nach zwei Minuten entdeckte sie freudestrahlend das gute Stück in meinem sorgfältig verpackten Osternest. Puh, das war Rettung in höchster Not! Wenn sie meinem Rottweiler nicht augenblicklich das Halsband abgenommen hätte – sein hochrotes Köpfchen wäre geplatzt.

Natascha kam aus der Dusche, und ich merkte, dass ihre gute Laune schon wieder verflogen war.

»Willst du mir nicht mal erklären, was du eigentlich in Saint-Tropez gemacht hast? Nach Arbeit hörte sich das Poolgeplätscher samt Frauengelächter nicht gerade an.«

Ich zögerte keine Sekunde und log mal wieder, seit diese Uhrengeschichte ihren Lauf genommen hatte, das Blaue vom Himmel herunter: »Ich hatte dort einen kleinen Privatauftritt. Du weißt doch, dass ich mich jedes Jahr für diese wohltätige Aktion ›Lichtblicke‹ im Radio versteigern lasse – für den guten Zweck. Und dieses Jahr hat eben so eine reiche Deutsche, die in Frankreich lebt, für viel Geld meinen Auftritt gekauft und ihn kurzerhand nach Saint-Tropez verlegt. Hat mir auch nicht geschmeckt, aber was sollte ich machen?« Ich blickte sie mit treuherzigen Augen an und verlieh meiner Stimme einen salbungsvollen Klang. »Aber wenn dem Essener Waisenhaus zwanzigtausend Euro durch die Lappen gegangen wären – das hätt ich echt nicht ertragen können.«

Geräuschvoll zog ich die Nase hoch und presste mir ein paar schimmernde Tränen in die Wimpern. Nicht ohne Erfolg. Sie reagierte ergriffen und blickte mich mitfühlend an.

»Das liebe ich so an dir ... dein gutes Herz und dein soziales Engagement.« Sie bedeckte mein Gesicht mit Küssen, holte sich ein Taschentuch und heulte hinein.

Ich saß neben der weinenden Natascha auf dem Sofa und fühlte mich ein bisschen schlecht, weil ich so dick aufgetragen hatte. »Taschi, mein Engel, so groß war der Aufwand ja nun auch wieder nicht. Deswegen musst du doch nicht gleich heulen! Dass sich ein Privilegierter wie ich für sozial Schwächere einsetzt, ist doch vollkommen normal!«

Sie schluchzte noch lauter und schüttelte den Kopf. Dann

brach es aus ihr heraus: »Darum heul ich doch gar nicht! Ich will endlich mit dir zusammen sein! Ich hasse Dimi – ich kann nicht mehr so weitermachen, Atze ...« Sie hörte gar nicht mehr auf zu weinen.

Ich nahm sie in den Arm. »Schatzi, jetzt geht das wieder los. Das bringt uns doch nicht weiter. Hör zu, Taschi, ich rede morgen mit dem Penner. Was soll schon passieren. Der kleine Grieche ist doch froh, wenn seine getürkte Drehfleischbude nicht den Bach runtergeht. Wenn ich schon sein albernes Metaxa-Taxi sehe! Welcher Mann setzt sich freiwillig in einen bunt beklebten Citroën Berlingo? Mann, Mann, Mann! Ich hab sowieso keinen Bock mehr auf dieses alberne Versteckspiel. Wovor hast du überhaupt Angst? Meinste, der haut dich? Das soll er mal machen, wenn er keinen Bock auf Rente hat. Dann kann er sich schon mal 'nen Gully zum Ausbluten suchen, das schwör ich dir.« Ich hatte mich so richtig schön in Rage geredet. »Ehrlich, Natascha, was soll er schon machen? Dich aus der Bude hier rausschmeißen? Ich verspreche dir hiermit: Wenn du aus dieser Hundehütte ausziehen musst, kauf ich dir eine Wohnung in Düsseldorf. Ach, was rede ich da: Du ziehst hier sowieso aus. Du kannst gleich morgen neben mir einziehen. Die Wohnung ist zurzeit nicht bewohnt. Gomera-Gerd ist doch ausgezogen. Der ist jetzt selbst ernannter Hanfminister in Indien und verpestet die Luft von Mumbai.«

Ich war begeistert von der Idee. Sie weniger.

»Ach, Atze, du blickst es nicht«, kreischte sie schrill, »erst gestern hat Dimi mir gesagt, dass er mich umbringt, wenn ich ihn verlasse!«

Ich schnappte mir mein Handy und wählte lässig Dimis Nummer.

Er meldete sich mit einem »Jiá su, Malaka.«

»Dimi, du trojanischer Klappergaul, was geht? Noch alle Schafe im Käse?«

»Endaxi, Malaka. Was verschafft mir die Ehre?«

»Pass auf, Digger. Wir müssen uns morgen mal unbedingt treffen. Wir müssen was klären, alter Knabe, ein Gespräch unter Männern.«

»Alles klar, no problem. Trifft sich gut, Malaka. Aber wieso unter Männern? Bringst du noch einen mit? Hahaha! Komm morgen um elf ins Mykonos.«

Als ich auflegte, blickte ich in das kreidebleiche Gesicht von Natascha, die wie versteinert auf dem Sofa saß.

Dimitri Roussos legte den Hörer auf. Sein Gesicht, das eben beim Telefonieren mit Atze noch ganz entspannt ausgesehen hatte, war in Sekundenschnelle rot geworden und angeschwollen. Vor Wut schnaubend, marschierte er im Pokerkeller seines Restaurants Mykonos auf und ab. Er versuchte, sich wieder zu beruhigen, aber sein südländisches Blut kochte über. »Ihr verdammten Versager! Ihr Wichser, ihr miesen kleinen Wichser! Loser, totale Loser seid ihr, alle Mann! Malakas, Vlakas, Kolotripitas.«

Wie ein Rohrspatz schimpfte er auf Griechisch weiter – wie immer, wenn er besonders wütend war.

Sein kleiner Bruder Stavros versuchte, beschwichtigend auf seinen Bruder einzureden: »Dimi, reg dich doch nicht auf. So was kann doch immer mal passieren. Wir kriegen …«

Platsch. Weiter kam er nicht. Schallend klatschte Dimis behaarte Hand in Stavros' Gesicht. Dieser vertrottelte Gnom sollte einfach die Klappe halten.

»Halt die Fresse, du kleines Stück Scheiße! Wenn du nicht mein Bruder wärst, hätte ich dich schon längst in den Zaziki geraspelt!«

Nichts, aber auch rein gar nichts kriegten seine Leute hin. Da wurde in seinem Revier ein Schmuckgeschäft überfallen, ohne dass er um Erlaubnis gefragt worden wäre und – was noch schlimmer war – ohne ihn zu beteiligen. Das war in Dimis Augen Majestätsbeleidigung. Hochverrat. Wo blieb da der Respekt? Hatte er die Zügel schleifen lassen? Nicht energisch genug durchgegriffen, wenn seine Leute über die Stränge geschlagen hatten? Wer steckte dahinter? Eins war klar: So eine ungeheuerliche Dreistigkeit konnte ein Dimitri Roussos auf keinen Fall durchgehen lassen. Mochten die meisten Essener Bürger ihn als leutseligen Schankwirt einer Ouzotaverne betrachten, so wussten doch wenigstens alle echten Kriminellen im Ruhrgebiet, wer hier wirklich das Sagen hatte. Und jetzt so was! Wer war so dreist gewesen, den dicken Pullmann in seinem Geschäft um eine Uhr und fünfzig Riesen zu erleichtern? Nicht dass die Speckbacke ihm leidtat, aber so ging das nicht. Entweder war da jemand blöd genug, so ein dickes Ding ohne seine Erlaubnis durchzuziehen, oder es war eine bewusste Provokation von neuen Leuten, die sich in seinem Revier breitmachen wollten.

Dimi überlegte. Wer wollte ihm schaden? Die Albaner? Die Kurden? Die Rocker? Er musste zügig reagieren, so viel stand fest. Und angemessen. Sonst brachen sämtliche Dämme. Aber wie?

Er schaute verzweifelt auf seine Leute, die verschüchtert vor ihm standen. Diese Tuntentruppe war mit den fetten Jahren einfach zu selbstgefällig geworden. Sie fuhren lächerlich tätowiert mit ihren kleinen Nutten und ihren Mercedes SLS über die Düsseldorfer Kö und schmissen das Geld nur so zum Fenster raus. Dimitri verachtete Protzerei. So was zog nur die Geier an. Für ihn waren sie nichts weiter als schlechte Schauspieler, die zu viele billige Mafiafilme geschaut hatten. Echte

Macht sah anders aus. Sein Vermögen steckte in Immobilien und mehreren Franchiseketten. Zu Dimis Freunden zählten Politiker, Baulöwen und kommunale Honoratioren. Er selbst traf nur noch die Entscheidungen, die Hände machte er sich nicht mehr schmutzig.

Aber jetzt musste er hart durchgreifen. Nun denn, alle paar Jahre kletterten die Ratten aus der Kanalisation. Es half nichts, er musste beinhart zurückschlagen. Wenn er sich das bieten ließe, kämen sie bald von überall aus ihren Löchern, um ihn anzupinkeln. Die jungen Wölfe witterten die Schwäche des Rudelführers. Wie sagten die japanischen Samurai? »Wenn das Schwert gezogen ist, muss jemand sterben.«

Wie er das alles verabscheute. Wenn man sich nicht um alles selber kümmerte! Eigentlich hatte er vorgehabt, zu Natascha zu fahren, um sich ein wenig zu vergnügen. Nach all den Jahren war die Kleine noch immer total heiß auf ihn – kein Wunder: Er war zwar Anfang fünfzig, aber immer noch tipptopp in Schuss. Muskulös, aber nicht so lächerlich aufgepumpt wie eine von diesen McFit-Comicfiguren. Seine eins achtundsiebzig waren für griechische Verhältnisse groß, und von den hundert Kilo Kampfgewicht waren noch nicht allzu viele als Rettungsring auf den Hüften gelandet. Nein, Dimitri Roussos war zufrieden mit sich. Er sah wirklich sehr gut aus. Oft verwechselten ihn die Leute sogar mit Costa Cordalis oder Vicky Leandros.

Kurz dachte er an ein kleines Nickerchen mit Natascha, wischte diesen verlockenden Gedanken jedoch sofort wieder beiseite. Es gab Wichtigeres zu tun, als Leda mit dem Schwan zu beglücken.

»Stavros, du dummer Malaka, geh in die Küche und lass Michalis eine extragroße Zeus-Platte anrichten. Überbacken mit doppelt Käse, extra Fleisch und Bratensoße über die Pommes.«

Er schnappte sich den Schlüssel zu seinem Citroën Berlingo, stellte die Platte mit dem ungenießbaren Zeug in einer Styroporwarmhaltebox auf die Ladefläche und schwang sich hinters Steuer seines stadtbekannten Metaxa-Taxis. Der Schriftzug auf dem Wagen war seine Idee gewesen, er hatte dieses geniale Wortspiel sogar beim Patentamt schützen lassen. Alle anderen schüttelten wahrscheinlich nur den Kopf über diese bekloppte Idee. Aber die waren auch nicht so clever wie Dimitri Roussos.

Er fuhr zur Uniklinik Essen.

Sein Plan war einfach. Der dicke Pullmann war gefräßig wie ein Blauwal, und wenn man ihn mit Essen versorgte, würde er singen wie eine Nachtigall.

Er fuhr zum Lieferanteneingang und nahm den Aufzug hoch zur Intensivstation. Die Styroporbox mit der überbackenen Kalorienbombe balancierte er auf einer Hand, mit der anderen klopfte er leise an die Tür und öffnete sie dann vorsichtig.

Der verfettete Patient begrüßte ihn freudestrahlend und mit vollen Backen. Er saß vor den Resten eines üppigen Frankfurter Kranzes und schaufelte sich gerade die Restsahne mit einem Suppenlöffel in seine Futterluke. »Dimi, dich schicken die Götter! Ich bin hier auf strengster Diät, aber wie ich sehe, hast du mir was Leckeres mitgebracht. Hat Atze dich geschickt?«

Dimis Schmierentheater war perfekt. Er breitete die Zeus-Platte in ihrer ganzen Herrlichkeit auf zwei zusammengeschobenen Nachttischschränkchen aus. Schaufelte hier einen Haufen Pommes zusammen, türmte dort ein paar Spießchen auf und goss über alles noch schwungvoll reichlich Béchamelsauce aus einem Zusatzbecher. Er ölte seine Stimme und seifte den Dicken salbungsvoll ein.

»Mein Freund, ich war fast krank vor Sorge um dich. Greif erst mal herzhaft zu, geht alles natürlich aufs Haus. Herzliches Beileid übrigens wegen Gisela.«

Der Dicke wäre gerührt gewesen, doch er konnte ihn nicht hören. Er schmatzte wie ein Schwein und schlang ganze Areale der Platte, ohne zu kauen, in sich hinein. Vor lauter Glück landeten ein paar feuchte Stritzer in seiner Roncalli-Schlafanzughose.

Fasziniert beobachtete Dimi dieses orgiastische Spektakel. Fast hätte er gekotzt. Das war echt unmenschlich. So musste das alte Rom untergegangen sein.

Er riss sich zusammen und erkundigte sich sorgenvoll: »Porki, mein Freund, erzähl mir doch mal, was passiert ist. Bist du versichert gewesen? Brauchst du Geld, alter Kamerad? Soll ich dir ein wenig aushelfen?«

Pullmann richtete sich in seinem Bett auf. Ach, daher lief der Hase. Er war zwar verfressen, aber nicht ganz blöde. Er wusste – als einer der wenigen – genau über Dimis Geschäfte Bescheid. Einen Überfall in seinem Revier konnte er einfach nicht durchgehen lassen. Der Dicke begriff, dass darin die Chance lag, seine Fünfzigtausend wiederzubekommen, man musste ihm nur ein Geschäft vorschlagen.

»Dimitri, wir machen einen Deal. Ich erzähl dir alles, was ich weiß, und wenn du die fünfzigtausend wieder auftreibst, wäre ich mehr als glücklich, dir dreißig Prozent davon als Finderlohn abzutreten.«

Dimi lächelte ihn eiskalt an und legte ihm die Hand auf die Schulter. »Sagen wir fünfzig, mein Freund, damit meine Motivation auch wirklich hoch genug ist.«

Porki war klar, dass dies ein Angebot war, das er nicht ablehnen konnte. Ohne den Griechen würde er garantiert gar nichts von seiner Kohle wiedersehen.

Eine Stunde später verließ Dimitri Roussos mit ein paar wirklich interessanten Informationen die Intensivstation. Er wusste nun, dass der Überfall kein Werk von normalen Gangstern gewesen war. Und was noch viel wichtiger war: Es ging auf keinen Fall um die lumpigen Fünfzigtausend. Die Französin und auch der Mörder von Pullmanns Frau Gisela – das waren absolute Profis. Spezialisten. Dass der Dicke überlebt hatte, war reiner Zufall gewesen. Nein, nein, Dimitri war sich absolut sicher. Es konnte gar nicht anders sein. Es ging nur um die Uhr, diese Tudor Heritage Black Bay. Was hatte es also mit der Uhr auf sich, dass selbst internationale Killer darauf angesetzt wurden? Und was hatte Atze Schröder damit zu tun? Wieso war ausgerechnet dieser lächerliche Komiker überhaupt im Besitz der Uhr gewesen?

Er sah es noch genau vor sich, wie Atze sie beim Pokern auf den Tisch geworfen hatte. Er kannte Schröder gut genug, um zu wissen, dass der sich überhaupt nichts aus Uhren machte. Statussymbole waren dem Malaka scheißegal. Der dachte nur an Weiber und seinen Porsche Turbo. Dabei hatte er doch Kohle bis zum Abwinken.

Es konnte nur eine Erklärung geben: Er war zwar im Besitz der Uhr, aber nicht ihr Besitzer.

Der Grieche war wieder hellwach. Er hatte einen siebten Sinn für gute Geschäfte, und das hier roch nach einem Megadeal. Das konnte er sich nicht entgehen lassen. Es passte ihm hervorragend, dass Atze morgen früh zu ihm ins Mykonos kommen wollte.

Um kurz nach zehn saß ich mit Ute, Philipp und Birkel am Küchentisch in Opa Stahls Laube. Birkel hatte vor Lachen Tränen in den Augen, als er erzählte, wie er die beiden Holländer bei seinem Freund auf dem Schrottplatz in Utrecht abgeliefert hatte. Natürlich nur unter der Auflage, die zwei Kasper nicht eher freizulassen, bevor er sein Okay gegeben hatte. Außerdem hatte er den beiden Deutschlandverbot erteilt, ihre Waffen einkassiert und in seinem Bürosafe eingeschlossen.

Philipp hatte gespannt und bewundernd zugehört, aber Ute fand das alles überhaupt nicht lustig. »Wie lange müssen wir uns denn hier noch verstecken?«, fragte sie mich beunruhigt. »Wollen wir nicht doch lieber die Polizei verständigen? Was ist, wenn dieser Peimann uns hier findet?«

Ich beschwichtigte sie. »Ute! Erstens: Hier sucht und findet uns keiner. Zweitens: Solange wir im Besitz dieser Uhr sind, kann uns keiner was. Drittens müssen wir jetzt erst mal wissen, was überhaupt für wichtige Informationen auf dieser SIM-Karte drauf sind. Sag mal, Philipp, hast du schon was rausgekriegt? Konnte dein Hackerguru dir helfen?«

Der Kleine strahlte übers ganze Gesicht. Er stand auf und holte seinen Laptop aus dem Schlafzimmer, stellte ihn auf den Tisch und klappte ihn behutsam auf. Er räusperte sich wichtig. »Ich erspare euch mal die technischen Details. Nur so viel: Selbst Yogi musste die Sache zum Teil an Käpt'n Hacki weiterleiten. So was hatte er auch noch nie gesehen. Na ja, wir haben es jetzt entschlüsselt, aber da war ein Kopierschutz drauf, den so kompliziert nur Geheimdienste nutzen. Die Informationen selber sind ganz simpel. Da stehen acht Namen – mit Telefonnummern und jeweils Kontonummern von Banken auf den Caymans, in Panama und Guatemala.«

Wir schauten ihn ratlos an.

»Wie, das war's? So viel Theater wegen acht Namen? Wegen so ein paar Steuersündern? Das hätte man ja auch auf einen Zettel schreiben können!«

Ich schaute meine Waldorfnachbarin fassungslos an: »Ja sicher, auf 'nen Zettel, ja nee is' klar. Oder auf 'nen Jutesack, schön mit Kartoffeldruck.«

Der Lange schaltete sich ein. »Hört mal auf, euch anzumachen. Ich sag euch mal was.« Er blickte uns gewichtig an, nahm noch einen tiefen Schluck aus seiner Bierflasche und rülpste gehaltvoll. »Leute, wegen so ein paar Steuersündern wird niemals so ein Aufriss gemacht. Die werden auf CD gebrannt und ans Finanzministerium verkauft. Darum geht es nicht. Das hier ist heißer Stoff. Ich verwette meinen Arsch, wenn das nicht die Namen von V-Leuten oder Doppelagenten sind. Sonst ergibt das alles doch keinen Sinn. Darum ist dieser Peimann auch so wild darauf. Ich sag es euch ganz klar …« Er nahm noch einen tiefen Schluck. »Wir stecken bis zum Hals in der Scheiße.«

Der Russe saß allein in seinem kleinen Haus in Düsseldorf und sortierte die Ereignisse der letzten vierundzwanzig Stunden. So konnte es nicht weitergehen. Sein Kontaktmann beim BND war untergetaucht, und seine einzige Spur Atze Schröder war ebenfalls verschwunden. Ihm wurde langsam klar, dass er rein gar nichts über seinen Feind wusste. War dieser Schröder wirklich nur Komiker, oder handelte es sich dabei um eine perfide Tarnung? Um einen Spezialagenten im Karnevalskostüm des tumben Zotenkönigs? Wie hatte schon Ingrid van Bergen in ihrem chinesischen Buch *Die Kunst des Krieges* geschrieben: »Du musst nur lange genug am Fluss sitzen, um deine Feinde vorbeischwimmen zu sehen.« Allerdings hatte er keine Zeit zu warten. Er würde sich zur Quelle begeben.

Er stieg ins Auto und fuhr nach Essen zur Kurt-Schumacher-Straße 10. Auf einem dieser praktischen Rastplätze an der A52 tauschte er den auffälligen Golf Country gegen einen intakten Opel Corsa Steffi Special mit klappbarer Rückbank und von außen verstellbarem Innenspiegel. Das Essener Kennzeichen machte die Tarnung perfekt. Solche Details liebte er. Schröder hatte sich zwar aus dem Staub gemacht, aber der Russe wusste schon, wie er zu finden war. Er musste sich in seinen Feind hineinversetzen. Atmen wie er, denken wie er, fühlen wie er.

Eine halbe Stunde später schloss er Schröders Wohnungstür von innen, zog die Schornsteinfegermontur aus, mit der er sich getarnt hatte, und stellte die Leiter in die Ecke.

Peimann schaute sich sorgfältig in Schröders Wohnung um. Schränke standen offen, und es sah so aus, als ob jemand eilig ein paar Sachen für eine Flucht zusammengesucht hätte. Die größte Überraschung war allerdings der massive Eichenschrank im Schlafzimmer. Irgendjemand hatte dieses wuchtige Möbel zur Seite geschoben und eine Tür zu einer Treppe in die Wohnung darunter freigegeben. Das konnte nur die Wohnung seiner Namensvetterin Ute Peymann sein. Mit gezückter Waffe schlich er lautlos die Treppe hinunter. Er rechnete mit dem Schlimmsten. Würde er hier die Leichen seiner holländischen Kollegen finden?

Im Wohnzimmer bot sich ihm ein Bild der Verwüstung. Alles deutete auf einen Kampf hin. Blut klebte an der Heizung, Stühle waren umgekippt – doch keine Spur von Klaas und Kees. Er ging zurück in Schröders Wohnung und setzte sich dort im Wohnzimmer in den Eggchair im Design von Ayrton Sennas Rennfahrerhelm. So eine Wohnung hatte er noch nie gesehen. Gut hundertfünfzig Gegenstände hielten seinen Blick gefangen. Er war ein wenig geschockt. Schröders Bude war eine Mischung aus Museum of Modern Art und einer rustikalen Ruhrgebietseckkneipe. Unter ein Warhol-Porträt von Mutter Teresa hatte Schröder den roten Original-Badeanzug von Pamela Anderson getackert. Ordentlich aufgereiht standen rund zweihundert Paar kostbarster Cowboystiefel nebeneinander. Sündhaft teure Exemplare wie das Modell »Simón Bolívar« aus Venezuela mit Leder, so weich wie die Haut von Eva Longoria, aber auch die legendären Treter von Pelé in der »Beckenbauer«-Ausführung mit den drei Streifen. Auf einem Sideboard lag der Originalmotor des ersten Porsche-911er-Prototyps direkt neben dem limitierten Fotobildband *Schwedische Hausfrauen* des Starfotografen Akne Mösensson. Überall lagen blau getönte Alpina-Sonnenbrillen herum. In die Wand war ein imposantes Meerwasseraquarium eingelassen worden. Er schätzte es auf drei Meter mal eins fünfzig. Auf dem Grund dieses Beckens lagen eine verrostete Tüte H-Milch, ein ausgestopfter Robbenkadaver und eine flackernde Glühbirne.

Peimann war schwer beeindruckt. Dieses Kunstwerk von Walter De Maria galt als eine der teuersten Kunstinstallationen der Welt. Selbst erfahrene Kunstkenner der Tate-Galerie in London hatten ab und zu deren Existenz angezweifelt. Es galt schon lange als verschollen. Sogar das ZDF hatte diesem faszinierenden Werk im Morgenmagazin einen ganzen Beitrag gewidmet.

Anerkennend pfiff er durch die Zähne. Dieser Schröder wurde ihm immer sympathischer. Offensichtlich schien dieser Bonvivant hinter seiner jovialen Komikerfassade ein ausgewiesener Kunstexperte zu sein.

Ein Blick ins Bücherregal bestätigte seine Meinung. Geschätzte eintausendachthundert gebundene Kostbarkeiten standen in den Mahagonihochregalen. Luthers Neuübersetzung der Bibel stand neben den brokatbezogenen Erstausgaben der beliebten Twilight-Reihe. Sogar das limitierte Probeexemplar *Biss zum Überbiss – Fehlstellungen eines Vampirs* fügte sich lässig in die Büchersammlung.

Peimanns Blick schweifte verzaubert weiter.

Die Stereoanlage versetzte ihm einen Kulturschock. Neben den Verstärkertürmen standen Boxen, die er zuletzt 1978 auf der ersten Welttournee von AC/DC gesehen hatte.

Ihm fiel neben dem Sofa ein riesiges Fotoalbum ins Auge. Interessant. Er wuchtete das schwere Werk auf den Originalschreibtisch des Essener Stahlbarons Alfred Krupp.

Dieser Bildband hatte es in sich. Mein lieber Scholli.

Sah es zunächst so aus, als wären dies höchst private Fotos aus dem Leben des FKK-Künstlers Long Dong Silver, entpuppten sie sich doch bei näherer Betrachtung mit Fokus auf die Gesichter als normale Badeurlaub-Schnappschüsse von Schröder auf der holländischen Insel Texel. Dort hatte sich der sympathische Lebemann mit allerhand prominenten Zeitgenossen im Wasser stehend ablichten lassen. Hans Meiser, Hans-Dietrich Genscher, Bettina Böttinger und Anke Engelke glaubte er zu erkennen. Wenn ihn nicht alles täuschte, stand sogar Andrea Berg neben der bestens gelaunten Ruhrgebietsikone in den Fluten. Allerdings konnte man die Gesichter auf dem vergilbten Polaroidfoto nicht genau erkennen, denn beide sogen an Strohhalmen, die in einer großen Jägermeisterflasche steckten. Der Russe verehrte Andrea Berg, er liebte sie sogar. Diese tolle Künstlerin hatte mehr Platten verkauft als Pink Floyd, und doch wurde sie vom Feuilleton schäbiger behandelt als Stefan Effenberg.

Peimann sinnierte über den Fotoband hinweg. Es war verrückt, er mochte diesen Mann. Schröder hatte Stil. Die Einrichtung, der Turbo vor der Tür. Mit der Ex im selben Haus wohnen! Allein daran würden die meisten scheitern. Schröder war ganz klar ein Gentleman mit einer lässigen Arroganz, die man sich nicht antrainieren konnte. Ein deutscher Gunter Sachs, wenn man so wollte. Und Peimann wollte. In einem anderen Leben hätte er sich gut vorstellen können, mit diesem weltgewandten Grandseigneur über die Edelboulevards von Mailand zu schlendern. Oder einen exklusiven Bildband herauszugeben: Havanna, marode Schönheit im Wandel der Gezeiten. Mit einem Vorwort von Norbert Blüm. Aber stopp! Der Russe rief sich zur Räson. Was passierte gerade mit ihm? Wenn er nicht aufpasste, würde ihm sein Opfer zu sympathisch werden und ihn im entscheidenden Moment womöglich eine Millisekunde zu lange zögern lassen.

Er musste mehr über seinen Gegner rausfinden. Schröders Schwachstelle. Er blätterte zum Ende des Fotoalbums. Dort waren viele Fotos zusammen mit Hartmut Engler und Pur. Schröder hatte sogar die Texte von »Abenteuerland«, »Hör gut zu« und »Lena« handschriftlich auf die Seiten geschrieben. Peimann riss die Seiten aus dem Album. Das würde er vielleicht noch gegen ihn verwenden können. Er stellte das Fotobuch ins Regal. Dabei fiel ihm ein anderes, handgebundenes Büchlein vor die Füße.

Er hob es auf und blätterte verwundert in diesem doch sehr umfangreichen Werk. Auf den ersten Seiten war in fein säuberlicher Jugendschrift geschrieben worden. War das ebenfalls Schröders Handschrift? Konnte das sein? So geschwungen, so filigran?

Er blätterte zur ersten Seite. Kein Zweifel, dort stand in fetten Buchstaben: »Atzes Tagebuch«.

Peimann setzte sich wieder in den großen Sessel und fing an zu lesen. Augenblicklich war er in den faszinierenden Kosmos dieses Universalgenies eingetaucht, das die Welt durch seine azurblauen Augen und mit messerscharfem Verstand betrachtete.

24. Dezember 1975
Heute war ein normaler Tag. Nachdem ich den Schülern in der Oberstufe Nachhilfe gegeben habe, bin ich noch ins Rathaus zum Finale um die Stadtmeisterschaft im Schach gelaufen. Hab sogar gewonnen. In einer Simultanpartie hab ich 12 prominente Fußballer von Rot-Weiss Essen geschlagen. Nicht schlecht fürs erste Mal.

Peimann blätterte weiter.

6. Juni 1980
Ich wurde gestern von unserer jugoslawischen Haushaltshilfe verführt. Das war schön. Außerdem konnte die Frau Popanovic die zwanzig Mark auch gut gebrauchen.

Erschrocken übersprang er ein paar Seiten.

29. Februar 1986
Was ein lustiger Tag. Walter Röhrl hat mir aus Respekt seinen neuen Porsche Turbo geschenkt. Bin die Nordschleife dreimal hintereinander mit der linken Hand auf den Rücken gebunden unter 7 Minuten und 28 Sekunden gefahren.

Peimann war ratlos. Dieser Typ musste doch auch Schwächen haben. Er schmökerte rastlos weiter.

Die Einträge wurden zunehmend fahrig und angeberisch. Was da für ein Blödsinn stand! Wenn das alles tatsächlich der Realität entsprach, dann hatte Schröder eventuell nicht nur Monica Bellucci und Claudia Roth vernascht, sondern war auch mit einem Kleinflugzeug auf dem Roten Platz in Moskau gelandet.

Nein, nein, nein. Hier wollte ihn einer verarschen.

Er tobte vor Wut. Gott sei Dank. Jetzt würde er Schröder

nicht nur töten, sondern ihn vorher auch noch quälen. Seine Sympathie war in blanken Hass umgeschlagen. Er hatte gehofft, eine Spur zu finden, stattdessen saß er hier in einer leeren Wohnung und wurde von diesem Tagebuch verhöhnt. Die Zeit rannte ihm davon. Seine Gedanken kreisten, und seine Lider wurden bleischwer.

8

Die Mutti wird gleich böse

Dr. Monika Mertens war auf dem Heimweg vom Büro. In ihrem Mundwinkel dieselte die obligatorische Reval. Die paar Kilometer zwischen der Pullacher BND-Zentrale und ihrer Altbauvilla in Grünwald legte sie wie immer in ihrem abhörsicheren Audi 100 zurück. Laut sang sie ihr Lieblingslied von Adele mit. Sie fuhr die Strecke jeden Tag Punkt 19 Uhr und ließ sich auch an diesem Abend von der wunderbaren Naturlandschaft verzaubern. Gerade als sie zum Refrain anhob, sirrte das Telefax im Handschuhfach. Eine verschlüsselte Botschaft.

Sie überflog das Blatt, und augenblicklich war sie im Bilde. Ihre Leute hatten Eike Klein in Marrakesch gefasst. Na ja, was hieß gefasst? Der BND-Maulwurf hatte verschnürt auf einer Müllkippe außerhalb der Stadtgrenze gelegen. Er hatte Glück gehabt. Wild streunende Kamele hatten ihm das Gesicht abgeleckt, sonst wäre er verdurstet. Bei der polizeilichen Vernehmung hatte er immer wieder den Namen »Peimann« und »der Russe« gestammelt, bevor ihn die Leute vom marokkanischen Geheimdienst übernahmen.

Monika Mertens fröstelte bei dem Gedanken. Das würde

für Klein kein Zuckerschlecken werden. Die ließen ihn garantiert in irgendeinem Kellerloch in Agadir verschimmeln. Sollte er nur zehn Jahre dort schmoren, wäre das für marokkanische Gerichte noch milde. Da konnte man kaum etwas machen, selbst in ihrer Position. Die Marokks ließen sich nur ungern reinreden. Im Gegenteil, meistens wurden sie noch von den anderen Geheimdienstchefs gebeten, Doppelagenten richtig hart ranzunehmen. Denn nirgends konnte man Verräter und andere Parasiten praktischer entsorgen als in einem gammeligen nordafrikanischen Knast. Ohne westliche Kuschelresozialisierung und gefliestes Badezimmer in der Zelle. Fast tat Klein ihr ein bisschen leid.

Aber Dr. Monika Mertens war mit dieser Entwicklung trotzdem ganz zufrieden. Konnte sie auch: Ihre gute Nase hatte sich wieder mal bewährt. Schon seit Samstag war Peimann von einem ihrer Teams beschattet worden. Wer immer die Uhr mit dem Chip derzeit hatte – der Weg würde über Peimann führen.

Über die Sprachsteuerung ihres Audi gab sie folgende Anweisung durch: »Ab jetzt übernimmt die A-Abteilung die Überwachung des Russen. Kein Waffengebrauch, nur Observierung.« Zufrieden stellte sie ihren Wagen in die schusssichere Garage ihres Hauses. Noch beim Aussteigen durchdachte sie ihren Plan. Der Russe konnte nur ein Mittelsmann sein, ein Einzelgänger, den man schon seit zwanzig Jahren auf dem Radar hatte. Interessanter waren seine Auftraggeber, die letztlich auch versucht hatten, Eike Klein umzudrehen. Diese Leute hatten es gewagt, ihren Machtbereich anzutasten. Das konnte sie nicht zulassen. Dieses kriminelle Geschwür würde sie rausschneiden und der Öffentlichkeit als ihren größten Erfolg der Spionageabwehr präsentieren. Nach den ganzen negativen NSA-Schlagzeilen in den vergangenen Monaten würde das gut ankommen. Angewidert dachte sie an den zurückliegenden Untersuchungsausschuss mit diesem pomadigen und selbstgerechten Ströbele. Dem würde sie am liebsten höchstpersönlich die Augenbrauen stutzen.

Als sie die Tür zum Wohnhaus aufschloss, konnte sie schräg gegenüber einen Blick in die Küche werfen. Dort stand ihr Mann am Herd, nur mit einer weißen Haushaltsschürze bekleidet. In der gusseisernen Bratpfanne schmurgelte verführerisch ihr Lieblingsgericht: Budapester Bratkartoffeln. Augenblicklich überfiel sie eine gigantische Lust. Sie zog hastig ihren besten Nickijogger mit dem Reißverschluss im Schritt an und ging in den Weinkeller. Mit sicherem Griff zog sie eine Flasche Weißwein aus dem verwitterten Holzregal, einen 1811er Château d'Yquem. Routiniert drückte sie den Korken in die Flasche und löschte den größten Durst. Herrlich. Sie nahm begeistert noch einen großen Schluck. Robert Parker, der bekannte Weinkritiker, hatte vollkommen richtig gehandelt, als er diesen Wein mit der höchsten Bewertung von hundert Punkten versehen hatte. Ein unvergleichlicher Geschmack – wie flüssige Crème brulée.

Dr. Monika Mertens hasste Industrieweine. Eine genießbare Flasche Wein unter dreihundert Euro? Wie sollte so was gehen?

Sie nahm noch eine zweite Flasche mit nach oben. Nach dem Sex hatte sie immer so einen Durst … eine Folge der Wechseljahre. Das Leben meinte es einfach gut mit ihr.

Ihr bevorstehender Triumph beflügelte sie. Sie zündete sich eine neue Reval an und zog genussvoll den Rauch ein. Alkohol und Nikotin rauschten durch ihre Adern. Leicht beschwipst rief sie durchs Treppenhaus nach oben: »Rüdiger, keul an – die Mutti ist gleich ganz böse!«

Der Russe zuckte zusammen. Er befand sich immer noch in Schröders Essener Wohnung – er war tatsächlich in diesem verdammt bequemen Sessel eingeschlafen!

Irgendein Telefon klingelte Sturm. Mit der Pistole in der Rechten stolperte er schlaftrunken zu dem altmodischen, orangefarbenen Festnetzapparat mit Wählscheibe, hob den Hörer von der Gabel und hustete ein verpenntes »Ja, bitte?« in die Muschel.

Am anderen Ende der Leitung vernahm er eine aufgebrachte Frauenstimme. »Schatz, ich bin's. Ich kann nicht schlafen. Hab dich schon ein paarmal auf dem Handy angerufen.«

Der Russe war plötzlich hellwach. Schröder hatte also eine Freundin. So was war immer gut. Das war sogar sehr gut! Das würde ihm vielleicht sehr nützlich sein.

»Mein Schatz, du *darfst* nicht mit Dimi sprechen! Glaub mir doch endlich, der Mann ist gefährlich, der bringt uns beide um! Bitte, Atze, bitte!«

Der Russe schaltete schnell: »Ja, hallo? Hier spricht Klaus, ich bin ein alter Kumpel von Atze. Wir haben heute gesoffen, ich fürchte, dein Freund hat ein Pilsken zu viel erwischt, der schläft immer noch wie ein Stein. Ich sag ihm gerne, dass du angerufen hast. Wie war dein Name noch mal?«

Die Frau stutzte, dann sagte sie etwas argwöhnisch: »Bestellen Sie liebe Grüße von Natascha. Ich bin eine Freundin. Er soll mich nach dem Aufwachen sofort anrufen.«

Peimann reagierte sofort: »Ach, Natascha! Von dir hat er den ganzen Abend geschwärmt! Ich glaub, wir kennen uns sogar. Wie ist noch mal dein Nachname? Du kommst doch auch aus Essen, nicht wahr?«

»Natascha Orlov, wieso?«

»Ach, Orlov? Hast du nicht mal in Rüttenscheid gewohnt?«

»Nein, ich bin schon seit Jahren hier in Kettwig.«

Der Russe hatte genug in Erfahrung gebracht. Mit lässigem »Okay, dann hab ich mich wohl vertan. Man sieht sich« legte er auf.

Wie leichtsinnig die Menschen doch immer waren! Darauf konnte man bauen. Er tippte Namen und Stadtteil in sein Smartphone, und schon hatte er die Adresse. Natascha Orlov, das Schätzchen von Herrn Schröder.

Launig sagte er zu sich selbst: »Tja, Natascha, dann wollen wir dir doch mal einen kleinen Besuch abstatten. Es ist besser, dein Schröderchen kommt zu mir, anstatt dass ich ihn lange suche.«

Peimann grinste zufrieden über diese angenehme Entwicklung.

Gerade als er überlegte, mit welchem Fahrzeug er fahren sollte, fiel ihm der Schlüsselbund mit dem Porsche-Schlüssel auf dem Wohnzimmertisch auf. So, so, Schröders Porsche. Der musste also irgendwo in der Nähe stehen. Ja, das gefiel dem Russen. Der Corsa war zwar das praktischere Auto, hatte sogar eine umklappbare Rückbank – aber er war schließlich immer noch ein Mann. Außerdem zog der 1,2-Liter-Motor des Corsa mit seinen 45 PS keinen müden Hering vom Teller.

Schon nach wenigen Minuten saß er in dem 911er Turbo und startete das Triebwerk. Andächtig lauschte er dem heiseren Grollen des Biturbomotors. Langsam rollte er aus dem Viertel und bog auf die A40 in westlicher Richtung. Ein Porsche verzieh vieles, aber nicht, dass man den Motor nicht warm fuhr. Der Turbo brabbelte lauernd, gleich würde er ihm die Sporen geben! Dieses Urvieh. Geboren 1974 als Godzillas gewalttätiger Bruder, war dieses faszinierende Automobil auch heute noch ein brutales Monster, allerdings mit der Leichtfüßigkeit einer russischen Ballerina.

Die achtzig Grad waren erreicht, der Motor warm und das

Öl geschmeidig. Ein kurzer Kick auf das Gaspedal, und die Fahrbahn wurde zu einem gleißenden Asphaltband ohne Bedeutung. Stürmisch schnellte die Nadel des Tachos der Dreihundertermarke entgegen. Dieser Teufelskerl Schröder. Der Mann wusste zu leben. Was für ein fantastisches Auto.

Der Russe driftete mit seinen Gedanken ab. Nach diesem Auftrag wäre definitiv Schluss. Er würde sich dann nur noch ganz konsequent den schönen Dingen des Lebens zuwenden. Porsche Turbo vorm Haus, Himbeereis zum Frühstück, Rock 'n' Roll im Fahrstuhl.

Von einer holländischen Radiostimme wurde er aus seiner Schwärmerei gerissen. Was war das denn? Ohne es zu bemerken, war er schon weit hinter der holländischen Grenze. Der Turbo fraß Kilometer und Zeit im Flug. Peimann überlegte kurz, ob er den Sonnenaufgang an der Nordsee genießen sollte, doch dann drehte er pflichtbewusst an der nächsten Ausfahrt um und fuhr Richtung Essen-Kettwig.

Eine Stunde später stand er auf der Dachterrasse von Natascha Orlovs Penthousewohnung, schob lautlos die große Schiebetür auf und glitt wie eine unheilvolle schwarze Giftwolke ins Schlafzimmer. Dort lag Fräulein Orlov völlig unbekleidet in einem üppig dimensionierten Queensize-Bett in seidenen Frotteelaken. Der Russe war entzückt. Gott musste einen seiner selten guten Tage gehabt haben, als er diesen makellosen Körper erschuf.

Seine ambivalenten Gefühle für Schröder schlugen schon wieder in puren Hass um. Es waren doch immer die größten Idioten und Vollhonks, die die guten Weiber abstaubten! Natascha Orlov war unbestritten die schönste Frau, die Peimann jemals gesehen hatte. Er strich ihr mit seinen neuen Hirschlederhandschuhen über das glänzend schwarze Haar. Sie schlug die Augen auf und blickte ihrem unerwünschten Gast direkt ins Gesicht. Mit der linken Hand hielt er ihr den Mund zu, und mit einem gezielten Druck des rechten Daumens auf den dritten Halswirbel beförderte er sie wieder zurück ins Land der Träume. Dann wickelte er sie in die Seidenbettwäsche und warf sie sich über die Schulter. »Glaub mir, mein Engel, bei mir in Düsseldorf bist du auch gut aufgehoben.«

Es war elf Uhr morgens, und Peimann saß zufrieden in seinem Wohnzimmer in Düsseldorf. Sein Massagesessel knetete ihn sanft durch, und er goss sich ein Gläschen Portwein ins teure Bleikristallglas. Von Natascha Orlovs Handy aus wählte er Schröders Nummer und ließ es klingeln. Unten im Heizungskeller lag seine neue Trumpfkarte, die Herzdame.

Es war Dienstagmorgen, und der Russe war wieder im Spiel.

In Opa Stahls Gartenlaube am Baldeneysee wurde fast normal gefrühstückt, aber nur fast. Denn selbst in unserem geheimen Exil hatte Ute nicht darauf verzichtet, uns mit veganem Leberwurstersatz, Tofumüsli und anderen Detox-Leckereien zu malträtieren. Runtergespült wurde das Elend mit einem rechtsdrehenden Yogitee. Selbst Philipp, der ja solche Scheußlichkeiten gewohnt war, rebellierte ein wenig. Nur Birkel hatte es mal wieder geahnt. Er hatte sich am Morgen auf dem Weg zur Laube noch einen Kringel Fleischwurst und eine Tüte Brötchen mitgebracht. Ob's der Ärger über die Wurst war oder die Umstände – jedenfalls war Ute schon früh am Morgen extrem auf Krawall gebürstet.

»Ich versteh das nicht. Wenn wir zur Polizei gehen, wird sich doch bestimmt alles in null Komma nichts aufklären! Was hast du schon gemacht?«

Ich stöhnte hörbar auf. »Ute, das haben wir doch schon alles durchdiskutiert. Klar, das Essen im Knast ist sicher besser als dein ökologisches Hühnerfutter hier, aber dafür ist mir das

Liebesleben bei denen definitiv ein bisschen zu maskulin. Dafür bin ich einfach zu schmal gebaut.«

Trotzig verschränkte sie die Arme vor der Brust, während wir Jungs herzhaft geierten. Ich beruhigte sie erneut mit dem Hinweis, dass ich innerhalb der kommenden achtundvierzig Stunden alles regeln würde. »Ute, ich fahr zu Peimann und übergebe ihm die Uhr.«

Sie schnaubte mich erschrocken an: »Dann bringt der uns doch um!«

»Nein, wird er nicht. Wir ziehen einfach eine Kopie von diesem Chip – als Lebensversicherung. So, Langer, du passt hier schön auf alle auf. Ich bin heute Nachmittag wieder da.«

In der vergangenen Nacht, während Ute tief geschlafen hatte, hatten Philipp und ich eine Kopie des Mikrochips angefertigt. Diese Kopie gab ich Birkel, er sollte sie im Safe bei sich im Swingerclub »69« deponieren. Doppelt hält besser.

Für die Uhr selbst hatte ich mir ein ganz besonders perfides Versteck ausgesucht. Direkt neben der Laube hatte Opa Stahl seinen Taubenschlag. Das Gurren dieser Flugratten kostete uns tagsüber den letzten Nerv. Birkel hatte mehrfach vorgeschlagen, die Viecher allesamt zu braten oder ihnen wenigstens wie weiland Ozzy Osbourne die Köpfe abzubeißen, doch Ute wäre das nicht anthroposophisch genug gewesen, also ließen wir die Viecher weiter gurren. Die Uhr hatte ich tief in die Futterkisten oben im Schlag eingegraben. Dort würde bestimmt niemand danach suchen.

In dem sicheren Gefühl, uns alle gründlich abgesichert zu haben, fuhr ich zum vereinbarten Treffen mit Dimi in seinem Gammelfleischbunker. Ich musste immer wieder an Nataschas Worte denken. *»Dimi ist ein echter Verbrecher.«* Jeder, der einmal einen Blick in die Küche des Mykonos geworfen hatte, hätte ihr widerspruchslos beigepflichtet. Griechische Restaurants waren weltweit ein Mysterium. Selbst der alte Sokrates würde lieber erneut seinen Schierlingsbecher trinken und verrecken, anstatt es mal mit einem Gyrosteller aus Dimis Kochschrottplatz aufzunehmen. Klar, die griechische Küche konnte auch gut sein. Man musste nur die griechischen Zutaten konsequent durch frische Komponenten aus Italien ersetzen. Und doch galt die griechische Küche als die erfolgreichste der Welt. So was nannte man auch Dieter-Bohlen-Prinzip.

Nachdem ich Utes Benz vor dem Restaurant geparkt hatte, sah ich, dass Dimi schon erwartungsvoll in der Tür stand und seine griechische Goldkette geschickt durch die Finger sausen ließ. Er sah aus wie immer: das Resthaar mit einem Kilo Palmfett nach hinten gegelt, weißes Hemd, schwarze Stoffhose und glänzende Stiefeletten. Auch da war der Grieche konsequent. Hatte er sich irgendwann in seinem Leben auf einen Look festgelegt, zog er diesen über Jahrzehnte durch. Man konnte nur hoffen, dass er noch eine Wechselgarnitur daheim hatte. Der Glaube daran fehlte mir allerdings.

»Ey, Malaka, wo ist dein Turbo? Hast du den auch beim Pokern verzockt oder bist du jetzt Deutschlands lustigster Taxifahrer?« Er lachte, ohne die Zigarette aus dem Mund zu nehmen.

»Ach, Dimi, an deiner Stelle würde ich mal ganz ruhig sein. Du siehst aus wie eine bulgarische Kugelstoßerin in der Schwangerschaft. Noch ein Moussaka, und die Milch schießt ein.«

Wir nahmen uns in den Arm, klopften einander auf den Rücken wie zwei alte Kumpels und setzten uns in Dimis sogenanntes Büro. Er legte die Füße auf den Schreibtisch, starrte mir mit wachen Augen direkt ins Gesicht und ließ zu meiner Überraschung die Katze sofort aus dem Sack. »Atze, mein Freund, wie lange kennen wir uns jetzt, Malaka? Ich sag's dir:

fünfundzwanzig Jahre. So lange, wie ich hier in Essen schon mein kleines Edelrestaurant betreibe. Haben wir uns in all der Zeit jemals gestritten? Ich sag's dir: nein. Das Leben ist zu kurz für ein langes Gesicht. Hat meine Oma immer gesagt. Schau mal, ich weiß, was du jetzt denkst. Du denkst, ach, der Dimitri mit seiner kleinen Ouzotaverne, der soll doch froh sein, wenn er seinen Krautsalat geschnitten kriegt. Bin ich auch. Froh. Aber weiß du, was? Ich verkauf hier nicht nur Krautsalat. Weißt du, was du alles von mir haben kannst? Nein? Ich sag es dir: Koks, Heroin, Waffen, böse Gangster mit einer Kanone. Du willst eine Baugenehmigung trotz Denkmalschutz? Komm zu mir. Du wurdest von einem Veranstalter beschissen? Komm zu mir. Als ich damals ins Ruhrgebiet kam, gab es überall nur Korruption und kein Gesetz. Jetzt gibt es ein Gesetz. Mein Gesetz. Das Dimitri-Roussos-Gesetz. Kann man im Ruhrgebiet illegale Geschäfte machen, ohne mich zu beteiligen? Nein. Es sei denn, man ist lebensmüde. Wer hat den direkten Draht zu den Politikern?« Er bohrte mir seinen Blick ins Gesicht. »Ich sag's dir: ich. Wer kann das Nachtflugverbot am Düsseldorfer Flughafen aufheben? Musst du Onkel Dimi fragen.«

Selbstzufrieden schaute er mich an. Ich gähnte herzhaft. Was für einen Mumpitz dieser Typ hier abzog mit seiner Dimi-Don-Corleone-Show! Ich spürte förmlich, wie mir das Fell juckte. »Ja Mensch, Dimi, wenn du doch so eine große Nummer bist, müsste es dir doch auch möglich sein, wenigstens *ein* genießbares Tellergericht pro Woche in deiner vermilbten Furzbude anzubieten.«

Sein Gesichtsausdruck verwandelte sich in Millisekunden, und ehe ich mich versah, war er aufgesprungen und hatte mir den Lauf einer .45er Magnum in den Mund geschoben. »Ich mag deine Witze nicht. Die kannst du schön in deinem schwulen Fernsehen aufsagen. Ich sag dir was, hör zu.«

Seine Tonlage hatte sich mit einem Schlag geändert von jovial zu brutal. Ich spürte, dass es ihm echt ernst war. Und ich begriff mit einem Schlag, dass ich diesen Mann ein halbes Leben lang komplett falsch eingeschätzt hatte. Hinter seiner freundlichen Malaka-Show steckte ein skrupelloser Krimineller. Nataschas Warnungen hallten plötzlich ganz anders in meinem Kopf nach. Ihre Panik und die Angst in ihren Augen waren mir immer so lächerlich vorgekommen, jetzt ahnte ich das ganze Dilemma unserer Affäre. Ich musste dringend von meinem Plan abweichen, Dimi unser kleines Geheimnis zu beichten. Taschi hatte offensichtlich recht gehabt. Er würde sie nie gehen lassen.

Während mir das alles durch den Kopf ging und ich verzweifelt nach einer Lösung suchte, hatte er die Waffe weggesteckt und redete wieder wie ein Freund mit mir. Als ob nichts gewesen wäre. »Weißt du, Atze, Respekt ist das Wichtigste im Leben. Du machst deinen Scheiß, ich mach meinen Scheiß. Aber ich glaub, du hast ein großes Problem. Die Uhr, die du verzockt hast und die dieser dumme Fettsack leider verkauft hat … Die Sache ist dir wohl ein bisschen über den Kopf gewachsen. Die Uhr gehört mit Sicherheit ein paar bösen Jungs. Und jetzt frage ich dich: Wo hattest du sie her?«

Ich antwortete wahrheitsgemäß, dass die Uhr fälschlicherweise an Ute geschickt worden war. Ich erzählte ihm von meinem Briefkastenschlitzbesuch in Düsseldorf. Nicht mal, dass Peimann mich in meiner Wohnung aufgesucht hatte, verschwieg ich ihm. Ich gestand ihm, dass ich nach meinem Krankenhausbesuch beim Dicken die Spur der Französin aufgenommen hatte und ihr in dieses Hotel nach Saint-Tropez gefolgt war. Dass ich den Mord an Isabelle Dujardin mit eigenen Augen gesehen hatte. Und ich schilderte meine Flucht im Porsche vor dem skrupellosen Killer.

Geduldig hörte Dimi sich jedes Detail an und fragte interessiert nach. Er schwieg eine ganze Weile, dann legte er mir freundschaftlich den Arm um die Schulter. »Malaka, Malaka, hast du ein Schwein. Dieser Peimann und auch die Französin, das sind keine normalen Gangster. Das sind Spezialisten. Richtig böse, böse Spezialisten. Deswegen frag ich dich, in deinem eigenen Interesse, mein Freund: Wo ist die Uhr?«

9

Das Syndikat

Urs Bianchi blickte aus seinem Büro im vierzehnten Stock des Emmental-Towers über den blauen Zürichsee. Verärgert über die gerade gelesene E-Mail, klappte er sein AirBook zu. Diese Deutschen gingen ihm auf den Sack. Alles mussten sie zerreden. Alles wussten sie besser. Für jeden Mist erfanden sie hunderttausend Vorschriften, an die sich dann aber auch bitte schön die ganze Welt halten sollte. Es war doch immer das Gleiche: Am deutschen Wesen sollte die Welt genesen. Wenn man nicht alles genauso machte wie in Deutschland, war es in ihren Augen einfach falsch. Mit ihrer moralinsauren Weltanschauung vergällten sie dem Rest der Welt und auch sich selber jegliches Vergnügen.

Was hatten zum Beispiel die radfahrverrückten Franzosen für ein Vergnügen an ihrer Tour de France: Kräftige, gut gebaute Helden traten lustvoll in die Pedale, erklommen Alpen und Pyrenäen und stürzten sich todesmutig bei Wind und Wetter die Abfahrten hinab. Im Ziel warteten dralle Hostessen in geschmackvollen Kleidern auf strahlende Etappensieger, um sie zu küssen, zu kränzen und ihnen zu huldigen. Alle waren begeistert. Und was machten die Deutschen? Sie versuchten, ihre Idole des Dopings zu überführen. Zogen einen sympathischen Bonvivant und intellektuellen Freigeist wie den eigenen Landsmann Jan Ullrich oder auch Lance Armstrong in einen Testosteronskandal hinein, bis auch der Rest der Welt keinen Spaß mehr an dem Tourspektakel hatte.

Noch idiotischer war ihre naive Vorstellung vom Profifußball. Überall auf der Welt wurden für viel Geld Spiele verschoben, Schiedsrichter gekauft und Spieler bestochen, ganze Landesverbände und deren selbstlose Funktionäre finanziell entlohnt und Weltmeisterschaften verkauft. Bianchi wusste genau, wovon er sprach. Ein nicht unbeträchtlicher Teil seines Vermögens basierte auf just diesen wunderbaren Geschäften. Nur die Deutschen glaubten natürlich, dass ausgerechnet ihre Bundesliga und ihre Verbände klinisch sauber waren. Unfassbar.

Urs Bianchi schüttelte den Kopf. Diese Deutschen. Da hatten sie 2006 das Sommermärchen endlich im eigenen Land. Brasilianer lernten von Deutschen tanzen, und selbst die Südeuropäer staunten über die ausgelassene Stimmung unter germanischer Sonne. Kaiser Franz Beckenbauer überflog das Land in seinem Helikopter, und die Massen winkten ihm euphorisch zu. Länder aller Kontinente schauten ungläubig auf die Wandlung vom hässlichen Nazi zum freundlichen Gastgeber.

Und zehn Jahre später? Da hatte der deutsche Saubermann den ganzen Traum mit seinem Moralhackebeil unerbittlich zerhackt. Diese Fuzzis vom *Spiegel* hatten aufgedeckt, dass bei der Vergabe des Turniers Bestechung im Spiel gewesen war. Na, so was! Diese Hirnamöben! Eine WM-Vergabe ohne freundschaftliche monetäre Zuwendungen war doch genauso undenkbar wie eine unbefleckte Empfängnis. Aber so war der Mensch – wenn er glauben wollte, dann wollte er glauben.

Und der Deutsche wollte besonders gerne glauben. An seinen sauberen Fußball, sein sauberes Bier, die sauberen Dieselmotoren. Denn nur was richtig sauber war, konnte auch richtig glänzen.

Vielleicht mussten die Deutschen auch so sein, nachdem sie zweimal die Welt in Schutt und Asche gelegt hatten.

Bianchi hatte mit diesem patriotischen Saubermannimage nichts am Hut. Ihn nervte dieses weltfremde Moralgehabe. In der Schweiz war für ihn die Welt noch in Ordnung. Oberflächlich war es zwar genauso sauber wie in Deutschland, dafür hatten sie hier umso mehr dreckiges Geld. Milliarden über Milliarden. Alle Welt brachte ihr schmutziges Geld in die Schweiz. Jeder profitierte davon, alle wurden reicher. Konnte es was Schöneres geben? Urs Bianchi liebte Geld, denn Geld war Macht. Er war aufgewachsen als Kind reicher Diplomateneltern, die ihn weder mit Erziehung noch mit Liebe belästigt hatten. In Eliteschulen und ausgesuchten Internaten wie Salem war er schikaniert und gedrillt worden. Nur Leistung hatte dort gezählt. Nur die härtesten und skrupellosesten Kids hatten diese Ausbildung überstanden.

Nach dem Studium hatte ihn sein Vater in einer großen Schweizer Investmentfirma untergebracht. Das Unternehmen arbeitete für eins der mächtigsten Verbrecherkartelle Europas. Urs Bianchi hatte sich mit kaltblütiger Präzision bis an die Spitze gearbeitet und nach dem Tod des Patriarchen die Führung übernommen. Fünf Jahre später war sein neues Syndikat unbestritten das mächtigste auf dem europäischen Kontinent. Wenn er die Liste mit den V-Leuten vom BND erst mal in Händen hätte, dann wäre ihm diese Position für Generationen nicht mehr zu nehmen. Dann würde ihm Europa praktisch gehören. Er könnte Regierungen stürzen, Wechselkurse bestimmen, und niemand würde ihm mehr in die Suppe spucken. Schon gar nicht die Deutschen. Dr. Monika Mertens vom BND, diese vertrocknete Spionagemuschi! Schon mehrfach hatte das alte Schlachtross versucht, ihn in die Falle zu locken. Aber jedes Mal war er ihr zuvorgekommen und aus jeder Auseinandersetzung umso stärker hervorgegangen.

Doch diesmal war Bianchi wirklich verärgert. Er leistete sich ungern Emotionen, aber dieser verdammte Russe schien wirklich alles zu vermasseln. Peimann war alt und gefühlsselig geworden. Aus der einst effizientesten Tötungsmaschine des Kontinents war eine Strickliesel geworden: harmlos, harnlos, zahnlos. Sollte der Russe bis heute Abend die Uhr nicht geliefert haben, würde er ihn einfach von der Karte nehmen.

Spezialisten waren wie eine gute Tasse Ovomaltine. Sie durften ihr Verfallsdatum nicht überschreiten.

Es klopfte an der Tür. Bianchi schaute zufrieden auf seine Uhr. Eine unscheinbare Dame in Overknee-Lackstiefeln betrat würdevoll das Büro.

»Aaaah, Tatjana!«

Fast hätte er seine morgendliche Spezialbehandlung verschwitzt. Unaufgefordert entledigte er sich seiner Kleidung und legte sich rücklings auf die sündhaft teure Prada-Massagebank. Die adrette Lady zog sich bis auf die Stiefel aus und holte aus dem Schrank eine dünne Reitgerte mit schmalen Ledertroddeln. Unverzüglich begann sie, ihn sanft auszupeitschen, während er zu dieser Prozedur seine Lieblingskinderkassette hörte: *Die drei Fragezeichen*, Folge 48: *Der tote Teddy im Dortmund-Ems-Kanal*. Dabei hatte er die Hände hinter den Kopf gelegt.

Urs Bianchi hatte kein Interesse an richtigem Sex. Jeglicher Austausch von Körperflüssigkeiten war ihm zuwider. Niemand durfte ihn anfassen. Auch war es für ihn undenkbar, aus dem Haus zu gehen, ohne dünne Speziallatex-Gummihandschuhe zu tragen. Nur dieses wunderbare Vergnügen – die tägliche Kloppe von Tatjana – stillte sein emotionales Bedürfnis nach Liebe und Zuneigung.

Als die erste Seite der Kassette vorbei war, zog Tatjana sich wieder an. Ohne ein einziges Wort gesagt zu haben, nahm sie die tausend Franken vom Schreibtisch und ging zur Tür hinaus. Jetzt konnte er entspannt ins nächste Meeting gehen.

Es stand ein brisantes Treffen an. Er wollte mit dem britischen Premier über die Folgen eines möglichen Austritts Großbritanniens aus der UNO diskutieren.

Wohlig streckte er sich in seinem achttausend Euro teuren Maßanzug. Tatjana war wirklich eine Künstlerin. Sie verstand es, ihn so auszupeitschen, dass auf seinem athletischen Körper nie allzu heftige Spuren dieses herrlichen Vergnügens zurückblieben. Er nahm sich vor, morgen zu der erfrischenden Behandlung *Heidi – Die Rückkehr des Alm-Öhi* zu hören.

»Atze, mein Freund, sei nicht so unvernünftig! Bring mir die Uhr!«, forderte Dimi mich in freundschaftlichem Ton auf.

Ich stand auf. Ich wollte nur noch raus aus seinem schäbigen Büro. »Dimi, der Deal steht. Ich bring dir die Uhr, und du hältst mir dafür für alle Zeiten diesen gemeingefährlichen Peimann vom Hals.«

Er gluckste zufrieden. »Na klar, Malaka. Onkel Dimi regelt das für dich. Du kannst weiter deine schwulen Witzchen reißen, und für die Zukunft weißt du einfach, zu wem du kommst, wenn du Probleme hast.«

Wir verabschiedeten uns, und ich schwang mein apartes Knackärschchen zurück in den Mercedes. Ich war mir nicht sicher, die richtige Entscheidung gefällt zu haben. Aber ich hatte einfach keinen Bock mehr auf dieses kriminelle Pack. Sollte die Mörderbande doch unter sich bleiben. Die tickten doch alle nicht mehr richtig. Inklusive Dimi – da steckte mir dieser Penner einfach seine Knarre in den Mund, nur weil er keinen Spaß verstand. Abartig. Wenn das jeder machte, über den ich meine Späße abzog, würde ich bald auf 'ner Stalinorgel rumlutschen.

Ich bin nun wirklich kein zimperliches Kerlchen, aber irgendwo ist auch mal Feierabend. Leute umbringen, Waffen verschieben, mit Frauen handeln? Wo leben wir denn! Ich wollte doch einfach nur ein paar schöne Tage und mit Natascha etwas Spaß haben. Stattdessen steckte ich bis zum Zäpfchen in so einer vertrackten Gangstergeschichte. Ich wurde von einer französischen Spezialistin als Lustsklave benutzt, von einem Killer durch halb Europa gejagt und musste mich jetzt zu allem Überfluss auch noch mit einem griechischen Mafiazausel rumärgern – und alles nur, weil ich auf meine Waldorflehrerin gehört und dieses vermaledeite Päckchen nicht einfach in den Briefkasten geworfen hatte.

Weiber, nur Theater!

Mein Handy riss mich aus diesen düsteren Gedanken. Natascha rief an. Augenblicklich war ich heiß wie Lassie. Ein Nickerchen mit Fleischeinlage, das würde mir jetzt zur Abwechslung mal guttun. Mein Rüsselsheimer Ehrenbürger erhob sich spontan zum Morgenappell. Wenigstens darauf war noch Verlass.

Ich schnappte mir das Telefon, nahm das Gespräch an und sang heiser erregt: »Klingelingeling, klingelingeling, hier kommt der Eiermann.«

Zu meiner Überraschung antwortete eine männliche Stimme: »Guten Tag, Herr Schröder. Schönes Lied, trifft sich gut. Ich hab hier etwas, was Ihren Eiern gefallen dürfte ... oder sollte ich besser sagen: Ich hab Sie bei den Eiern? Um es kurz zu machen: Ich erwarte Sie in etwa neunzig Minuten bei mir zu Hause. Die Adresse kennen Sie ja. Für jede Minute, die Sie später kommen, werde ich Ihrer zauberhaften Freundin, der hübschen Frau Orlov, einen ihrer rot lackierten Zehen abschneiden.«

Es klickte. Der verdammte Arsch hatte einfach aufgelegt.

Mir rutschte das Herz in die Hose. Peimann, dieser miese Killer hatte Natascha entführt, meine Taschi! Es war zum Durchdrehen!

Jetzt wurde es endgültig beschissen. Den Dimi-Deal konnte ich erst mal vergessen. Ich konnte ja wohl kaum zu ihm hingehen und sagen: »Du kriegst die Uhr nicht, weil ich damit deine beziehungsweise meine Freundin befreien muss.« So wie ich Dimitri Roussos gerade kennengelernt hatte, musste ich Natascha recht geben: Der würde uns umbringen.

Ich saß in der Zwickmühle. Also erst mal eins nach dem anderen. Ab zu Opa Stahl in den Taubenschlag, die Uhr holen, dann schnurstracks nach Düsseldorf zu Peimann. Natascha war in diesem Moment das Wichtigste, ihre Rettung hatte oberste Priorität.

Eine Viertelstunde später war ich auf dem Weg nach Düsseldorf und hatte die Tudor mit dem Chip in der Tasche. Unbemerkt von den anderen hatte ich sie aus dem Taubenschlag geholt. Für Diskussionen wäre wirklich keine Zeit gewesen. Als Lebensversicherung hatte ich ja noch immer den kopierten Chip.

Mit quietschenden Reifen und leichter Panik im Nacken bog ich in die Cora-Schumacher-Straße ein. Vor dem Haus Nummer 10 stand mein Turbo. Wie zur Hölle kam der denn hierher? Meine Stimmung kippte. Jetzt wurde ich richtig sauer. Was bildete sich der Penner eigentlich ein: Frau und Auto klauen? Der sollte mich kennenlernen.

Ich stellte den Benz ab, blickte mich hastig nach allen Seiten um und klingelte an Peimanns Haustür. Er öffnete schon nach wenigen Sekunden und bat mich höflich in sein Wohnzimmer.

»Herr Schröder, schön, Sie zu sehen. Lassen Sie uns gleich zur Sache kommen. Die Uhr.«

Ich lehnte mich lässig an seinen gekachelten Couchtisch und verschränkte die Arme. »Peimann, so langsam gehst du mir voll auf den Sack. Kann so ein asoziales Rentenloch wie du nicht einfach mit der Heizdecke vor dem Fernseher sitzen und den Rollator ölen? Ich wollt dir einfach nur einen Gefallen tun und die Uhr hier bei dir abliefern. Aber statt dich zu bedanken, bringst du Leute um und jagst mich durch halb Frankreich. Ich hab die Schnauze endgültig voll von dir. Hol Natascha, und ich geb dir deinen verschissenen Käsewecker wieder. Danach sagen wir beide Tschüss und sehen uns in diesem Leben nicht mehr wieder. Kapiert?«

Peimann musterte mich von oben bis unten, dann ging er in den Keller.

Kurz drauf kam er mit einer reglosen Natascha auf dem Arm zurück und legte sie auf den Sessel. »Keine Sorge, Herr Schröder, sie schläft nur. Und jetzt her mit der Uhr.«

Urplötzlich richtete er eine Waffe auf meine Stirn. Die Waffe kam mir sehr bekannt vor. Als ich sie das letzte Mal gesehen hatte, war wenige Sekunden später Isabelle Dujardin, diese notgeile Französin, gestorben.

Ich wusste nicht, woher ich den Mut nahm, aber ich wurde richtig sauer und bläffte ihn unvermittelt an: »Peimann, du Krawallopa, wenn du nicht sofort deine Scheißerbsenpistole aus meinem Gesicht nimmst, werd ich gewöhnlich. Du machst jetzt hier kein Hallas mehr. Ich hab 'ne Kopie von diesem Chip gemacht, und wenn ich nicht in einer Stunde wohlbehalten wieder in Essen auflaufe, kannst du dir den Inhalt von dem Chip bei Facebook angucken und deine Adresse morgen in der Zeitung lesen.«

Das hatte gesessen. Dachte ich für einen kleinen Augenblick. Aber ich hatte mich geirrt. Peimann schaute mir emotionslos in die Augen, dann verzog sich sein Mund zu einem spöttischen Grinsen. »Ach, Schröder, ich mag Sie. Sie sind ab und zu wirklich lustig. Ich werd sicher noch oft an Sie denken, wenn ich mit Ihrem Turbo durch Kingston fahre.« Zum ersten Mal klang seine Stimme zynisch und unhöflich: »Sag der Welt Lebewohl. Deine Scheißkopie interessiert mich nicht die Bohne.« Sein Zeigefinger krümmte sich um den Abzug.

Das Wort »Bohne« war noch nicht ganz verklungen, als es einen dumpfen Schlag machte und Peimanns Gehirn auf die exklusive Limonengrastapete spritzte. Sein Körper taumelte kurz, dann brach er leblos zusammen. Er fiel auf den Rücken, und auf seinem Gesicht stand ein ungläubiges Staunen.

Nach einer gefühlten Ewigkeit von zwei Sekunden schrie ich wie einst Joe Cocker in Woodstock die ganze Bude zusammen. Hysterisch heulend setzte ich mich auf den Wohnzimmerboden und schüttelte ihn an den Schultern.

»Hallo, Herr Peimann, geht's Ihnen gut? Hallo! Sagen Sie doch was! Es ist doch alles gar nicht so schlimm, wir können uns doch auch wieder vertragen!«

Ich rüttelte an seinen Schultern. Vergebens. Uwe Peimann war mausetot. Ich ließ von ihm ab und schüttelte meine Locken.

Dann brach ich zusammen und sank bewusstlos in einen schlimmen Albtraum.

Sicheren Schrittes betrat ich die Volkswagen-Niederlassung Schorf & Sohn in Mettmann. Schorf junior kam auf mich zu.

Er machte seinem Namen alle Ehre: Eine sympathische Neurodermitis zog sich von seinen Kniekehlen bis zu den Ellbogen und sah dabei aus wie eine Wanderkarte des Hochsauerlandkreises. An der Unterseite seines Unterarmes konnte ich Teile von Brilon erkennen, der Rest war schon weggeknibbelt.

»Ah, Herr Schröder, schön, Sie zu sehen!«, begrüßte er mich überschwänglich.

»Guten Tag, Herr Schorf. Ich wünschte, ich könnte dasselbe behaupten«, entfuhr es mir, doch zum Glück begriff er den Sinn meiner Aussage nicht.

»Suchen Sie ein größeres Auto, Atze? Ich darf doch Atze sagen?«, schleimte er mich jovial von der Seite an.

»Immer doch, nein«, betonte ich, doch mein neuer bester Freund ignorierte meine Ansage erwartungsgemäß. Ich beschloss die Flucht nach vorne.

»Schorfi – ich darf doch Schorfi sagen? –, hol mal deinen Stift raus. Ich hust dir mal die Eckdaten in den Block: Kleinwagen, Zweitürer, Verbrauch nicht über dreieinhalb Liter. Hybrid im Schiebebetrieb. Rolloptimierte Vollkornbereifung, Mittelkonsole und vollkompostierbare Innenausstattung mit Ökosiegel. Blauer-Engel-Lackierung und Mofazulassung im Citybereich. Wenn's geht, unter neuntausend, Fuchsmatten und Überführung insklusive.«

Schorfi blickte mich ratlos an, und seine Augen füllten sich mit Tränen. »Herr Schröder, natürlich hätte ich das richtige Ökofahrzeug für Sie, einen bildschönen VW e-up!, aber den verkauf ich Ihnen nicht ...« Er stützte sich für einen Moment mühsam an einem VW-Bus ab. Ihm war wohl etwas schlecht. Seine Stimme klang wirklich verzweifelt. »Herr Schröder – Sie können doch nicht einfach so ein Vernunftauto kaufen! Das ist ja ekelhaft! Sie sind eine Ikone des deutschen Sportwagenbaus, der Schutzheilige der Beschleunigungsjunkies! Die lodernde Fackel der gepflegten Geschwindigkeitsübertretung! Die allerletzte Bastion des handgeschalteten Kavalierstarts. Eine internationale Koryphäe des Turboladers! Menschgewordene Spritvernichtung in ihrer schönsten Form! Der letzte Leuchtturm der automobilen Sinnlosigkeit! Wenn Sie unserer Branche jetzt auch noch verloren gehen, dann steht schon morgen der Japaner mit seinem Hybridgenozid hier auf der Matte. Ich flehe Sie an, nehmen Sie wenigstens einen Touareg W12 Biturbo mit Chiptuning von Professor Dr. Bodo Buschmann. Ich garantiere Ihnen auch schriftlich, dass der über dreihundert Sachen geht und nicht unter dreißig Liter in der Stadt verbraucht. Selbst im Einparkbetrieb verbraucht der mehr als ein Polo BlueMotion, versprochen, Herr Schröder!«

»Schorfi, alte Knibbelbacke, du hast mich nicht verstanden. Ich will Öko, und meinen Turbo nehmt ihr in Zahlung.«

Das war zu viel für Schorfis Autoverkäuferherz. Seine Stimme schnappte hysterisch über: »Schröder, du mieses Verräterschwein! Tickst du nicht mehr richtig? Du bestellst jetzt auf der Stelle den Touareg Turbo, oder ich hau dir auf die Fresse, bis du lachst! Ich klopp dir mit einem doppelflutigen Dreißiger-Endtopfrohr deinen Ökoscheiß aus dem Keks, du verkackter Vollhonk!« Dann packte er mich am Kragen und fing an, mir unaufhörlich mit der flachen Hand ins Gesicht zu schlagen und zu spucken.

Ich schlug die Augen auf und blickte in das Gesicht einer attraktiven Mittsechzigerin.

»Herr Schröder ... Herr Schröder, wach werden!«

Die Frau schlug mir abermals ins Gesicht und kippte den Inhalt eines Wasserglases hinterher. Ich tastete nach meiner Brille und schob sie mir auf die Nase.

Die jetzt schon nicht mehr ganz so hübsche ältere Dame

sprach mit tiefer Raucherstimme weiter: »Herr Schröder, alles gut. Nicht erschrecken, wir haben die Sache im Griff. Setzen Sie sich bitte mal hier auf das Sofa, ich erklär Ihnen die Lage.«

Benommen setzte ich mich auf das Ledersofa und versuchte, die Situation zu erfassen. Der tote Herr Peimann wurde gerade von vier Männern in weißen Schutzanzügen sorgfältig in einen Zinksarg gelegt und aus dem Haus getragen. In einem luxuriösen Liegesessel lag meine schöne Natascha bleich wie Schneewittchen und schlief unbeeindruckt ob des ganzen Gewusels um sie herum. So langsam erinnerte ich mich wieder. Ich war hierhergekommen, um Natascha gegen die Tudor Heritage mit dem Mikrochip einzutauschen. Peimann hatte mich abknallen wollen, aber offensichtlich hatte ihn irgendwer umgestimmt. Und zwar indem er ihm ungefragt mit einem Kopfschuss das Hirn auf die Raufaser gepustet hatte. Nicht die ganz feine Art, aber mir war die Aktion wahrlich nicht ungelegen gekommen. Ein Riesenproblem war damit schon mal aus der Welt. Der feine Herr Peimann konnte uns nicht mehr bedrohen.

Jetzt musste ich nur noch rausbekommen, was die rüstige Rentnerin mit ihrer Putzkolonne hier eigentlich wollte. Die Tudor Heritage lag auf den Kacheln des Wohnzimmertisches. Tausend Fragen rotierten in meinen Kopf. Wieso war Peimann tot? Wer hatte ihn weggepustet? Zu welchem Verein gehörten diese ganzen Leute hier? Und warum retteten diese Vögel mein Leben? War ich jetzt endgültig verrückt geworden? Wieso wurde Natascha nicht wach? Wie spät war es überhaupt?

Ich griff nach der Uhr, und genau in diesem Moment legte mir die ältere Dame ihre Hand fest aufs Knie und sprach mich beruhigend an: »Na, mein Junge, hast dich ganz schön erschreckt, was?«

Dr. Monika Mertens hatte die Sache mal wieder voll im Griff. Als der Russe mit Natascha Orlov als Geisel in Schröders Turbo vor seinem Haus aufgetaucht war, hatte sie sich spontan in den Helikopter gesetzt und nach Düsseldorf fliegen lassen. Sie hatte den Fall zur Gefahrenlage erklärt und die Aktion konzertiert. Derlei Abläufe waren ihr so in Fleisch und Blut übergegangen, als würden Hausfrauen einen Apfelkuchen backen. So hatte sie auch schon damals in Mogadischu Ulrich Klaus Wegener von der GSG9 als Held inszeniert. Sie mochte den Uli, man traf sich einmal jährlich in Bernkastel-Kues zum Dämmerschoppen, und bei der Gelegenheit zog sie ihm auch jedes Mal im Hotelzimmer die Hammelbeine lang.

Sie hatte den Piloten angewiesen, in Mülheim zu landen – etwa achtzehn Kilometer vom Tatort entfernt. Zur Unterstützung ihrer Leute vor Ort waren die besten Scharfschützen NRWs, Renate und Werner Leismann-Kiep, beordert worden, zwei Geschwister, die nach der Geburt in einem alten Kinderwagen an der Emscher ausgesetzt worden waren. Damals hatte der legendäre Polizeihund »Ted« Herold beim Nachmittagsgassi ungewöhnlich laut angeschlagen und die beiden Findelkinder so vor dem sicheren Tod bewahrt. Deshalb hatten die beiden sympathischen Sniper auch später ihr Leben ganz der Polizei gewidmet. »Cando«, der treue Schäferhund von Triple-Trainer Jupp Heynkes, stand unter ihrem persönlichen Schutz.

Als die Mertens in der Cora-Schumacher-Straße eintraf, hatte ihr Einsatzleiter Klaus Reuter bereits alles im Griff. Die BND-Chefin hatte fast Mitleid mit dem Russen. So was wäre ihm früher nie passiert. Männer wurden mit dem Alter immer dümmer, sie lernten einfach nicht aus ihren Fehlern. Immer mussten sie den Gockel machen. Widerlich. Eine hübsche Frau als Geisel in einem bundesweit bekannten Porsche Turbo. Dämlicher ging es nun wirklich nicht mehr.

Allerdings hatte die Sache auch was Gutes: Endlich würde sie ihren Lieblingskomiker Atze Schröder kennenlernen. Sie war in ihrem Kegelklub bekannt dafür, dass sie spätestens nach dem vierten Glas Bellini ganze Teile seines Programms zum Besten gab. Die Männer grölten dann immer wie die Henker, und die Damen wieherten vor Vergnügen. Hach, Atze Schröder mal auf die Pelle zu rücken, das würde ihr Spaß machen! Jetzt könnte sie ihn endlich fragen, ob es diesen Kiosk wirklich gab.

Dr. Monika Mertens war so aufgeregt wie ein frisch verliebter Teenager. Was für ein herrlicher Tag!

Sie winkte den Einsatzleiter zu sich. »Reuter, Schätzchen, würden Sie mir bitte eine Schachtel Reval ohne Filter, ein Stück Streuselkuchen und eine gute Tasse Bohnenkaffee organisieren?«

Reuter, die gute Seele, kannte ihre kleinen Schwächen natürlich und hatte in seinem gepanzerten Multivan schon einen kleinen Bistrotisch gedeckt, auf dem eine köstliche Tasse Kaffee dampfte. Während sie genüsslich ihre Reval rauchte und dabei das Stück Kuchen aß, gab sie letzte Anweisungen. »Reuter, passt mir ja auf meinen Atze auf! Sollte dem auch nur eine Locke gekrümmt werden, nehme ich das persönlich.«

Reuter kackte sich vor Angst fast ein, das konnte man ihm ansehen. Sofort gab er ihre Anweisung an die Scharfschützen weiter und hoffte inständig, dass dieser Schröder keine Dummheiten machte.

Währenddessen saß Dr. Monika Mertens zufrieden im Multivan und machte ein kleines Bäuerchen.

Ihre Leute hatten wirklich ganze Arbeit geleistet. Die Kameras erfassten jeden Quadratzentimeter von Peimanns Haus.

Emotionslos verfolgte sie auf den Bildschirmen das Geschehen. Als der Russe die Waffe auf Schröders Kopf richtete, drückte sie die Sprechtaste ihres Funkgerätes und sagte lapidar: »Wegmachen!«

Daraufhin hatten die Sniper den Russen mit einem Fangschuss erledigt.

Jetzt saß sie endlich neben ihrem Idol auf dem Sofa. Schröder zitterte wie Espenlaub. Sie reichte ihm ihren Flachmann, der wie immer mit einem soliden Weinbrand gefüllt war.

»Guten Tag, Herr Schröder, mein Name ist Monika Mertens. Hier, nehmen Sie erst mal einen tiefen Schluck, das hilft. Ist ja Gott sei Dank nichts Schlimmes passiert. Und machen Sie sich keine Sorgen um Ihre Freundin. Die haben wir ruhiggestellt. Allerdings hatte der Russe Frau Orlov ja schon ganz anständig sediert, da mussten wir gar nicht mehr viel nachlegen. Wenn sie aufwacht, wird sie sich an nichts von diesem ganzen Theater erinnern.«

Schröder nahm einen tiefen Schluck aus der Flasche und sah sie fragend an. »Welcher Russe?«

»Tja, Herr Schröder, unser toter Herr Peimann wurde von vielen auch ›der Russe‹ genannt. Warum, weiß keiner. Das fand er wahrscheinlich selber geheimnisvoll – er liebte solche Sperenzchen.«

Atze Schröder war noch immer verstört. Dann wollte er wissen, was denn jetzt mit der Uhr sei und ob er nun endlich in Ruhe nach Hause fahren dürfe.

10

Zur Sache, Schätzchen

»Sagen Sie mal, Frau Mertens, was ist denn jetzt mit dieser Uhr, und dürfte ich vielleicht endlich mal in Ruhe nach Hause fahren?«

Ich schaute sie fragend an, und sie nickte wohlwollend.

»Herr Schröder, selbstverständlich dürfen Sie gleich in Ruhe nach Hause fahren. Sie müssen ohnehin dringend mal duschen und sich umziehen.« Sie deutete mit der Zigarette in der Hand auf meine Schulter. »Sie haben da noch Reste von Peimanns Kleinhirn auf der Jeansjacke.«

Ich kotzte ihr direkt vor die Füße.

»Mein Gott, Atze – ich darf doch Atze sagen? –, Sie sind aber auch empfindlich! War doch nur ein Spaß, ja nee is' klar. Kommen Sie mal wieder runter. Kleinhirn sieht ganz anders aus.«

Sie kicherte wie ein Teenager.

Ich konnte förmlich hören, wie mir der Kragen platzte und meine Stimme sich überschlug: »Kommen Sie mal runter? War nur ein Spaß? Ich tick gleich durch. Seit Tagen hab ich diese Scheiße hier am Hals – meine Kumpels werden umgebracht und aufgeschlitzt, meine Familie ist in Gefahr, diese

Killer bringen sich erst gegenseitig um, dann jagen sie mich quer durch halb Europa, und meine Freundin wurde entführt! Vor meinen Augen wurde eben einem Menschen stumpf die Rübe weggeballert, und Sie sagen, ich soll erst mal runterkommen? Nicht so empfindlich sein? Ihr tickt doch alle nicht mehr ganz richtig! Ich ruf jetzt die Bullen und lass euch alle verhaften. Gemeingefährlich seid ihr, allesamt! Totale Zombies, kranke Monster, Psychoschweine! Gegen euch ist Hannibal Lecter Kinderprogramm! Ich will nach Hause! Wer sind Sie überhaupt, was wollen Sie von mir?«

Dr. Monika Mertens seufzte und sah mich verständnisvoll an. Dann nahm sie einen ordentlichen Schluck aus ihrem Flachmann, zündete sich in Ruhe noch eine Reval an und ging mit mir in den Garten. Vor Peimanns Teich setzten wir uns auf eine Bank, und sie sprach mit ruhiger Stimme auf mich ein: »Wer ich bin, Schätzchen? Soll ich dir mal sagen, wer ich bin? Ich bin dein Schutzengel. Ich pass auf dich auf. Und auf achtundachtzig Millionen andere Bundesbürger. Damit die Bösen nicht zu böse werden und die Guten weiter ruhig schlafen können. Rechtsstaat und Demokratie haben ihren Preis, Schätzchen. Und den bezahlen wir. Was glaubt ihr denn alle, wer da draußen nur drauf wartet, hier alles in Schutt und Asche zu legen? Die Kassen zu plündern und den Staat abzuzocken? Wir machen sauber und sehen zu, dass der Schmutz unauffällig verschwindet. Dabei macht man sich auch schon mal dreckig, das bleibt leider nicht aus. Wer ich bin? Ich bin Dr. Monika Mertens, und ich bin die Chefin dieser Putzkolonne, wenn man den BND so nennen möchte. Dir, Schätzchen, würde bestimmt noch was Lustigeres einfallen. Diese schöne Uhr ist – wie du vielleicht schon bemerkt hast – einigen Leuten wichtig. Unangenehmen Leuten. Richtigen Verbrechern. Nicht so normalen Verbrechern, die Banken überfallen und dir das Navi aus dem Porsche Turbo klauen, oh nein, ich rede von bösen Jungs, die Staaten plündern, den internationalen Terrorismus unterstützen, die mit Waffenhandel und Finanzverbrechen Volkswirtschaften destabilisieren. Die in Brioni-Anzügen mit Einstecktuch in luxuriösen Büros sitzen und sich dabei ganz bestimmt nicht die Hände schmutzig machen. Die Vorstände kaufen und Aufsichtsräte erpressen. Die Spezialagenten und Söldner anheuern, um ihren kriminellen Dreck erledigen zu lassen. Peimann sollte diese Uhr und die auf dem Mikrochip enthaltenen Informationen an einen gewissen Urs Bianchi in Zürich liefern. Bianchi ist de facto der schlimmste Gauner von allen, das Mastermind des größten europäischen Verbrechersyndikats. Ein Psychopath, der Regierungen stürzen und den europäischen Finanzmarkt unter seine Kontrolle bringen will. Ich bin seit fünfzehn Jahren hinter diesem Wichser her, und dank dir sehe ich endlich eine Chance, dieses Schwein bei den Eiern zu packen.« Sie schnippte ihre Kippe lässig in den ausgetrockneten Teich, ließ sich von einen Mitarbeiter zwei Tassen Kaffee bringen und sagte mit ruhiger Stimme: »Junge, und jetzt erzähl du mir mal, wie du in diesen Schlamassel reingeraten bist.«

Kaffeetrinkend saßen wir zunächst minutenlang still nebeneinander auf der Bank. Dann erzählte ich ihr die ganze verrückte Story, und zwar von Anfang an. Von Utes verwechseltem Paket, der verzockten Uhr – die ganze verfluchte Chose eben, bis hin zum toten Peimann im Wohnzimmer.

Seltsam, als ich das alles so nüchtern erzählte, war ich wirklich total erschrocken über die ganze Nummer. Um Himmels willen – wo war ich hier nur reingeraten? Da erzählte ich auf der Bühne seit mehr als zwanzig Jahren die beklopptesten Storys, fuhr die dicksten Karren, klopfte gern und auch mal unpassend die derbsten Sprüche, und dann entpuppte sich die Realität als abgedrehter Kriminalroman!

Ich kratzte mir ratlos die Bartstoppeln. »Frau Mertens, wer sagt mir denn eigentlich, dass Sie nicht die nächste Bekloppte sind, die mir an die Wäsche will?«

Sie lachte schallend und dreckig, dabei tätschelte sie mir beruhigend das Knie. »Schätzchen, ich würd dir ja ganz gern mal an die Wäsche gehen. Aber bedenke bitte den Altersunterschied. Wenn du fünf Jahre jünger wärst, hätte ich dich längst rückwärts in den Geräteschuppen geschubst.«

Jetzt lachten wir beide. Ich schaute ihr in die Augen und schüttelte den Kopf. »Meine süße Spätlese, das hättest du wohl gerne, aber glaub mir, wenn ich von der Schusswaffe Gebrauch mache, kriegt dein Herzschrittmacher eine Fehlzündung. Das wollen wir doch nicht.«

Sie schüttete sich aus vor Lachen. Ihre heiser bellende Stimme hätte selbst Bon Scott wieder zum Leben erweckt.

Ich stand auf und streckte meine Hand zum Abschied aus. »So, Moni, dann haben wir's ja. Nett, dass ihr mein Leben gerettet habt. Ich bin froh, dass ich euch dabei helfen konnte. Wenn du mal wieder in der Gegend bist, schreib kurz 'ne SMS. Dann schrauben wir uns einen gepflegten hochprozentigen Rebstock auf und treten ordentlich einen durch die Tür. Ich pack mir jetzt Natascha in meinen Turbo und bin dann mal weg. Die Uhr lass ich euch da, die macht mir zu viel Ärger. Also, Moni, hau die Hühner, yukka die Palme – man sieht sich.«

Sie sah mich mit großen Augen an und brach in infernalisches Gelächter aus – und zwar so schlimm, dass ich spontan beschloss, die nächste Woche nur mit Licht im Flur zu schlafen. Gerade als ich mich fragte, was so lustig gewesen sein sollte, endete ihr Lachen abrupt. Dr. Monika Mertens' Gesicht sah gar nicht mehr freundlich aus, und in ihrer Stimme schwang auf einmal eine gewisse Schärfe mit: »Jetzt pass mal auf, mein kleiner Sprücheklopfer. Vielleicht hast du es ja noch immer nicht begriffen – aber das Spiel hier ist mein Spiel, und nur ich bestimme, wann jemand aussteigt. Falls du mir nicht glaubst, frag doch mal kurz den Russen. Aber vergiss nicht, den Zinksarg wieder ordentlich zu schließen. Du hast so viel Scheiße gebaut, Schätzchen, du hängst da schön mit drin. Wenn du nicht die nächsten fünfzehn Jahre im Café Bück-Dich verbringen willst, dann machst du jetzt genau, was ich dir sage. Hast du das verstanden, Amigo? Außerdem würd ich schön an Mutti Monis Seite bleiben, denn du hast dich vor einer Stunde, als du bewusstlos warst, mit dem Boss des größten Verbrechersyndikats Europas angelegt.«

Zufrieden zündete sie sich eine neue Zigarette an. Ich starrte sie feindselig und mit großen Augen an. Was redete diese Frau denn da? Ich verstand nur Bahnhof. »Was hab ich? Wie denn das? Was soll der Quatsch?«

Sie grinste fies, und ihre Stimme troff vor Häme: »Tja, wie ich das sehe, hast du vor einer Stunde mit dem Handy vom Russen eine ziemliche dreiste SMS an Herrn Bianchi verschickt. Sehr emotional, aber durchaus mutig. Ich les sie dir mal vor: ›Bianchi, du Penner, ich hab den Russen kühlgestellt. Ab jetzt verhandelst du Spatzenhirn mit mir. Wenn du die Uhr mit dem Chip und den Informationen über die Scheiß-V-Leute in deinem kleinen Frikadellenpuff haben willst, kostet dich das zehn Millionen und ’nen guten Fick im Mövenpick. Küss die Möhre, dein Atze Schröder.‹«

Ich reiherte den letzten Rest meines Mageninhalts schwungvoll in Peimanns blühende Kletterrosen. Panik kroch in mir hoch. Scheiße, ich war praktisch tot. Ich starrte ihr fassungslos ins Gesicht.

Kopfschüttelnd blies sie mir einen tiefen Lungenzug mitten ins Gesicht. »Hömma, Kleiner, nicht dass das mit dem Kötzerchen zur Gewohnheit wird! Das wirkt so unelegant und ist sehr unhöflich in Gegenwart einer Dame. Aber wie gesagt – du kannst dich wieder beruhigen. Mutti passt auf dich auf. Das gilt übrigens auch für Frau Peymann und ihren Sohn. Wenn du mir die Adresse sagst, lass ich die beiden von Reuter mit dem Multivan in Sicherheit bringen, bis die ganze Sache hier erledigt ist. Einverstanden?«

Ja toll, super, ich hatte die Wahl zwischen Pest und Cholera. Anstatt in Ruhe mein fürstliches Komikerleben wiederaufzunehmen, war ich eigentlich mehr tot als lebendig. Ich hatte Dimi, den größten Verbrecher vom Ruhrgebiet, am Arsch. Und als wäre das noch nicht genug, auch noch den größten Verbrecher Europas: Urs Bianchi.

Ich hörte mich müde, aber bestimmt sagen: »Gut, Frau Mertens. Wir haben einen Deal.«

»Na also«, sagte sie und klopfte mir freundschaftlich auf die Schulter. »Zur Sache, Schätzchen!«

Ich fuhr mit der immer noch dösenden Natascha auf dem Beifahrersitz zurück nach Essen und brachte sie in ihre Wohnung. Dort legte ich ihr einen Zettel neben das Bett, sie möge bitte anrufen, sobald sie wach werde.

Dann stieg ich wieder in meinen Porsche. Wenigstens der Turbo machte kein Theater und röhrte wie eh und je.

Eine Viertelstunde später stand ich in Opa Stahls kleiner Laube. Ute und Philipp saßen am Küchentisch und hatten tausend Fragen. Ich räusperte mich vielsagend, doch noch ehe ich überhaupt etwas sagen konnte, war Ute schon auf hundertachtzig.

»Sag mal, Atze, so geht's hier echt nicht weiter. Ich dreh

noch durch. Ich hab Angst! Wir können uns doch nicht für den Rest unseres Lebens in diesem Kaninchenstall verstecken! Wir müssen doch auch an Philipp denken. Ich ruf jetzt die Polizei!«

Ich packte sie an den Armen und versuchte, sie zu beschwichtigen. »Schatzi, jetzt komm mal runter und sei wieder vernünftig. Ich hab alles total im Griff. Ich bin bei der Polizei gewesen, aber für die lokalen Jungs war das natürlich 'ne Nummer zu groß. Deshalb hab ich gleich ein paar alte Bekannte vom Bundesnachrichtendienst angezapft.« Ich plusterte mich ein bisschen mehr auf, als nötig gewesen wäre. »Ihr werdet gleich von meinem alten BND-Kumpel Reuter abgeholt und an einem geheimen Ort in Sicherheit gebracht. Die bösen Jungs werden in den nächsten zwei, drei Tagen hopsgenommen, und wenn dann endlich alles vorbei ist, krieg ich höchstwahrscheinlich das Bundesverdienstkreuz am Bande.«

Resigniert ließ Ute die Arme sinken. Sie schüttelte den Kopf und murmelte vor sich hin: »Gangster, BND, Verdienstorden ... Schröder, für dich gibt's keine Hoffnung. Eines Tages werde ich den Friedensnobelpreis dafür bekommen, dass ich dich nicht umgebracht hab.«

Philipp ging ein ganzes Stück lässiger mit der Situation um. Genau genommen war er sogar begeistert. »Wie cool ist das denn? Kommen wir ins Zeugenschutzprogramm? Wohnen wir dann in Amerika? Super, bei so was wollt ich immer schon mal mitmachen! Danke, Atze, du bist echt der Beste! Wird dann Mama endlich mal geschminkt? Geile Idee! Ist ja dann wie ein neues Gesicht.«

Bevor Ute ihm an den Kragen gehen konnte, sprang ich dazwischen und umarmte beide liebevoll. Draußen hörten wir den Multivan mit Reuter vom BND vor der Laube parken. Nach wenigen Minuten war das Nötigste zusammengepackt.

Ute und Philipp sprangen in den Van, und ich versuchte, möglichst lässig zu bleiben. Ich drückte Philipp und schaute ihm tief in die Augen.

»Junge, egal was passiert, deine Mutter ist eine Topfrau. Pass mir bloß immer gut auf sie auf, bis ich wieder bei euch bin.«

Ute und ich blickten uns mit Tränen in den Augen an. »Ute, du weißt, dass ich dich ...«

Sie legte mir die Finger auf die Lippen. »Sag jetzt nichts«, sagte sie leise. Dann küssten wir uns leidenschaftlich.

Reuter trompetete geräuschvoll schnäuzend in sein Jeanstaschentuch und sagte mit geröteten Augen: »Herr Schröder, ich will nur ungern drängeln, aber wir müssen jetzt wirklich los. Ach ja, und Frau Dr. Mertens hat mich noch gebeten, Ihnen Folgendes auszurichten: Ihr Porsche ist mit einem Peilsender versehen. Über verschiedene Drohnen sind wir ständig in Kontakt mit Ihnen. Die Landespolizei ist angewiesen, Sie und Ihr Fahrzeug nicht zu behelligen. Falls Bianchi mit Ihnen Kontakt aufnehmen sollte, melden Sie sich über dieses Handy. Ich wünsche Ihnen viel Glück, mein Freund. Wenn es einer packt, dann Sie.«

Er sah mich ein letztes Mal aufmunternd an, stieg in den Wagen und fuhr los.

Als der Van mitsamt Begleitfahrzeug um die Ecke bog, meldete sich erst mein Magen und dann Birkel auf meinem Handy.

»Langer, wenn du wüsstest, was hier los ist ... Wo bist du, im ›69‹? Ich komm rüber auf ein Fleischwurstbrötchen.«

Es tat gut, seine vertraute Stimme zu hören. »Yo, gute Idee. Bin einfach nur froh, dass du lebst. Bis gleich!«

Als ich wenig später bei Birkel im Büro mein zweites Brötchen aß, kehrten endlich meine Lebensgeister zurück. Ich nahm einen tiefen Schluck von der eiskalten Apfelschorle und erzählte ihm von den Ereignissen der vergangenen Stunden.

Er schüttelte ungläubig den Kopf. »Wie, und du bist jetzt Agent beim BND? Hammer!«

Ich setzte lässig das Glas ab. »Langer, du hast doch selber gesehen, was bei denen Phase ist. Wenn du der Chef von dem Laden wärst, und vor dir steht eine austrainierte Kampfmaschine mit messerscharfem Verstand und Reflexen wie ein Mungo, dann würdest du doch auch zugreifen.«

Birkel grinste breit. »Wie, und die zahlen dir fuffzig Mille plus Dienstwagen? Du verarschst mich doch! Selbst ein Pelikan boxt besser als du! Ich bleib mal lieber in der Nähe, falls was schiefläuft. Die Kopie von dem Chip liegt jedenfalls hier sicher im Safe. Wenn's brennt, ruf an.«

Mir wurde richtig warm ums Herz. Was war das doch für ein feiner Kerl! »Uwe, du bist und bleibst mein bester Freund. Ich bin stolz, dass wir uns haben. Sollte ich bei dieser Sache draufgehen, kümmerst du dich um alles.«

Er nahm mich in den Arm, hob mich zu sich hoch und drückte mir einen dicken Schmatzer auf die Stirn, als wäre ich so leicht wie ein Teddy. Dann klatschten wir uns ab, und ich machte mich endlich auf den Weg zu Taschis Wohnung.

Es fehlten nur noch wenige Kilometer, da klingelte mein Handy. Verdammt, Dimis Nummer! Den schmierigen Gyrosbaron hatte ich schon ganz verdrängt! Dem hatte ich ja auch die Uhr versprochen ... Wie sollte ich ihm denn jetzt die ganze Scheiße mit dem BND erklären? Der würd doch glauben, dass ich alles über seine kriminellen Machenschaften ausgeplaudert hätte!

Es war zum Haareraufen. Ich eierte von einer Scheiße in die nächste. Auf Dimi hatte ich jetzt so gar keinen Bock mehr. Ich erinnerte mich nur allzu gut an den Geschmack des kalten Stahls seiner Knarre in meinem Mund.

Mir wurde schon wieder schlecht. Ich drückte ihn einfach weg, in der Hoffnung, auch für dieses Problem eine Lösung zu finden.

11

Ramón, die Killermaschine

Urs Bianchi stand wie ein Feldherr an der Fensterfront im vierzehnten Stock des Emmental-Towers und sah zufrieden über die Dächer von Zürich. Er musste schmunzeln. Das Treffen mit dem britischen Premier war besser verlaufen, als er gedacht hatte. Diese Briten waren ein noch dümmeres Pack als die Deutschen. Sie dachten immer noch, sie wären eine Weltmacht, nur weil sie vor hundert Jahren über funktionierende Gewehre und den richtigen Humor verfügt hatten. Unser Commonwealth – von wegen! Das war doch alles längst Schnee von gestern. God save the Queen? Lächerliche Folklore. Es war doch einfach absurd, wie sie ihre neunzigjährige Winkeoma Elisabeth durch die Welt schoben und weiter auf dicke Hose machten. London gehörte doch keinem einzigen Engländer mehr. Die Russen und die Araber hatten selbst die allerletzten Kaschemmen in der Stadt aufgekauft. Das Edelkaufhaus Harrod's war in seinen Augen nur mehr ein großer abgefuckter Bahnhofskiosk. Keinen Pfifferling würde er auf so einen Beschiss setzen.

Dann die Trinkkultur! Lauwarmes Bier und Gin Tonic. Einfach ordinär. Gin war für ihn wie Wein. Ein Fetisch für Bedeutungslose. Wacholderschnaps, der dermaßen ungenießbar war, dass man ihn mit bitterem Schweißfuß-Tonicwasser und holländischen Salatgurken trinkbar machen wollte. Wer so was freiwillig in sich reingoss, der kokste auch Abflussfrei. London war eh die Hauptstadt der Schnupfer.

Immerhin hatte der Premierminister seine kleinen Drohungen verstanden. Ja, die Welt des Urs Bianchi war wieder in Ordnung und voll unter seiner Kontrolle.

Es klopfte an der kostbaren Limba-Tür. Frau Müller, die gute Seele aus dem Vorzimmer, brachte ihm sein iPhone 9. »Sie haben Post, Herr Bianchi.« Sie legte das zierliche Gerät auf seinen Schreibtisch und ging wieder hinaus.

Hm, was konnte das sein? Bestimmt die neuen Erfolgszahlen aus Jakarta. Er versuchte schon seit einem Jahr, die Rupiah zu attackieren und unter seine Kontrolle zu bringen. Da war es wieder, dieses Gefühl, das ihm kein Mensch geben konnte. Ja, Geld machte ihn geil.

Freudig erregt nahm er seine Lesebrille und öffnete die Textnachricht:

»Bianchi, du Penner, ich hab den Russen kühlgestellt. Ab jetzt verhandelst du Spatzenhirn mit mir. Wenn du die Uhr mit dem Chip und den Informationen über die Scheiß-V-Leute in deinem kleinen Frikadellenpuff haben willst, kostet dich das zehn Millionen und ’nen guten Fick im Mövenpick. Küss die Möhre, dein Atze Schröder.«

Regungslos blieb er fünf Minuten, ohne auch nur mit den Augen zu zwinkern, stehen. Dann schlug er mit der geballten Faust auf die schwere Eichenplatte seines Schreibtischs, erst langsam, dann immer schneller und heftiger. Er hörte erst auf, als die Haut aufplatzte und die Knöchel blutig waren.

Dann war er wieder ganz ruhig, drückte die Sprechtaste und sagte emotionslos: »Frau Müller, schicken Sie mir Ramón, augenblicklich.« Dann setzte er sich auf seinen Schreibtischstuhl und nahm einen Schluck warmes Wasser. Wer immer dieser Atze Schröder auch war, für Urs Bianchi war er bereits tot.

Ramón da Silva war nicht besonders groß und von eher unauffälliger Statur. Mit seinen eins zweiundsechzig Körpergröße und seinem vernarbten Allerweltsgesicht fiel er in einer Großstadt wie Santiago de Chile niemandem auf. Er hatte einfach dieses gewisse Nichts – und das war gleichzeitig seine beste Waffe. Unter den hoch spezialisierten Profikillern, den Assassinen dieser Welt, galt da Silva als der Beste seiner Zunft. Eine lebende Legende. Ein Kriegsgott, dessen Name selbst den skrupellosesten Diktatoren Afrikas Angst einflößte.

Aufgewachsen in den Slums von Santiago, war er schon als Kleinkind in Kontakt mit roher Gewalt gekommen. Seine Eltern, zwei linke Studenten, waren nach dem Allende-Putsch brutal von General Pinochets Schergen umgebracht und der kleine Ramón von Nachbarn in das berüchtigte Kinderheim »Puta nata« im Süden des Landes gebracht worden. Das Heim war ein Drecksloch, aus dem selbst die Ratten und Kakerlaken flohen. Das Leben meinte es dort auch nicht viel besser mit dem kleinen Jungen. Nachdem er beschlossen hatte, nie wieder ein Wort zu reden, weigerte er sich auch zu beten. Deswegen traktierten ihn die katholischen Nonnen mit Stockschlägen und ließen ihn an einer langen Eisenkette in einem verschimmelten Keller bei Wasser und Brot darben. Das Einzige, was dem Jungen blieb, um nicht verrückt zu werden, war körperliche Ertüchtigung. Er trainierte den ganzen Tag wie ein Besessener. Liegestütze, Kniebeugen und Klimmzüge an der dicken Eisenstange, die entlang der Decke seines düsteren Verlieses hing.

Nach drei Jahren in diesem Höllenkerker konnte er sich nach einer Unachtsamkeit des Hausmeisters befreien. Nach der Arbeit auf dem Feld hatte er das Schloss der Kette nicht richtig geschlossen. Ramón schlug den Mann mit der Kette bewusstlos und konnte fliehen.

Der streunende Junge ging zunächst zurück in die Slums und hielt sich mit kleinen Diebstählen und Botengängen über Wasser. Als er elf Jahre alt war, nahm sein grausames Leben eine erste positive Wendung.

Vom Schlachthof kommend, wo er einen gestohlenen Knochen mit ein paar Fleischfetzen hastig unter sein Hemd gesteckt hatte, wurde er von einem der Schlachter erwischt und am Arm festgehalten. Als der tumbe Metzger seine Hand zur Ohrfeige erhob, wehrte Ramón den Schlag ab. Er zertrümmerte dem Mann mit einem Fußtritt das rechte Knie und brach ihm mit einem Ellbogencheck vier Rippen. Sowie der Riese wimmernd am Boden lag, trat er ihm mit der Ferse das Nasenbein ein, beugte sich zu ihm hinunter und biss ihm das rechte Ohr ab. Das Geschrei des Mannes lockte die anderen Schlachter an, und Ramón ergriff die Flucht, bevor er seinen Gegner mit dem Schlachterbeil erschlagen konnte.

Dieser Vorfall sprach sich in Windeseile im Barrio herum und kam dem örtlichen Patrón Don Simione zu Ohren. Er schickte seine Leute aus, um den Kleinen zu holen. Er nahm den Jungen in seine Obhut und baute langsam ein Vertrauensverhältnis zu ihm auf. Endlich hatte Ramón wieder eine Familie, und der junge Mann dankte es seinem Mentor mit wahrhafter Nibelungentreue.

Don Simione seinerseits nutzte die animalische Skrupellosigkeit des kleinen da Silva und formte ihn zu einer eiskalten, seelenlosen Kampfmaschine. Er ließ ihn in den wichtigsten Kampftechniken ausbilden, und Ramón enttäuschte seinen

Patrón nicht. Egal welche Kampftechnik man ihn lehrte: Er war überall der Beste. Abanico, Choku-Zuki, Win Chung – alles nahm er wissbegierig auf. Von seinem philippinischen Lehrer Marcos Ferdinand, der den Teenager wie einen eigenen Sohn liebte, lernte er sogar Arnis in Perfektion. Besonderes Geschick bewies Ramón jedoch im Messerkampf. Die Argentinische Schule beherrschte er bereits nach einem halben Jahr, nur die gemeinhin schwerer anwendbare Solinger Zwillingsklinge bereitete dem adoleszenten Buben größte Schwierigkeiten. Doch als er vierzehn Jahre alt war, hatte er nach einem dreimonatigen Aufenthalt im Klingeninternat »Butterfly« in Solingen auch diese Technik perfektioniert.

Stolz kehrte er zurück zu Don Simione und wurde fortan zu dessen verlängertem Arm: In den folgenden sechs Jahren tötete er unzählige Feinde seines Patróns, bis dieser zu einem der mächtigsten und reichsten Männer Chiles aufgestiegen war.

An seinem einundzwanzigsten Geburtstag kaufte da Silva sich mit einem Spezialauftrag aus Don Simiones Organisation frei. Schon seit Jahren hatte der Don versucht, seinen größten Widersacher im Drogengeschäft auszuschalten, um dessen Revier zu übernehmen. Alle Versuche, sich das Reich des Pedro Palomar unter den Nagel zu reißen, waren bisher grandios gescheitert. Palomar war einfach zu gerissen und seine Leute bis an die Zähne bewaffnet. Noch niemand hatte diese kleine Privatarmee überwinden können. Auf Palomars Landgut, das praktisch zur uneinnehmbaren Festung ausgebaut worden war, hatten schon viele der besten Männer gegnerischer Kartelle ihr tapferes Leben gelassen.

Ramón löste die scheinbar unmögliche Aufgabe auf seine Art. Er kroch in die Kanalisation, watete durch Tonnen von Fäkalien und landete nach einer Woche ohne Tageslicht in der großen Sickergrube unter Palomars Festung. Dort kauerte er weitere zehn Tage reglos in der Scheiße, ernährte sich von Ratten und wartete die beste Gelegenheit für einen Angriff seelenruhig ab. Dann schlug er zu.

Es ging alles ganz schnell. Schon eine Stunde später verließ ein frisch geduschter Ramón da Silva die Festung seines ehemaligen Gegners erhobenen Hauptes durch das Haupttor.

Der Polizei bot sich am nächsten Tag ein grausames Bild. Ramón hatte in der Nacht vor seinem Zugriff das Haus hermetisch abgeriegelt und abgedichtet. Dann verband er die Kanalisation über die Öffnung der Dunstabzugshaube an der Außenwand des Hauses mit einem alten Feuerwehrschlauch und ließ die Bude mit Gülle volllaufen. Palomar und seine Armee waren in ihrer eigenen Scheiße ertrunken.

Don Simione dankte seinem Ziehsohn, entließ ihn ins Leben und schenkte ihm als Zeichen seiner unendlichen Verbundenheit ein T-Shirt mit dem Konterfei Bruce Lees, das er günstig auf eBay geschossen hatte.

Mittlerweile hatte Ramón sein Wirkungsfeld nach Europa verlegt und arbeitete seit Jahren ausschließlich für das Syndikat.

Als sich Urs Bianchis Sekretariat bei ihm meldete, saß er gerade vor seinem Wohnwagen im Wald von Turda im zentralrumänischen Siebenbürgen. Er liebte dieses ungastliche Land. Der Wald ernährte ihn und schützte ihn vor menschlichen Kontakten. Er sprach noch immer kein Wort und hatte sich sämtliche Emotionen aberzogen, war mutiert zu einem Gefühlsneutrum, unbarmherziger und kälter als der Tod.

Er ging an sein Satellitentelefon und lauschte der freundlichen Stimme von Frau Müller. Die mochte er sehr gerne, denn ihre Anrufe bedeuteten immer, dass bald jemand sterben würde.

Er merkte sich die Anweisungen und den Namen der Ziel-

person. Dann packte da Silva seine Sachen in den Rucksack: eine Zahnbürste und einen Bund mit sechsunddreißig Schlüsseln. Er reiste immer ohne Waffen, weil er sie so gut wie nie brauchte. Für kompliziertere Fälle unterhielt er in jeder wichtigen europäischen Großstadt ein Schließfach, randvoll mit Todesbringern aller Art.

Eigentlich waren da Silva seine Opfer egal, von den meisten hatte er sogar noch nie etwas gehört. Doch diesen Atze Schröder und seinen lustigen Kiosk – das hatte er sich schon in Chile immer sehr gerne angesehen. Schröder war in Südamerika so was wie ein Volksheld, und die kleinen Jungs wünschten sich zu Weihnachten Lockenwickler, Pilotenbrillen und Cowboystiefel.

Schon eine halbe Stunde später saß er in einem Helikopter, der ihn zum Bukarester Flughafen brachte. Er nahm sich fest vor, Schröder zu skalpieren und sich aus den Locken eine Perücke zu machen.

Zwei Stunden später meldete sich da Silva auf Bianchis Handy: »landed d'dorf.« Er checkte noch mal die Anweisungen des Syndikatschefs. Er sollte Schröder töten, aber erst die Informationen über die Uhr mit dem Chip und den Namen der V-Leute kreativ aus ihm herausfoltern.

Ramón stieg aus dem Privatjet auf dem Rhein-Ruhr-Flughafen Düsseldorf. Er lief übers Rollfeld, ging in das Flughafengebäude und passierte die Zollkontrolle in Richtung Ausgang. Vor dem Flughafen stand er für eine Minute irritiert auf dem Bürgersteig. Suchend schweifte da Silvas Blick in alle Richtungen nach einem freien Taxi.

Ein etwas dicklicher Fahrer in einem Škoda Octavia winkte ihn heran, und Ramón sprang auf die Straße.

Der von links kommende Suzuki Swift erwischte ihn mit voller Wucht und wirbelte den Körper durch die Luft.

Als Ramón da Silva auf dem Asphalt aufschlug, war er auf der Stelle tot.

Die Rentnerin Luise Linsenhoff erschrak in ihrem Kleinwagen und nahm ihr Handy kurz vom Ohr.

»Gitte, bleib mal dran, hier hat gerade was gebumst.«

Später, auf der Polizeiwache, gab sie zu Protokoll, sie hätte den kleinen Asiaten im Bruce-Lee-Shirt gar nicht richtig gesehen.

12

Männer können seine Gefühle nicht zeigen

»Dimi, der Russe ist tot! Überall Bullen! Bring dir die Uhr morgen Abend, ich muss dringend mal pennen.«

Ich schickte die SMS von meinem Handy und fuhr noch mal zur Tanke. Dieser blöde Peimann hatte mir den ganzen schönen V-Power-Sprit verballert. Ich hoffte nur, dass er wenigstens den Motor warm gefahren hatte.

Das arme Schwein. So schnell konnte es vorbei sein. Da bedrohst du gerade noch in aller Seelenruhe andere Leute, und schon ballert dir irgendwer die Birne weg.

Wenigstens würde er jetzt keine Kopfschmerzen mehr kriegen.

Ich schmeckte mit dem Finger vorsichtig das Benzin ab, dann flutete ich genüsslich den Tank meines Boliden. Die Vorfreude auf Natascha machte mich für einen Moment glücklich. Ich hatte große Lust, meinen edlen Pflug durch ihren feuchten Mutterboden zu ackern, aber noch mehr hatte ich das Bedürfnis, in ihren schlanken Armen wenigstens für ein paar Stündchen zu schlafen.

Ich zahlte am Tresen mit meinem guten Namen und nahm noch eine sündhaft teure Flasche Asti Spumante und einen

Dreierpack von den bekömmlichen Boonekamp-Fläschchen mit.

Kaum hatte ich geschellt, öffnete mir meine geliebte Taschi im rosafarbenen Negligé die Tür. Schlaftrunken fiel sie mir um den Hals und küsste mich wild und fordernd. Ich hob sie hoch und drückte sie gegen die Wand. Mit geöffneten Schenkeln umklammerte sie meine Hüften, dann öffnete sie mit zwei geschickten Handgriffen den Käfig der Bestie. Augenblicklich klappte mir die Möhre hoch, und der Karnevalsverein »Stramme Jungs« hatte einen neuen Ehrenpräsidenten. Ohne ihr Negligé großartig zur Seite zu schieben, tunnelte ich meine zauberhafte Gespielin wie weiland Lionel Messi im Strafraum den braven Jérôme Boateng im Halbfinale in Barcelona. Da keiner Abseits pfiff, ging's auf dem Spielfeld der Lust rauf und runter. Ein Gegenpressing jagte den nächsten Konter, und das Spiel konnte erst in der Nachspielzeit auf dem Küchentisch abgepfiffen werden. Ich wurde von heftigen Krämpfen geschüttelt, und wir schleppten uns mit letzter Kraft ins Entmüdungsbecken.

Eine halbe Stunde später lagen wir frisch geduscht und abgekämpft in ihrem großen Bett, und ich fiel in den tiefen Schlaf der Gerechten. Als ich am nächsten Morgen um acht Uhr taufrisch erwachte, hatte meine zauberhafte Traumfrau bereits den Frühstückstisch üppig gedeckt: Leberwurst, dänischer Gurkensalat, zwölf hart gekochte Eier und ihre selbst gemachte Quittenmarmelade, die ich so gerne auf einem herrlichen Stück Rosinenstuten aß.

Taschi sah blendend aus und quasselte putzmunter drauflos. Ich deutete ihre gute Laune als sicheres Zeichen, dass sie von dem ganzen Entführungstheater nichts mitbekommen hatte. Trotzdem fragte ich vorsichtig nach: »Sag mal, Schatzilein, wie hast du denn gestern so den Tag verbracht?« Sie strahlte mich energievoll an: »Ach du, ich hab komischerweise bis nachmittags geschlafen, weil ich irgendwie todmüde war. Dann bin ich joggen gewesen. Anschließend hatte ich noch zwei Kundinnen, denen ich die Nägel gemacht hab. Dann war ich in der Stadt ein wenig einkaufen, und dann warst du ja auch schon da.«

Ich bat sie, den Fernseher einzuschalten, um das Morgenmagazin anzusehen, damit ich überhaupt mal wieder wusste, was Sache war. Die Moderatoren berichteten vom bevorstehenden Staatsbesuch des schwedischen Königs in der neuen Gesichtswurstfabrik von Zimbo. Danach wurde zum Nachrichtenblock nach Mainz geschaltet. Sigmar Gabriel forderte ein Verbot der Ausweisung für Krokohandtaschen in unsichere Drittländer. Horst Seehofer verbat sich jegliche Einmischung in Angela Merkels Angelegenheiten ohne seine Zustimmung. Außerdem forderte er den Abbruch eines rein islamischen Tischtennisturniers an der Franz-Josef-Strauß-Grundschule in Berlin-Neukölln.

Dann wurde es lokal. Am Düsseldorfer Flughafen hatte die dreiundachtzigjährige Rentnerin Luise L. mit ihrem Suzuki-Kleinwagen einen chilenischen Touristen überfahren. Die Staatsanwaltschaft schloss eine politisch motivierte Tat aus. Vielmehr ließen die Behörden durchblicken, dass die Rentnerin offensichtlich durch ein Telefonat abgelenkt gewesen war und auf dem rechten Auge nur noch eine Sehfähigkeit von zwanzig Prozent besaß.

Ich drückte die Aus-Taste auf der Fernbedienung. Typisch deutsch. In fast allen anderen Ländern der Welt mussten sich alte Leute ab einem gewissen Alter jährlich auf Fahrtauglichkeit prüfen lassen. Nur in Deutschland durfte selbst ein mumifizierter Pharao noch mit Vollgas durch die Städte brettern, sofern er einen Führerschein besaß. »Taschi, komm mal her, dein Mausebärchen braucht heute ganz viel Liebe.«

Ich zog sie auf meinen Schoß, und wir knutschten uns die Niagarafälle trocken. Mitten in unserer zärtlichen Mandelspülung knatterte mein Handy los. Rufnummer unterdrückt. Wer konnte das sein?

Dr. Monika Mertens hatte geschlafen wie ein Murmeltier. Die Betten in der Präsidentensuite des InterConti an der Düsseldorfer Königsallee waren kuschelig wie sonst selten in Hotels. Wie immer hatte ihr Frau Fischer von der Rezeption das beste Zimmer zugewiesen und eine gute Flasche Mariacron auf das Nachtschränkchen stellen lassen. Auf dem Kissen hatte wie immer eine große Packung Erfrischungsstäbchen gelegen. Aber nicht die billigen, sondern die aus dem Aldi.

Nun saß sie beim Frühstück und las die neuesten Bulletins des BND. Es klopfte an der Tür, und Reuter trat ein.

»Guten Morgen, Reuter. Auch eine Tasse Kaffee mit Kognak?«

»Danke, Chefin, bin im Dienst«, sagte er pflichtbewusst.

»Sagen Sie, gibt's was Neues von Schröder? Was macht mein kleiner Komikeragent? Hat Bianchi sich bei ihm gemeldet? So wie ich Bianchi einschätze, müsste er doch vor Wut toben.« Genüsslich zündete sie sich eine Reval an.

Reuter grinste nun ein wenig: »Frau Mertens, es ist alles noch viel besser. Bianchi hat Ramón geschickt.«

Monika Mertens fiel vor Schreck die Zigarette aus dem Mund und direkt in den Kaffee. Zischend verlöschte die stinkende Reval in der braunen Brühe. »Um Himmels willen! Und was haben wir unternommen?«

»Gar nichts, Chefin.«

Reuter zückte sein Telefon und zeigte ihr den Beitrag aus dem Morgenmagazin. Dr. Monika Mertens nahm einen tiefen Schluck aus der Mariacronflasche, schüttelte dann ungläubig den Kopf und fing an, lauthals zu lachen. Sie kriegte sich gar nicht mehr ein. Ihre großen, schweren Brüste hüpften wie Honigmelonen unter ihrem Schlafanzugoberteil auf und ab. Sie prustete so sehr, dass sie sich heftig verschluckte. Nahtlos ging das Lachen in ein gurgelndes Hustengewürge über. Reuter bekam es ein wenig mit der Angst zu tun, und er klopfte seiner Chefin beherzt auf den Rücken.

Fünf Minuten später hatte Madame sich etwas beruhigt und zündete sich eine frische Reval an. Noch immer belustigt, wischte sie sich die Lachtränen aus dem Gesicht.

»Das darf doch nicht wahr sein! Da schickt Bianchi den gefährlichsten Auftragskiller der Welt nach Düsseldorf – und der wird ausgerechnet von einer Dreiundachtzigjährigen über den Haufen gebrettert! Unglaublich! Wenn ich das in meinem Kegelklub erzähle, ticken die komplett durch. Das glaubt mir kein Mensch!«

Reuter lächelte verlegen. »Tja, Chefin, das glaubt wirklich keiner. Nicht mal Bianchi.«

Mertens stutzte, dann sprang sie auf und drückte ihrem verdutzten Einsatzleiter einen dicken Schmatzer ins Gesicht. »Reuterchen, das ist es! Sie sind ein verdammtes Genie!«

Reuter zuckte mit den Achseln. Er hatte keine Ahnung, was sie meinte.

»Reuter, geben Sie mir mal das Handy vom Peimann.« Sie überlegte, wie Atze so sprach. Da sie alle seine DVDs auswendig kannte, fiel es ihr sehr leicht. Reuter gab ihr noch die Adresse der Gartenlaube in Essen, dann nahm sie das Smartphone und tippte munter drauflos: »Sach mal, Bianchi, ist das alles, was du draufhast, du Lutscher? Mit so ’nem Lappen wie Ramón hab ich früher den Flur gewischt. Selbst als Rentnerin verkleidet war es kinderleicht, den Eierkopp unter den Torf zu heben. Versteckst du dich immer hinter so inkontinenten Zwergpinschern? Solltest du überhaupt auch nur ein

Ei in der Hose haben, treffen wir uns heute um Mitternacht in Essen, Taubenweg 15, Kleingartenanlage Krupphusten, auf Parzelle 19. Die Uhr hab ich dabei, du Muschi. Rüttel den Rütli, dein Null Null Schröder.« Sie hängte die Videosequenz aus dem Morgenmagazin mit an die Nachricht und lehnte sich zufrieden zurück. »Reuterchen, lesen Sie da noch mal drüber.«

Er überflog den Text und zog heftig Nebenluft. »Ganz schön hart, Chefin!«

Sie grinste. »Reuter, ich verwette Ihren Arsch, dass Bianchi heute Nacht in Essen erscheint. Und dann schnapp ich ihn mir.« Sie fing laut an zu singen: »Ich bin Schni-Schna-Schnappi, das kleine Krokodil ...«

Reuter blickte ein wenig skeptisch drein. Der Plan war zwar brillant, aber seine Chefin ging ein hohes Risiko ein. Schröder könnte die Nerven verlieren. Vielleicht konnte man die Situation nicht genügend kontrollieren. Aber Zweifel, das waren nicht die Kernkompetenzen von Dr. Monika Mertens. Urs Bianchis Arsch würde das Prachtstück ihrer Trophäensammlung werden.

Sie nahm ihr rotes Einsatztelefon und wählte Schröders Nummer. Es dauerte ein bisschen, aber dann ging er endlich ran.

»Atze, Schätzchen, schwing mal deine Stiefeletten in deinen Porsche und komm nach Düsseldorf ins InterConti. Meine Leute nehmen dich in Empfang.«

Dr. Monika Mertens goss sich eine frische Tasse Kaffee mit einem gehörigen Schuss Weinbrand ein und wuschelte sich durch die schwarze Löwenmähne. Der Plan war perfekt. Jetzt hatte sie Urs Bianchi endgültig bei den Eiern – und Schröder war der perfekte Lockvogel. Auch wenn die Sache brandgefährlich war und er nichts davon ahnte.

»Ach Menno, Schatzi, warum musst du denn schon wieder fahren?«

Sie hatte wundervoll mit Atze geknutscht, als plötzlich sein Handy geklingelt hatte.

»Taschi, ein Freund von mir steckt in Schwierigkeiten. Malle-Andi hatte mal wieder heftigen Hausfrauensex. Leider nicht mit seiner eigenen, jetzt macht seine Lilly großen Milf-Alarm, und ich darf wieder für alle die Kastagnetten aus dem Feuer holen.« Er schnappte sich den Autoschlüssel und drückte ihr einen Kuss auf den Mund. »Ich meld mich später mal.«

Sie hörte ihn die Treppe runterrennen und fing an, das Frühstück wegzuräumen. Gerade als sie duschen wollte, klingelte es an der Tür. Bestimmt hatte ihr großer Lockenkrieger mal wieder was vergessen.

Sie drückte den Summer für die Haustür und lehnte die Wohnungstür nur an. Als die Tür aufging, rief Natascha aus der Küche: »Na, Schatzi, was vergessen? Was man nicht im Kopf hat, hat man in den Beinen.«

Die Stimme, die daraufhin an ihre Ohren drang und mit der sie überhaupt nicht gerechnet hatte, ließ sie erschaudern.

»Was sollte ich denn vergessen haben, angele mou? Ich hab eher den Eindruck, dass du deinen guten alten Dimi vergessen hast.«

Sie wirbelte herum, starrte in Dimitri Roussos' schlecht rasiertes Gesicht, und ihr entgleisten die Gesichtszüge. Stammelnd erwiderte sie: »Äh … Dimi … Hast du mich vielleicht erschreckt … Ich … äh … Ich dachte, Vera wäre noch mal zurückgekommen. Wir … äh … haben grad gefrühstückt.«

Dimi sah sie aus zusammengekniffenen Augen herausfordernd an. Er klang fast schon gekränkt. »Für diese Schlampe hast du Zeit, aber bei mir meldest du dich nicht. Du rufst nicht an, du schreibst mir nicht, du kommst nicht mal ins Restaurant. Das ist respektlos gegenüber deinem Verlobten. Du stehst einfach da, du küsst mich auch nicht zur Begrüßung. Du nimmst mich nicht mal in den Arm. Was ist los mit dir?«

Ihr fehlte die Kraft, schon wieder zu lügen. Natascha konnte sich trotz der Gefahr kaum konzentrieren. Die letzten Stunden mit Atze waren zwar schön, aber eben auch ziemlich schlaflos gewesen.

»Ach, Dimi«, antwortete sie ausweichend, »mir geht's gar nicht gut. Ich hab meine schreckliche Migräne. Weiberkram, weißt du doch.«

Natascha drehte sich von ihm weg, damit er nicht ihren flackernden Blick sah, doch Dimi griff ihr linkes Handgelenk und riss sie herum.

»Aua, das tut weh! Pass doch auf, meine Uhr!«

Die Worte waren noch nicht verklungen, da wusste sie bereits, dass diese Unachtsamkeit ein großer Fehler gewesen war. Dimi hielt ihren Arm fest und schaute erstaunt auf die Tudor Heritage an Nataschas Handgelenk. Dann wurde seine Stimme leise, und er zischte sie an wie eine todbringende Klapperschlange: »Woher hast du diese Uhr?«

Natascha wurde panisch. Sie stotterte vor Angst: »D-d-die hab ich mir auf der Kö gekauft ... als ... als ... ich ... äh ... als ich mit Vera unterwegs war, genau, mit Vera.«

Dimi holte aus und schlug ihr mit voller Wucht ins Gesicht. Wutentbrannt schrie er sie an: »Lüg mich nicht an, du Hure! Denkst du, ich bin bescheuert? Ich hab gesehen, wie dein Schröder mit seinem Scheißporsche um die Ecke gebogen ist. Ich sag dir was, du Flittchen: Du fickst mit Schröder. Stavros hatte also recht.«

Natascha blutete aus der aufgeplatzten Lippe und wimmerte: »Nein, Dimitri, es ist alles ganz anders. Ich liebe nur dich …«

Dimi schlug noch mal zu. »Halt's Maul, du dreckige Nutte, oder ich bringe dich gleich hier um. Du beleidigst meine Intelligenz.«

13

Griechische Zwickmühle

Dimitri Roussos schubste Natascha rüde durch den Hintereingang seines Restaurants Mykonos. Sein Bruder Stavros und sein Cousin Nikos warteten bereits im Flur auf ihn.

»Jiá su, ihr Malakas. Guckt mal, was ich euch mitgebracht habe: eine Lügennutte. Ich bring euch eine dreckige Oberschlampe. Sie würde gerne den Nachmittag mit euch verbringen. Und zwar nur mit euch. Ich hab dringende Geschäfte zu erledigen. Ihr passt hier also schön auf die Nutte auf, bis ich wieder da bin. Sollte das Dreckstück nicht mehr hier sein, wenn ich zurückkomme, schaff ich euch ab.«

Stavros und Nikos kannten Dimi jetzt schon ihr Leben lang, aber so wütend hatten sie ihn noch nie erlebt. In diesem Zustand war nicht mit ihm zu spaßen. Sein Jähzorn war legendär. Einmal hatte er im Streit einer Ziege mit bloßer Hand den Hals umgedreht, nur weil die blöd geschaut und ein zartes Mäh von sich gegeben hatte.

Nikos, der noch dümmer war als Stavros, schleimte sofort drauflos: »Dimitri, liebster Cousin, was ist los? Kann ich dir vielleicht helfen?«

Dimi fauchte beide an: »Ihr Hirnamöben, wisst ihr, warum die Zyprioten ihre Esel immer an der Steilküste ficken?«

Die zwei schauten sich ratlos und verunsichert an.

»Keine Ahnung, Dimi ...«

Er lachte höhnisch. »Weil die Viecher dort immer so schön zurückdrücken, Malakas.«

Die beiden Dumpfbacken lachten zaghaft.

»Äh, Dimi, was hat das jetzt mit mir zu tun?«, fragte Stavros vorsichtig.

Dimi scheuerte ihm eine. »Weil du ein Esel bist!« Dann wandte er sich an Nikos: »Hast du den Witz verstanden, Malaka?«

Nikos kaute nervös auf seinen Fingernägeln. »Äh ... nein, Dimi.«

Und wieder rutschte ihm die Hand aus. »Siehst du? Darum brauch ich deine Hilfe nicht, du Idiot! Passt auf die Schlampe auf, sonst schlaft ihr morgen auf dem Friedhof. Kapiert?« Er rauschte aus dem Haus.

Stavros beruhigte die verängstigte Natascha, setzte sie auf die Couch in Dimis Büro und gab ihr ein Glas Wasser. Er hatte keine Ahnung, was sein Bruder mit seiner hübschen Freundin vorhatte, aber sie musste ihn sehr verärgert haben.

Wutentbrannt marschierte Dimi zu seinem Auto. Diese beiden Volltrottel hatten ein Hirn so mürbe wie Schafskäse und in der Größe eines Olivensteins. Er sprang in sein Metaxa-Taxi und steuerte den Berlingo mit hoher Geschwindigkeit über die Rüttenscheider Straße. Es war ganz klar, was jetzt zu tun war. Er musste dringend rausfinden, ob die Tudor an Nataschas Arm dieselbe Uhr war, hinter der alle her waren. Und diese Frage konnte ihm nur einer beantworten: der gefräßigste Mann Essens.

Porki Pullmann war mittlerweile von der Intensiv auf die Chirurgie verlegt worden. Wahrscheinlich mithilfe eines Caterpillars, dachte Dimi gehässig.

Er hielt bei der Bäckerei Wünsche und kaufte ein ganzes Blech warmen Pflaumenkuchen. Er ließ sich noch eine Riesenportion Sahne einpacken, dazu sechs belegte Brötchen mit extra viel Remoulade. Mit dem Proviant im Arm betrat er das Krankenzimmer vom Dicken.

Endlich wieder rosig im Gesicht, begrüßte ihn der Dicke überschwänglich. Er saß auf einem Toilettenstuhl und war restlos eingeklemmt.

»Dimi, wie schön, dass du kommst! Du musst mir aus dem Stuhl raushelfen, ich glaub, ich kann jetzt eh nicht kacken. Ich sitz hier schon seit heute Morgen. Die haben mir gesagt, ich krieg erst wieder was zu essen, wenn ich wenigstens einen kleinen Köttel fabriziert hab.«

Mein Gott, war das ekelhaft. Beim Anblick des eingeklemmten fetten Pottwals musste Dimi schon fast kotzen. »Bodo, mein kleines Leckermäulchen, deswegen hab ich dir auch einen Pflaumenkuchen mitgebracht. Mit schön viel Sahne.«

Porki grunzte vor Vergnügen. »Sach mal, Dimitri, hast du schon was von meinen fünfzigtausend gehört?« Er schob ein riesiges Stück Pflaumenkuchen in seinen Schlund, während er die Sahne mit einem Löffel einfach hinterherstopfte.

Der Grieche war fasziniert. Nicht nur, dass der dreiste Fettsack ihm kein Stück Kuchen angeboten hatte, er fragte auch noch direkt nach seiner Kohle. Wie unverschämt. Er verspürte gerade große Lust, ihn mit einem von den sechs Käsebrötchen zu ersticken. Was für ein ekelhafter Dekorationsschinken der Typ doch war!

»Bodo, mein alter Freund, deine fünfzigtausend sind leider

noch nicht wieder aufgetaucht. Dafür hab ich aber die hier gefunden.« Er nahm die Tudor Heritage aus seiner Jackentasche und warf sie dem Dicken auf den Wanst.

Porki lutschte seine fettigen Sahnefinger ab und grabschte mit seinen Wurstgriffeln nach der Uhr. Er beäugte sie von allen Seiten.

»Das Dingen ist es nicht. Die von Atze hatte ein Herren-Lederarmband. Diese hier hat ein Damen-Stahlarmband.«

Dimi klang nicht begeistert. »Kann nicht irgendeiner die Bänder ausgetauscht haben, mein Freund?«

Der Fettsack schmatzte schlau daher: »Nee, is' ja ein neueres Modell. Das siehste an der Prägung auf dem Innenring. Mann, ey Dimi, da haste dich ja schön übern Tisch ziehen lassen.«

Der Grieche sprang erzürnt auf, griff ein Remouladenbrötchen aus der Tüte und hielt es dem Dicken verführerisch unter die Nase. »Mach mal den Mund auf!« Dann stopfte er ihm das ganze Brötchen komplett ins Maul und hielt ihm die Nase zu.

Porki zappelte wie ein Schwein an der Leiter und versuchte, Dimi von sich wegzudrücken. Doch der Grieche war stärker. Er schob ihm das Brötchen erbarmungslos immer tiefer in den Rachen und lachte dabei völlig irre. In Todesangst und hysterisch nach Luft japsend, wand sich der Dicke in seinem engen Toilettenstuhl wie ein Elefant im Smart. Innerhalb von Sekunden löste sich durch die Bewegung ein gigantischer Schurz olympischen Ausmaßes und donnerte orgiastisch in die Zinkwanne.

Augenblicklich erfüllte ein bestialischer Gestank das Krankenzimmer. Das war Porkis Rettung. Würgend hielt sich Dimi die Nase zu und flüchtete panisch aus dem Raum. Draußen auf dem Gang japste er nach Luft und kämpfte noch immer tapfer gegen den Brechreiz.

Eine Schwester kam vorbei und grinste wissend über beide Ohren: »Dann hat es beim Herrn Pullmann ja endlich geklappt mit der Verdauung!« Lässig schob sie ihren Mundschutz über und betrat den Vorhof zur Hölle.

Dimi nahm sein durchgeschwitztes Sakko und warf es in den nächsten Wäscheschacht der Klinik. Er war drauf und dran, das ganze Krankenhaus anzuzünden. Immer noch benommen und mit leichter Übelkeit im Magen, verließ er die Klinik. Verdammt, dieser miese Schröder hatte die Originaluhr immer noch. Und es außerdem gewagt, seine Freundin hinter seinem Rücken zu ficken. Für Dimitri Roussos war klar: Atze Schröder war ein toter Mann.

Urs Bianchis Schreie gellten durch die vierzehnte Etage des Emmental-Towers. Er nahm seine kostbarste Ming-Vase und schmiss sie durch die Scheibe seines Piranha-Aquariums. Seine berühmte Selbstkontrolle völlig missachtend, schrie er: »Dafür wird das Schwein mir büßen! Atze Schröder, ich bring dich eigenhändig um!«

Immer wieder schaute er sich das Video aus der ZDF-Mediathek an. Er war fassungslos. Ramón da Silva war tot. Ein Irrtum war ausgeschlossen. Bianchi hatte seinen geliebten Killer eindeutig an dessen Bruce-Lee-T-Shirt erkannt. Und wiederholt musste er mit ansehen, wie dieser Schröder als Rentnerin verkleidet seinen Ramón ganz einfach kaltblütig über den Haufen fuhr. Schröder, dieser Bastard! Was für eine Bestie!

Er hatte immer geglaubt, dass Ramón das gewissenloseste Stück DNA auf dem Planeten wäre. Doch offenbar gab es in Essen eine noch härtere Killermaschine.

Er googelte sich die Finger wund und verglich die Fotos der Rentnerin immer wieder mit Schröders jüngsten Pressefotos.

Kein Zweifel, absolut identisch. Sicher, durch die Windschutzscheibe sah er etwas gepflegter aus, doch Bianchis Adleraugen konnte er nicht täuschen. Die Locken, die Brille – es stimmte jedes Detail. Eine Verwechselung war ausgeschlossen. Schröder musste die ganze Zeit am Flughafen gelauert haben. Aber wie hatte dieser Teufel überhaupt Wind von der Sache gekriegt? Es wurde wirklich dringend Zeit, die Uhr mit dem Chip mit den Verrätern drauf in die Hand zu bekommen. Ab jetzt konnte er keinem mehr vertrauen. Er würde diese unerquickliche Angelegenheit mit einer Handvoll seiner besten Leute selber regeln. Heute um Mitternacht in Essen war Showtime.

Unter normalen Umständen hätte er einen Profi wie Schröder direkt angeheuert, aber ein Urs Bianchi ließ sich von niemandem beleidigen. Er nahm ein Ricola mit Matjesgeschmack aus der Silberschale und überlegte reiflich, was er seinem neuen Widersacher zurückschreiben könnte.

Nach vierzig Minuten hatte er die Antwort gnadenlos ausformuliert.

»Selber Muschi! Sehen uns um Mitternacht in Essen!«

Dieser Typ musste sterben. So eine Präzisionslenkwaffe, getarnt als zotiger Spaßvogel – so etwas konnten nur die Deutschen erfinden. Wenn dieser halb gare Possenreißer schon so eine perfide Bestie war, was musste dann erst Kurt Felix für ein Kaliber gewesen sein!

Nein, Urs Bianchi verstand keinen Spaß mehr. Schluss mit lustig.

Er instruierte den Piloten seines Learjets und wählte drei seiner besten, treu ergebensten Leute aus. Nach einem kurzen Telefonat mit seiner Haushälterin ließ er sich von seinem Chauffeur zum Flugfeld bringen. Seine Männer hatten sich inzwischen um die Ausrüstung gekümmert und warteten bereits in der Maschine auf den Boss.

Als der Jet abhob, schaute Bianchi zufrieden auf seine Armbanduhr. Um sechzehn Uhr würden sie in Weeze landen, und der Heli würde sie in wenigen Minuten auf dem Dach des Hyatt im Düsseldorfer Hafen absetzen. So hätten sie auf jeden Fall noch Zeit, um achtzehn Uhr an der Planwagenfahrt durch die Altstadt teilzunehmen, die er für sich und seine Leute gebucht hatte.

Als sie über den Wolken waren, hing er seinen Gedanken nach. Schröder hatte Ramón *und* den Russen erledigt. Man müsste also äußerst sorgfältig vorgehen. Trotzdem ging er davon aus, dass Schröder ein Einzelkämpfer war. Bianchi kannte sich aus. Solche Typen waren Soziopathen, keine Teamplayer. Sie vertrauten, wie der einsame Steppenwolf in der Taiga, nur den eigenen Instinkten. Sie konnten Gefahr riechen. Sie waren nicht an Geld oder Macht interessiert, sondern einzig und allein am Töten. Und deshalb waren sie auch nicht käuflich. Solche Kreaturen marodierten ohne jede Moral durch den Schlamm der Gesellschaft. Das Einzige, woran sie glaubten, war ihre Ehre – und Urs Bianchi war nur allzu gerne bereit, diese mit Füßen zu treten.

Zufrieden lauschte er dem *Bibi-und-Tina*-Hörspiel, Folge 24, auf seinem Kopfhörer. *»Kartoffelbrei hat seine Tage. Hexhex!«* Herrlich. Allmählich wurde seine Laune wieder besser.

Um Punkt sechzehn Uhr setzte der Jet unauffällig auf der wild wuchernden Rasenpiste des Weeze Airport auf. Durch die Fenster konnte Bianchi schon die drehenden Rotorblätter des Helikopters sehen. Alles lief wie am Schnürchen.

14

Ich hab noch 'ne frische Dorade da

Die Haustür fiel ins Schloss, und ich stakste lässigen Schrittes auf meinen treuen Zuffenhausener Freund mit den sechs Zylindern zu. Es fühlte sich gut an, mal wieder ausgeschlafen zu sein, und das Frühstück mit Natascha war auch nicht zu verachten gewesen. Unser Ausflug in den erotischen Streichelzoo hatte zusätzliche Kräfte in mir freigesetzt.

Randvoll mit Testosteron, schob ich den Schaltknüppel nach vorn. Satt rastete die Automatik auf D ein. Als ich schwungvoll auf die Hauptstraße fuhr, sah ich gerade noch, dass Dimi mit seinem dämlichen Metaxa-Taxi hinter mir in die Straße bog. Das war ja mal wieder ein Meisterwerk. Ich beglückwünschte mich selber zu meinem Toptiming. Es mochten vielleicht sensible Nuancen sein, möglicherweise Kleinigkeiten – aber so was unterscheidet eben die ganz Großen von den Großen.

Dieser elende Gyrosgrützkopf, der hätte mir jetzt in meiner Sammlung von Problemen gerade noch gefehlt.

Als ich auf der A52 endlich Gas geben konnte, fragte ich mich, was meine neue beste Freundin, Moni Mertens vom BND, wohl gerade wieder für ein Ding eintütete. Bei ihrem

Anruf während des Frühstücks hatte sie ja nicht gerade die Katze aus dem Sack gelassen. Vielleicht wollte sie mir nur erzählen, wie sie gedachte, diesen Bianchi festzunehmen, ohne mich als Lockvogel zu gefährden.

Eigentlich schmeckte mir diese ganze Aktion immer noch nicht. Auf der anderen Seite musste ich mir eingestehen: Leider war sie meine derzeitige Lebensversicherung. Und die von Ute und meinem Philipp, die nur dank ihr in Sicherheit waren. Hoffentlich ... Außerdem gefiel mir meine neue Rolle als Spion Ihrer Majestät Moni Mertens immer besser. Comedy und Spionage – für mich gab es da wirklich keinen Unterschied. Beides hatte mit Stil zu tun, beides war hochbrisant und ein Drahtseilakt. Gut, bei dem einen Job war man andauernd unter Beschuss. Aber als Agent lebte man ja auch nicht ungefährlich. Unsere Zukunft als kaum zu schlagende Truppe malte ich mir rosig aus: Mit Philipp als Computerexperten wäre keine Datenbank der Welt vor uns sicher. Und für so einen Kasper wie James Bond wäre nach einer Ohrfeige von Birkel auch nur noch ein Platz im Ikea-Kinderparadies frei. Ein Trio mit vier Fäusten. Ein Triumvirat des guten Geschmacks, gegen die Mächte des Bösen. Sicher, es würde Probleme geben. Könnte ich es mir bei meinem Image wirklich leisten, einen Smoking bei der Verleihung des Friedensnobelpreises zu tragen? Wollte ich mir tatsächlich von einem versnobten Geheimdiensttüftler meinen schönen Porsche Turbo verbasteln lassen mit dusseligen Mätzchen wie einem Schleudersitz oder einer Panzerfaust auf dem Spoiler? Reichte nicht eine Flasche Henkell Trocken und ’ne Bifi im Handschuhfach? War ich nicht selber eine scharfe Waffe mit hochsensiblem Zeitzünder in Bauchnabelnähe?

Zufrieden stellte ich den Wagen in einer Seitenstraße der Düsseldorfer Königsallee ab und ging federnden Schrittes in

Richtung InterConti. Ich wollte gerade über die letzte Fußgängerampel schlendern, als eine schrille Stimme an mein Ohr drang: »Huuuuhuuu, Atze! Aaatze Schröder! Aaaaaaatze! Mensch, dass ich dich hier treffe! Du hier und nicht in Hollywood!«

Ich zuckte zusammen. Diese Stimme kannte ich nur allzu gut, allerdings hatte ich sie seit Jahren erfolgreich verdrängt. Vanessa Schwatzeck, Quasselstrippe, Labertasche und Obertusse vor dem Herrn. »Miss French Nails« 1988. Expertin auf dem Gebiet des pinken Lipgloss. Sie war vor Ute eine meiner Stammspielerinnen beim FC Libido gewesen und hatte sich bei meinen ständigen Sichtungslehrgängen als technisch versierte Flankengöttin an der Eckfahne bewährt. Das war allerdings auch schon ihre ganze Kernkompetenz. Ein liebes Mädchen, aber die Quadratmeterzahl ihres Absatzes entsprach exakt der ihres Denkvermögens.

Sie nahm mich begeistert in den Arm und küsste mich auf beide Wangen. Ich konnte es nicht fassen – sie roch noch immer nach ihrem Lieblingsparfüm »Ed Hardy Women« – eine Brühe, mit der ich noch nicht mal eine alte Truhe abbeizen würde.

»Vaneeeeessaaaa!« Ich versuchte, sie mit beiden Armen auf Abstand zu halten. »Mensch, Nessi, das ist ja mal 'ne schöne Überraschung! Vor zwei Tagen hab ich noch überlegt, wie mag's nur der Vanessa gehen?«

Sie sah mich verdutzt an und konterte schnippisch: »Na ja, soweit ich weiß, hast du mich damals wegen dieser Ute ganz schön abserviert.«

Ganz unrecht hatte sie da nicht. Aber was hätte ich denn damals machen sollen? Ich trat die Flucht nach vorne an. »Du, Vanessa, das war nicht die ganz feine Art, da hast du recht. Ich hätt mich wenigstens damals bei dir abmelden sollen.«

Vanessa überlegte einen Moment, dann schaute sie mich schelmisch an. »Das reicht aber als Entschuldigung nicht. Lad mich jetzt wenigstens auf ein Glas Prosecco ein.«

Ach du liebes bisschen! Gerade jetzt kam mir das so gelegen wie ein Strohhalm im Arsch. Ich stand unter Hochdruck und hatte eigentlich ganz andere Probleme. Mein Leben war in Gefahr, und jetzt sollte ich mit dieser Parfümwolke Phrasen dreschen und Schaumwein schlürfen?

»Gut, Vanessa, meinetwegen, komm. Ich hab zwar eigentlich gar keine Zeit, aber für ein kleines Stück Glück schiebe ich dir die Wolken zur Seite.«

Wir gingen gegenüber ins Café Rigoletto, und schon beim Reingehen packte ich den Kellner am Arm und orderte flugs zwei schnelle Schlüpferstürmer.

Leicht angeschlagen, beging ich den nächsten Fehler. »Vanessa, erzähl doch mal, wie ist es dir so ergangen.«

Das war der Startschuss für einen nicht enden wollenden Monolog in Rosa. Dass sie jetzt Filialleiterin bei Douglas sei. Dass sie mit ihrem Freund Berni ein schnuckeliges Appartement bewohne. Dass sie einen pinkfarbenen Mini fahre – und so weiter und so fort ... Es nahm kein Ende. Ich fühlte mich total sediert. Da hätte ich mir auch gleich Heroin aufs Brötchen schmieren können.

Gott sei Dank wurde sie irgendwann vom Kellner unterbrochen. »Wollt ihr wat essen? Isch hab noch 'ne frische Dorade da«, fragte die rheinische Frohnatur im breiten Dialekt und schob noch ein extralautes »Atzeeeee, hahaha!« hinterher. Na toll. Dank dieser Luftpumpe wusste nun der ganze Laden, dass ich am Start war. Ich musste schnellstens hier raus.

»Du, Vanessa, ich muss mal kurz zur Toilette. Bin gleich wieder da.«

Sie nickte freundlich und laberte einfach weiter. Ich ging schnell auf den Toilettenflur, bog dann durch die Küche ab zum Hinterausgang und stand keine Minute später wieder auf der Kö. Ohne mich umzusehen, lief ich weiter zum Hotel. Als ich in die großzügige Lobby des InterConti kam, erwartete Reuter mich schon sehnsüchtig.

»Mann, Schröder, Sie haben Nerven! Warum hat das denn so lang gedauert? So können Sie keine Pluspunkte bei der Chefin sammeln!«

Ich blickte ihn genervt an. »Reuter, gibt's hier Payback-Punkte oder Rabattmarken? Glauben Sie mir, es ging nicht schneller. Punkt, aus.«

Er quittierte meine rüde vorgetragene Aussage mit einem Achselzucken und bat mich, ihm zu folgen.

Wir betraten den gläsernen Aufzug, und Reuter drückte auf die Sechzehn. Kurz darauf öffnete sich die Fahrstuhltür, und wir gingen fast lautlos über den schweren Langflorteppich in Richtung Präsidentensuite.

Als wir den Raum betraten, bot sich mir ein unvergesslicher Anblick. Qualmend, mit einer Kippe im Mundwinkel, stand Dr. Monika Mertens in einem rosa »Hello Kitty«-Jogginganzug auf einem Stepper, den Blick interessiert auf den Fernseher an der Wand gerichtet. Ohne mich eines Blickes zu würdigen oder die Kippe aus dem Mund zu nehmen, sprach sie mich frotzelnd an: »Na, mein Junge, da bist du ja! So richtig Druck an der Warenausgabe hattest du nicht, was? Musstest du deinen Hauptschulabschluss nachmachen, oder warum kommst du jetzt erst?« Da war sie wieder, diese dunkle, rauchig dreckige Lache.

»Nehmt euch 'nen Kaffee, Mutti ist gleich fertig mit Strampeln. Einsatzbesprechung in zehn Minuten.«

Reuter zog mich verschwörerisch beiseite. »Schröder, wenn

Sie länger bei uns bleiben wollen, sollten Sie in Zukunft pünktlich sein.«

Ich flüsterte zurück: »Ich habe nicht die Absicht, euren Saftladen zu übernehmen. Sagen Sie mir lieber, wie es Ute und Philipp geht.«

Reuter wurde dienstlich. »Alles in bester Ordnung. Ihr Sohn ist ja wirklich ein aufgewecktes Kerlchen. Er hat die Radaranlage vom Multivan in kürzester Zeit umprogrammiert und den Softwarefehler im Motormanagement behoben. Solche Jungs können wir in Deutschland gut gebrauchen.«

Ich platzte vor Stolz. Mein Philipp! Da hatte ich mit Ute einen wirklichen Prachtburschen großgezogen. Kurz bevor ich sentimental werden konnte, flog die Tür auf, und eine frisch ondulierte Frau Mertens setzte sich an den Konferenztisch.

Der Rest war reine Routine. Sie nahm sich einen Kaffee, dazu einen Weinbrand und natürlich die obligatorische Reval. »So, Kollegen, Hände aus der Hose, jetzt wird gebügelt. Atze, Schätzchen, schenk mir mal fünf Minuten deiner Aufmerksamkeit.« Dann erzählte sie von einem Profikiller namens Ramón, den Bianchi auf mich angesetzt hatte. Allerdings war dieser Ramón am Flughafen rein zufällig von einer halb blinden Oma mit dem Auto umgenietet worden. Die Geschichte kam mir irgendwie bekannt vor. Richtig, der Beitrag im Morgenmagazin.

Aber das war noch der erfreuliche Teil der Geschichte. Denn als Nächstes zeigte Madame Mertens mir eine neue Schmäh-SMS, die sie in meinem Namen vom Handy des toten Peimann an Bianchi geschickt hatte. »Sach mal, Bianchi, ist das alles, was du draufhast, du Lutscher? Mit so 'nem Lappen wie Ramón hab ich früher den Flur gewischt. Selbst als Rentnerin verkleidet war es kinderleicht, den Eierkopp unter den Torf zu heben. Versteckst du dich immer hinter so inkontinenten Zwergpinschern? Solltest du überhaupt auch nur ein Ei in der Hose haben, treffen wir uns heute um Mitternacht in Essen, Taubenweg 15, Kleingartenanlage Krupphusten, auf Parzelle 19. Die Uhr hab ich dabei, du Muschi. Rüttel den Rütli, dein Null Null Schröder.«

Ich rastete sofort aus und schrie sie voller Wut an: »Sacht mal, seid ihr alle irre? Ihr wollt wohl unbedingt, dass ich sterbe, oder? Moni, du hattest mir versprochen, meine Probleme zu lösen und sie nicht zu vergrößern! Ohne mich, Leute, ich steig aus. Auf Wiedersehen, aber es eilt nicht. Tschö mit Ö.«

Ich sprang auf und stürmte zur Tür. Wie aus dem Nichts standen plötzlich zwei Dampfwalzen in Uniform vor mir und hoben mich hoch, während die Mertens sich in meinem Rücken kaputtlachte.

»Werd mal nicht hysterisch, Kleiner. Du bist aber auch so eine richtige Dramaqueen! Süß, aber das hilft uns jetzt nicht weiter. Wir machen es folgendermaßen: Bianchi sitzt bereits im Flieger nach Düsseldorf. Wahrscheinlich hat er ein paar seiner besten Gorillas im Schlepptau. Ich tippe auf Mouton, McQueen und den Bestatter.« Reuter nickte wortlos. Ich dagegen verstand nur Bahnhof. »Um Mitternacht«, fuhr sie ungerührt fort, »stehen wir alle an der Laube und husten dem Wichser in die Suppe. Du kriegst das ganze Paket, Schätzchen. GSG10, Sniper, schusssichere Weste – das volle Programm. Da bist du sicher wie in Muttis Schoß. Komm mal her.«

Sie hob mich vom Stuhl hoch und drückte mich an ihre barocke Glockenkammer. Ich wollte schon schwach protestieren, aber ich wusste, dass es sinnlos war. Ohne ihre Hilfe würde ich die Mörderbande nie von meinen Hacken kriegen. Ich wünschte nur, ich hätte so viel Gottvertrauen wie Reuter. Und dass Frau Doktor genau wusste, was sie tat.

Plötzlich deutete Reuter auf einen der Bildschirme und rief

entrüstet: »Gucken Sie mal, Chefin! Die Brüder machen eine Planwagenfahrt! Wie dreist ist das denn! Ich fass es nicht!«

Dr. Monika Mertens sah noch nicht mal hoch, sondern kippte sich lediglich einen weiteren Schluck Weinbrand in den frischen Kaffee nach: »Typisch Bianchi. So einen Quatsch macht er jedes Mal.«

Ich sprang auf und brüllte: »Zugriff, aber sofort! Zugriff! Greift doch endlich ein!«

Keiner in der Runde schenkte meinen Befehlen Beachtung. Moni Mertens seufzte tief: »Du bist aber auch wirklich naiv wie Bambi. Du glaubst doch nicht, dass ich am helllichten Tag in der Düsseldorfer Altstadt ein Blutbad riskiere? Meine Herren, es bleibt dabei: Zugriff null Uhr heute Abend in Essen. Hopp, hopp, es gibt eine Menge zu tun.«

Artig verließ das Team die Einsatzbesprechung und ging an die Arbeit, und auch ich fügte mich in mein Schicksal.

Ich wollte aufstehen und gehen, doch sie hielt mich am Arm fest.

»Wo willst du hin, Locke? Du bleibst schön bei Mutti.«

Ich stutzte. »Äh, es ist jetzt halb sieben. Wir haben doch noch Zeit, die Geschäfte sind noch offen.«

Sie sah mich an, als wäre ich ein Trottel. »Nix da, du bist nicht privat hier. Sag mal … wo wir jetzt alleine sind … da hab ich mal 'ne Frage. Du musst aber ganz ehrlich zu mir sein. Trittst du auch vor Kegelklubs auf?«

15

Schafskäse und Olivenphallus

Dimitri Roussos verließ den Krankenhausparkplatz mit seinem Metaxa-Taxi und fuhr zum Mykonos zurück. Der fette Pullmann hatte seine Befürchtungen bestätigt. Nataschas Uhr war eine Kopie. Das konnte nichts anderes bedeuten, als dass Schröder immer noch das Original hatte. Aber das würde er ihm ohne Mühe abnehmen

Voller Zorn schmiedete er einen Plan. Er wusste schon, wie er Atze in sein Lokal locken könnte. Verliebte Männer waren in seinen Augen Schwächlinge. Man konnte einen Esel lieben, man konnte guten Wein lieben, Kinder konnte man lieben – aber doch keine Frau! Frauen waren für ihn Sexobjekte und gehörten nach der Benutzung in die Küche. Hinter den Herd.

Sein Plan war einfach und gut. Der verliebte Gockel Schröder würde ruck, zuck auf der Matte stehen, sobald er ihm das kleine selbst gemachte Filmchen per Mail rüberschickte. Einen wunderbaren Film, auf dem man sehen konnte, wie die schnuckelige Natascha ein paar krachende Ohrfeigen kassierte.

Während er so über seine Idee nachdachte, bekam er schon

wieder gute Laune. Natascha Orlov, dieses billige Flittchen, war ihm sowieso egal. Sie bedeutete ihm nichts. Solche Frauen gab es für ihn an jeder Laterne. Knackiger und jünger.

Er parkte seinen Berlingo vor der Tür und stiefelte zu Stavros ins Büro.

»Hör zu, Malaka, schnapp dir dein Handy und die Schlampe. Bring sie in den Keller und fessle sie an das große Heizungsrohr. Klamotten runter bis auf die Unterwäsche.«

Stavros protestierte zaghaft. »Was soll das, Bruder? Haben wir das nötig, uns an Frauen zu vergreifen?«

Dimitri schnaubte verächtlich. »Halt die Fresse, Malaka. Du bist zwar mein Bruder, aber das ist auch alles, was du kannst, du Idiot.«

Ängstlich fügte sich Stavros und ging mit Nikos nach unten.

Als Dimitri zehn Minuten später in den Keller kam, war alles angerichtet. Natascha stand mit Unterwäsche bekleidet und mit den Händen über Kopf an ein großes Rohr unter der Decke gefesselt vor ihnen.

Hasserfüllt spuckte sie Dimitri ins Gesicht. »Du stinkendes Schwein! Du bist genauso ekelig wie dein Fraß hier! Fühlst du dich jetzt stark? Du kleine griechische Schwuchtel, du bist doch kein Mann! Selbst dein überbackener Schafskäse ist härter als dein kleiner Olivenpimmel!«

Wütend schlug er ihr ins Gesicht. »Aber all die Jahre warst du zufrieden, wenn ich's dir besorgt hab, du kleine Nutte!«

Sie spuckte ihm noch mal verächtlich ins Gesicht.

Außer sich vor Jähzorn, befahl Dimi seinem Bruder Stavros, die Aufnahme zu starten, und schlug auf die wehrlose Natascha ein.

Nach fünf Minuten wusch er sich die Hände und fuhr sich mit den nassen Händen durch die Haare. Dann grinste er widerlich in die Kamera und richtete ein Grußwort an Atze:

»Schröder, gefällt dir, was ich mit deinem Schätzchen hier mache? Wenn du nicht um neun mit der Uhr hier bist, dann bleibt es nicht bei ein paar Ohrfeigen.« Er hielt einen Baseballschläger hoch und fuhr diabolisch fort: »Ich hab hier noch einen töfften Knüppel. Neun Uhr, Malaka, und keine Minute später.«

Stavros stoppte die Aufnahme, und Dimi nahm ihm das Handy aus der Hand. Er tippte Atzes Nummer ein und drückte auf Senden.

Zufrieden kraulte er sich wie Jogi Löw bei der EM den vermilbten Schiessertempel. Von wegen Olivenpimmel. Gar nicht wahr!

In der Präsidentensuite im Düsseldorfer InterConti gab es nicht viel Abwechslung. Dr. Monika Mertens war vollauf damit beschäftigt, den Einsatz auf administrativer Seite zu organisieren: Haftbefehle, Funkfrequenzen, SEK-Einsatzkommandos und bereitstehende Rettungswagen inklusive Hubschrauber. Ich hörte sie in einer Tour reden, rauchen und Kaffee trinken. Jetzt wo es ernst wurde, merkte man, wie professionell und abgebrüht sie ihren Laden führte. Eisenhart und sehr bestimmt zog sie ihr Ding durch.

Wie ich da so saß und alles mitbekam, wurde mir immer mulmiger zumute. Bianchi war offensichtlich kein kleiner Kirmesräuber, sondern die ganz große Nummer. Ich empfand dumpfes Unbehagen. Genauer gesagt hatte ich die Hose gestrichen voll. Warum musste ausgerechnet ich der Hauptdarsteller in diesem Drama sein?

Gedankenverloren daddelte ich mit meinem Handy herum. Plötzlich erschien auf dem Display eine Nachricht von Dimitri Roussos. Ach du lieber Himmel! Der Zazikifürst hatte mir jetzt gerade noch gefehlt!

Ich öffnete die Videodatei und traute meinen Augen nicht. Natascha, an ein Heizungsrohr gefesselt, in Dimis Keller, und das Arschloch prügelte auf sie ein! Mir drehte sich der Magen um, und ich bekam augenblicklich einen kalten Schweißausbruch. Das durfte doch nicht wahr sein! Ich wurde fast verrückt vor Wut. Mit Tränen in den Augen lauschte ich seiner Botschaft. Ich sollte bis einundzwanzig Uhr mit der Tudor Heritage bei ihm sein, sonst würde er Taschi noch übler zurichten.

Ich versuchte einen klaren Gedanken zu fassen. Ich musste auf jeden Fall dorthin, egal wie. Die Uhr durfte ich ihm aber auf keinen Fall geben, sonst würde er Taschi und mich kaltblütig erledigen. Also was tun?

Erst mal raus hier. Das würde schon schwer genug werden. Ich konnte mir nicht vorstellen, dass mich die Mertens freiwillig gehen ließe. Erzählen konnte ich ihr die Geschichte wohl auch kaum, denn dann wäre ihr ganzer Bianchi-Plan hinfällig.

Nein, ich hatte keine andere Wahl. Dimi musste ich alleine erledigen. Am besten mit Birkel an meiner Seite.

Doch wie zur Hölle sollte ich hier rauskommen? Während ich noch grübelte, klingelte es an der Tür der Suite. Das Zimmermädchen, eine verteufelt gut aussehende südamerikanische Schönheit, brachte frische Handtücher und mehrere Tüten Storck-Riesen. Als ich dieser rassigen Latina bei der Arbeit zusah, kam mir eine tollkühne Idee.

Ich lächelte der Frotteeseñorita zu, und sie zwinkerte keck zurück. Das funktionierte doch hervorragend! Gut, dass ich so blendend aussah und diesen Schlag bei Frauen hatte.

Ich folgte ihr ins Badezimmer und schloss die Tür. Sie schaute mich fragend an, und ich tröstete sie: »Nein, Madame, nicht, was Sie denken. Es ist andersrum, sie müssen MIR einen

Gefallen tun. Ich werd hier gegen meinen Willen festgehalten und muss dringend raus, um meine kranke Mutter zu füttern.«

Sie nickte mitfühlend, und ihre Augen wurden feucht. Mutti zog immer, für so was hatten Latinas immer viel Verständnis.

Kaum hatte ich ihre Zimmermädchenuniform übergestreift, fühlte ich mich unbeschreiblich weiblich. Ich will jetzt hier nicht auf den Putz hauen, aber wenn ich eine Frau wäre, ich könnte mich vor Kerlen gar nicht retten. Aber lassen wir das. Als normaler Hotelgast ist man oft enttäuscht, dass diese hübschen Servicekräfte nicht in Pumps staubsaugen und die Minibar auffüllen. Inzwischen kann ich aus eigener Erfahrung sagen, dass es wirklich besser ist, flaches Schuhwerk zu tragen. Das kam mir nämlich bei der Flucht wirklich zugute.

Ich packte den Stapel mit der Gebrauchtwäsche auf den Servicewagen und schob ihn mit gesenktem Kopf eilig vor mir her aus der Suite hinaus. Energisch ging es weiter über den Flur. Als ich am Ende des Gangs vor dem Personalaufzug stand, hörte ich Reuter in der Suite aufgeregt schreien: »Schröder haut ab!«

Als Nächstes sah ich, wie er, gefolgt von zwei Sicherheitsleuten, den Gang herunter auf mich zulief. So ein Mist – und der Aufzug kam nicht! Als die Jungs nur noch zehn Meter von mir entfernt waren, schubste ich ihnen mit voller Kraft den Wäschewagen entgegen und hechtete mit einem Seemannsköpper in den Wäscheschacht. Gut, dass ich mit Philipp im AQUApark Oberhausen schon hundertmal die Black-Hole-Rutsche benutzt hatte! Hier auf der Wäscherutsche war allerdings überhaupt keine Technik notwendig. Es ging einfach im Sturzflug stumpf und steil nach unten. Wenn ich

Glück hätte, würde ich mir nur das Genick brechen und überleben.

Ich donnerte mit etwa achtzig Sachen in einen großen Haufen Kuschelkopfkissen. Später erfuhr ich, dass dies kein Zufall gewesen war. Das InterConti ist ja immer wieder Domizil für arabische Gäste aus Nahost: Prinzen, Beduinenfürsten und auch Scheichs von der arabischen Halbinsel kommen mitsamt Gefolge nach Düsseldorf und mieten nicht selten gleich ganze Etagen. In diesem Falle hatte wahrscheinlich irgendein Sultan von Bruno oder der Emil von Katar achtzig Kissen voll mit frischen Daunen der Sibirischen Wolfsente geordert und diese vorher noch mal mit Lenor weich spülen lassen. Gute Idee. Vor allem für mich.

Gerade als ich mich aus dem Kissencontainer erheben wollte, hörte ich laute Stimmen. »So, Männer, der Kissencontainer kommt auf den Lkw und die Spannbetttücher in den Sprinter.«

Na wunderbar! Manchmal musste man auch mal ’nen Papst in der Tasche haben.

Minuten später ruckelte der Lkw mit der edlen Wäsche davon. So entkam ich unbemerkt, und Reuters Abfangjäger am Vorder- und Hintereingang des Hotels schauten in die Röhre.

An der nächsten Ampel krempelte ich die Plane des Lkws ein wenig hoch und sprang in meiner Zimmermädchenmontur von der Ladefläche. Dann schlich ich zurück zu meinem Porsche und checkte erst mal zehn Minuten lang die Lage. Jetzt zahlte es sich aus, dass ich ein Stück abseits geparkt hatte.

Just als ich die Fahrertür öffnete, schnappten mich zwei muskelbepackte BND-Leute und zogen mich zurück auf den Bürgersteig. »Herr Schröder, so was mag unsere Frau Mertens aber gar nicht gerne …«

Meine Reaktion war spontan: »Hiiiilfe! Hiiiilfe! Nein, ich will das nicht! Ihr Schweine, fasst mich nicht an! Polizei!!!«

Alle möglichen Passanten wurden auf uns aufmerksam und sahen aus der Distanz natürlich nur, wie zwei kräftige Kerle eine hübsche Frau mit schlanken Beinen und schönen Locken unsittlich bedrängten. Aus einer Menschentraube lösten sich mehrere sportliche Männer und lieferten sich eine saftige Schlägerei mit meinen Peinigern. Ich konnte mich losreißen, sprang beherzt in meinen Turbo und gab Gummi.

Wenige Minuten später stand ich auf einem Rastplatz an der A52 und zog mir wieder Jeans und T-Shirt über. Wie gut, dass man als Tourneekünstler immer eine Sporttasche mit frischen Klamotten dabeihat! Mein Plan war einfach. Ich würde Birkel anrufen, vor Ort auf ihn warten und dann mit ihm zusammen Natascha befreien. Danach würden wir gemeinsam das Mykonos dem Erdboden gleichmachen. Dieser Dimitri Roussos sollte lernen, was es hieß, sich mit einem führenden BND-Agenten anzulegen. So fühlte ich mich nämlich.

Und das wurde schneller bestätigt, als mir lieb war. Das Autotelefon meldete sich. Meine neue Chefin Dr. Monika Mertens war dran.

»Schätzchen, was soll der Blödsinn? Wir sehen doch, wo du bist! Du hast doch einen Peilsender am Auto! Jetzt kommst du brav wieder zurück zu Mutti, ist das klar? Und wenn du am Kiosk vorbeikommst, bring mir noch 'ne Stange Reval und eine Dreierpackung Boonekamp mit.«

Ich atmete tief durch. Dann entgegnete ich bestimmt: »Frau Mertens, es geht nicht anders. Ich kann jetzt nicht zurück, ich muss was Dringendes erledigen. Aber ich verspreche Ihnen: Pünktlich um Mitternacht bin ich in der Laube.«

Dann legte ich auf. Vor meinem Boliden aus der Zuffenhausener Edelmanufaktur stand ein Gelsenkirchener Edelproll mit seinem Opel Manta B. Ich ging rüber zu dem Wemmser und kam sofort zur Sache: »Moin, Alter, was geht. Topschnubbel hast du überm Esszimmer. 1a Schenkelbremse.«

Er starrte mich begeistert an. »Boah, Alter, geil ey! Voll geil, Alter. Atze, ey geil! Ja nee is' klar. Boah ey!«

Ich sach: »Hömma, Magnum, hast du Bock, fürs Wochenende die Karren zu tauschen?«

Käpt'n Opel konnte sein Glück nicht fassen. »Boah ey, echt jetz', oder wat? Turbo jetz', oder wat? Geil, Alter, boah, voll fett, ey. Lass machen!«

»Sonntagabend neunzehn Uhr treffen wir uns wieder hier. Ich verlass mich auf dich, Wemmser. Autofahrerehre.«

Er schaute etwas beleidigt. »Mann, ey Atze, is' ja wohl klar. Aber mach mir kein' Kratzer in den Manta, der geht wie die Sau. Und schenk dir den sechsten Gang, hat er nämlich nich'. Hahahaha!«

Ich sprang in den Manta und stellte fest, dass Magnum nicht übertrieben hatte. Das Dingen ging wirklich wie die Sau. Auf der Autobahnbrücke über der Ruhr stieg ich noch mal kurz in die Eisen, knibbelte nebenbei die Lade in der Tudor Heritage auf und nahm den verdammten Mikrochip heraus. In hohem Bogen warf ich das Scheißteil in den Fluss.

Zwanzig Minuten später stand ich mit heulendem Motor etwa hundert Meter vor dem Mykonos. Irgendwie musste ich die Burschen komplett überraschen. Ich weiß nicht mehr, was zur Hölle in mich gefahren war, aber ich haute den Gang rein und prügelte den alten Manta volles Rohr über die Terrasse in das Restaurant hinein. Erst vor der Theke kam ich zum Stehen. Leider hatte ich nicht bedacht, dass der Manta B keinen Airbag hat. Ich war mit dem Kopf ungebremst auf das Lenkrad geknallt und ziemlich benommen.

Schemenhaft sah ich Stavros und Nikos mit gezogenen Waffen auf mich zukommen, dann nickte ich weg.

16

Im Folterkeller

Heftig klatschte die biegsame Taucherflosse auf ihr wunderschönes Hinterteil, und sie wimmerte.

Ich schrie ihn an: »Dimitri, du kleine Metaxa-Tucke, lass sie in Ruhe! Noch ein Schlag, und ich reiß dir deinen miesen Arsch so auf, dass deine eigene Oma dich nur noch an der Stimme erkennt!«

Er lachte nur und verzog keine Miene. Stattdessen verpasste er ihr den nächsten Hieb. »Interessant, Malaka, ich freu mich schon drauf.«

Der Rubikon war überschritten, ich tobte vor Wut und hätte ihn sofort verprügelt, wenn mein Kopf nicht in diesem ungemütlichen Schraubstock gesteckt hätte.

»Es ist doch ganz einfach, Schröderchen: Du sagst mir, wo der verdammte Chip ist, und du kannst schon morgen den süßen Knackarsch deiner kleinen Schlampe zusammenflicken.«

Wie konnte ein Mensch so tief sinken. Selbst als Grieche sollte man doch neidfrei anerkennen, wenn eine Lendenlegende wie ich besser im Bett ist als so ein zweitklassiger Zazikizausel.

»Wenn du mich fragst, Dimi, bist du ein widerlicher Komplettversager.«

Ich hatte es noch nicht ausgesprochen, als die Flosse wieder auf Nataschas Pfirsichpopo niederknallte, der mittlerweile nicht mehr ganz so elegant aussah. Natascha flehte mich mit letzter Kraft an, und ihre Stimme klang gar nicht mehr so fröhlich wie sonst: »Atze, bitte, bitte gib ihm, was er will, ich flehe dich an!« Dann sackte sie ohnmächtig zusammen.

Ich kam schwer ins Grübeln. War es das alles wert? Liebte ich diese Frau wirklich? Was bedeuteten mir die endlosen Nächte voller Lust, Leidenschaft und feuchter Frotteelaken? Natascha Orlov war eine Göttin, von der ich unzählige Male die heilige Kommunion der sieben Liebessiegel empfangen hatte. Keine Frau konnte das Kamasutra so schön vorlesen wie sie. Keine Frage, diese Frau hatte mich verzaubert. Dumm nur: Sie war bewusstlos, meine Rübe steckte immer noch in dem Schraubstock, und wenn Dimitri Roussos nicht bald seinen verfluchten Chip bekäme, würde mein holdes Lockenköpfchen auch dort bleiben. Nein, es gab keinen anderen Ausweg. Ich musste Natascha retten. Ein Atze Schröder lässt keine Frau im Stich.

»Okay, du dreckiges Schwein. Du hast gewonnen. Mach mich los, ich bring dich zum Versteck!«

Urs Bianchi ging mit seinen Männern noch mal alles durch. Wenn er um Mitternacht in dieser erbärmlichen Laubenkolonie auf Schröder träfe, wollte er nichts dem Zufall überlassen. Er beobachtete die gelassene Betriebsamkeit seiner Männer. Die Planwagenfahrt durch die Düsseldorfer Altstadt mit Killepitsch und Altbierbowle war ein voller Erfolg gewesen. Außerdem hatte sie nicht nur dem Zweck der Zerstreuung gedient, sondern er hatte so auch mit hoher Wahrscheinlichkeit etwaige Verfolger abgeschüttelt.

Die Jungs luden ihre Waffenkisten aus und steckten die Spezialgewehre zusammen. Es wurde nicht viel gesprochen, jeder Handgriff saß. Es war wie ein meditatives Ritual, bei dem man die Männer nicht stören durfte. Ein schönes Bild, wenn Profikiller friedlich mit ihren Spielzeugen beisammensaßen. Waffenöle, Q-Tips – und natürlich das obligatorische Sidolin streifenfrei für den glasklaren Durchblick durch das Zielfernrohr. Mouton hatte gewissenhaft das Gelände in der Laubenkolonie in Essen erkundet und war damit beschäftigt, Geländepläne und Satellitenfotos der Kleingartenanlage Krupphusten mit Heftzwecken an die Wand zu tackern.

Bianchi sprach mit seinen Männern wie der Bundestrainer in der Halbzeit zu seinen Spielern: »Jungs, passt mir bloß mit der Treppe auf, dass mir da keiner runterfällt! Ich hab keinen Bock, dass mir hier einer den Clüver macht und da im Eifer des Gefechts runtersegelt. Wichtig bei der Aktion ist: Erst brauch ich die Uhr mit dem Chip. Danach könnt ihr in Ruhe den Schröder kaltmachen.«

Alle lachten. Bianchi war sich sicher: Das würde ein Kinderspiel werden, und wenn er hinterher noch gut drauf wäre, gäb's im Anschluss als Belohnung noch einen kleinen Abstecher ins Amüsierlokal »Deutsche Vita«. »Ich spendiere was Scharfes für eure Überraschungseier« – so nannte er das immer und fühlte sich dabei sehr originell. Aber jetzt mussten sich alle noch mal konzentrieren.

»Ich will, dass ihr euch folgendermaßen verteilt: Der Bestatter geht auf Parzelle 21, Mouton aufs Dach der 16 gegenüber und McQueen auf das Flachdach von Datscha 19. Und schaltet die Laserpointer an den Zielfernrohren aus. Die sind total peinlich. Ihr seid schließlich keine Anfänger.«

Die Männer nickten wissend und verwandelten sich augenblicklich in eiskalte Tötungsmaschinen – Profis, denen Effizienz und Präzision das Maß aller Dinge war.

»Geschossen wird nur auf mein Zeichen. Es ist jetzt zweiundzwanzig Uhr. In dreißig Minuten fahren wir los.«

Bianchi schaute jedem noch mal ernst in die Augen, dann zog er sich in sein Zimmer zurück. Er durfte auf gar keinen Fall diese eBay-Auktion verpassen. Er war einer der letzten zwei Bieter auf einen nagelneuen Thermomix. In sechsundzwanzig Minuten würde die Auktion enden, und er lag mit seinem Höchstgebot von 36,52 Euro ziemlich gut im Rennen. Dachte er zumindest.

Als er die Seite öffnete, traute er seinen Augen nicht. Irgendein Arschloch hatte das Teil ohne Not nach oben geboten. Jetzt konnte von 'nem Schnapper kaum noch die Rede sein. Bianchi war verzweifelt. 48,22 Euro! Das konnte doch nicht wahr sein! Warum?! Er war den Tränen nahe. Wieso bot jemand so viel mehr – und das ganz ohne Notwendigkeit? Er würde die Menschen nie verstehen. Aber so war es im Leben. Schon sein Vater hatte beim sonntäglichen Käsefondue immer gesagt: »Das kommt davon, wenn der Schnapper den Schnapper schnappt!« Er hasste seinen Vater nicht nur für diese Binsenweisheit.

Wie konnte er das Blatt in dieser eBay-Angelegenheit noch wenden?

Er schrieb dem Verkäufer des Thermomix eine Nachricht: »Hallo Mausepampe23, ich biete dir 38 Euro außerhalb von eBay. Plus Versand, das ist doch mehr als fair. Hier meine E-Mail-Adresse: Urs.Bianchi@Zuerich.ch. Bitte vertraulich behandeln.«

Er kannte diese Art Hausfrauen. Sie würde hoffentlich schwach werden bei dem Gedanken, die horrende Verkaufsprovision zu sparen.

Urs Bianchi grunzte zufrieden. Wieder mal hatte er dem

System ein Schnippchen geschlagen. Dieser Trick würde seinen Tag krönen. Außerdem konnte er so die lästigen PayPal-Gebühren umgehen. Verbrecher waren diese Unternehmen – alles Verbrecher!

Er legte sich noch für zehn Minuten hin, dann klingelte der Taxifahrer. Kurze Zeit später saßen sie alle komplett in einem runtergekommenen Mitsubishi Space Wagon. McQueen nannte dem Fahrer die Adresse: »Einmal nach Essen, zur Kleingartenanlage Krupphusten, Taubenweg 15.«

Mit einer Zigarette im Mundwinkel drehte sich der irakische Taxifahrer verständnislos um: »Wos Essen? Nix kenne! Adresse schnell!«

Bianchi beeilte sich, Mouton davon abzuhalten, diesen Kretin auf der Stelle zu erschießen. Stattdessen versuchte er es beim Fahrer mit Freundlichkeit: »Sportsfreund, bist du hier das Rätseltaxi? Nach Essen, aber plötzlich.«

Dann nahm er dem Nichtsnutz die brennende Zigarette aus dem Mund und drückte die Glut in seiner eigenen Hand aus. Mit der Asche malte er dem Iraki ein Kreuz auf die Stirn.

Der arme Mann fragte zu Tode erschrocken: »Was soll das, Arscheloch?«

Bianchi hielt ihm die Knarre auf das Aschekreuz und sagte leise: »Essen, aber plötzlich.«

»Sehr gerne!«, erklang es mit irakischem Akzent.

Im Radio sang Monika Morell: »Später, wann ist das, hab ich ihn gefragt. Er hat nur gelacht und hat ›später‹ gesagt.«

BND-Einsatzleiter Klaus Reuter war ein Hundertfünfzigprozentiger. Jeder Handgriff saß. Neben den drei Monitoren auf dem klappbaren Palisanderschreibtisch hatte er die provisorische Funkzentrale installiert. Vor der Kleingartenanlage standen unzählige als Gartenbaufahrzeuge getarnte Multivans. Parzelle 19 von Opa Stahl war mit zwanzig hochauflösenden Minikameras besser ausgeleuchtet als *Wetten, dass …?* zu Thommy Gottschalks Hochzeiten in der Duisburger Stadthalle. Zusätzlich war ein Dutzend Scharfschützen in perfekter Tarnung auf den umliegenden Parzellen verteilt. Keine Frage, Dr. Monika Mertens wollte heute Nägel mit Köpfen machen und ihre grandiose Laufbahn krönen. Auf einem Fabrikgelände in der Nähe standen außerdem noch zwei Belle-D-262-Helikopter bereit. Bianchi würde diesen Ort in Handschellen verlassen, das stand für Reuter außer Frage.

Für Schröder hatte er eine schusssichere Weste in Leopardenoptik beschafft. Darauf hatte seine Chefin bestanden. Das war das Mindeste, was er für Atze tun konnte, denn er befürchtete, dass Schröder nicht heile aus dieser Nummer rauskam. Klar mochte die Chefin ihn, aber Monika Mertens pflegte immer zu sagen: »Schnappst du dir den großen Klopfer, brauchst du auch mal Bauernopfer.« Das hatte er schon oft erlebt in seinen vierzig Jahren beim BND.

Damals war Reuter nach seiner Ausbildung als Hausmeister vom BND übernommen worden. Seine Fähigkeit, alles zu reparieren, hatte den Dienst schon vor vielen peinlichen Blamagen bewahrt. Sein Organisationstalent hatte sich schnell rumgesprochen. Durfte er in den ersten Jahren nur die Weihnachtsfeier organisieren und die Heizpilze für das Sommergrillen betanken, organisierte er bereits wenige Jahre später die Fußballweltmeisterschaft 2006 im eigenen Land. Außerdem wurde in wie immer gut unterrichteten Kreisen gemunkelt, dass er damals nebenbei quasi alle Texte für Jürgen Klinsmanns Kabinenansprachen geschrieben habe. Trotzdem war Reuter immer bescheiden geblieben. Dr. Monika Mertens hatte ihn entdeckt, ihr war er treu ergeben. Sosehr er Schröder auch mochte, diesen gut gebauten Teufelskerl –

wenn die Mertens den Daumen senkte, würde er ihren Befehl ausführen.

Fraglich war allerdings, ob Schröder überhaupt auftauchen würde. Er war in Düsseldorf aus der Präsidentensuite entwischt und seitdem nicht mehr geortet worden. Er hatte zwar am Telefon beteuert, dass er pünktlich hier aufzutauchen gedenke, aber bei solchen Traumtänzern wusste man ja nie. Blöd war er jedenfalls nicht.

Sie hatten den Porsche Turbo in Gelsenkirchen vor dem Sonnenstudio »Melanies BrandenBurg« aufgespürt. Der Fahrer beteuerte – selbst an den Füßen aufgehängt und mit einem AK-47 an der Schläfe –, dass er mit Atze das Auto getauscht hätte und alles mit rechten Dingen zugegangen sei. Der Mann hatte fast mehr Angst um seinen Manta gehabt als um sein Leben. Somit hatten sie zwar den Turbo, aber nicht den Aufenthaltsort seines Besitzers.

Das Telefon klingelte, und Dr. Monika Mertens war am Apparat: »Reuterchen, ist mein Atze schon aufgetaucht?«

Er verneinte, gab sich aber optimistisch: »Chefin, wo immer er auch ist, er wird sicher gegen Mitternacht da sein.«

Meine Schläfen pochten, als Dimi den verdammten Schraubstock endlich löste. Ich versuchte, einen klaren Gedanken zu fassen. Den Chip hatte ich nicht mehr, der schlummerte irgendwo bei den Fischen im Flussbett der Ruhr. Unwiederbringlich. Von der Kopie, die bei Birkel im Tresor lag, würde ich Roussos besser nichts erzählen, sondern lieber versuchen, den Griechen dem BND ans Messer zu liefern. Gewagt, aber eine Alternative sah ich nicht, ohne noch mehr Unschuldige mit in die Sache reinzuziehen.

Kaum hatte er mich losgemacht, pampte ich ihn an: »Schwein gehabt, Käpt'n Krautsalat, ich war kurz davor, sauer zu werden. Und jetzt lass Natascha gehen, sonst passiert hier gar nichts.«

Er gab Stavros und Nikos ein Zeichen, Natascha loszubinden. »Es ist ganz einfach, Schröder: Sobald ich den Chip habe, ruf ich meine Jungs an, und Taschi kann gehen.«

Die einzige gute Idee war gewesen, dass ich Dimi gesagt hatte, dass der Chip in Opa Stahls Taubenschlag läge. Auch wenn die Folter wehgetan hatte, musste ich noch Zeit rausschinden, damit ich nicht zu früh mit diesem Gangster in der Laubenkolonie aufkreuzte. Die Leute vom BND wussten ja nicht, wo ich war und mit wem ich dort aufkreuzen würde. Aber sie waren meine einzige Chance, Dimi loszuwerden.

Als es auf halb zwölf zuging, konnte ich allmählich davon ausgehen, dass die Spezialisten schon vor Ort in Stellung waren. Ich wandte mich an Stavros und Nikos: »Hört mal, ihr Luftpumpen, solltet ihr Taschi auch nur ein Haar krümmen, komm ich mit Birkel zurück, und dann gibt's derbe Popoklatsche mit Anlauf. Überlegt euch also gut, was ihr macht.«

Die beiden würdigten mich keines Blickes. Die Nummer mit dem Schraubstock nahm ich Dimi wirklich übel, aber noch entwürdigender war die gemeinsame Fahrt in seinem erbärmlichen Metaxa-Taxi. Die gammelige Karre stank nach Dill, vergorenem Quark und schimmligem Knoblauch. Sollte mich ein Paparazzo in dieser Geisterbahn abschießen, müsste ich das Land verlassen.

»Schröder, wenn du Hunger hast, hinterm Beifahrersitz ist noch was von meinem Spezialzaziki. Hau rein, ich bin ja kein Unmensch.«

Ich würgte meinen Ekel hinunter. Ich war mir sicher, dass das Hamburger Tropeninstitut sämtliche bekannten und unerforschten Krankheitserreger der Welt in diesem widerlichen Fraß finden würde. Ich schaute den Penner angeekelt an.

»Machen wir uns nichts vor, Dimitri. Wenn das Ganze hier vorbei ist, sehen wir uns hoffentlich nie wieder. Sollte Taschi was passieren, werde ich den Rest meines wundervollen Lebens damit verbringen, dich und deine miese Furzvorbereitungsbude niederzubrennen.«

Er lachte nur dreckig. »Halt mal schön deine Fresse, Malaka. Du hast meine Freundin gefickt. Wenn ich gut drauf bin, lass ich euch dumme Turteltäubchen vielleicht überleben. Außerdem solltest du nicht Privates mit Geschäftlichem verwechseln.«

Ich hielt den Mund, um ihn nicht noch mehr zu provozieren. Wie hatte Otto Rehakles, der alte Ehrengrieche, immer gesagt? »Wichtig ist auffem Platz.«

Hoffentlich ging mein Plan auf, wenn es überhaupt einer war. Irgendwie hoffte ich inständig, dass Reuter mit seinen Leuten meinen Arsch rettete und Dimitri schon in wenigen Stunden für lange Zeit im Knast landen würde.

Dr. Monika Mertens saß in ihrem teuren Wilke-Möhring-Bürostuhl, der von ihr zärtlich »Wotan« genannt wurde. Reuter, die treue Seele, hatte mal wieder an alles gedacht, um Mutti den Arbeitstag oder vielmehr die Nachtschicht zu versüßen. Mit dem einen Auge brütete sie über ihrem Rätselheft, mit dem anderen kontrollierte sie die Monitore.

Im Gartenhäuschen gegenüber der Laube von Opa Stahl sah es aus wie auf der Brücke der RMS *Queen Elizabeth 2* – allerdings nur innen. Von außen sah es aus wie immer. Reuter hatte sogar noch extra das Verwitterungsteam aus Bitterfeld kommen lassen, wahrhaft begnadete Experten, die eine nagelneue Luxusvilla innerhalb von vier Stunden in eine abbruchreife Bruchbude verwandeln konnten. Ehemalige Stasi-Leute, die schon früher in der DDR fachmännisch für den maroden

Charme der Innenstädte gesorgt hatten. So hatte die letzte Regierung der Deutschen Demokratischen Republik den Westdeutschen noch mal einiges an Aufbauhilfe abschwatzen können und sich ein weiteres Mal die Taschen prall gefüllt.

Von außen sah Dr. Monika Mertens' Kommandostand also aus wie ein heruntergekommenes Gartenhäuschen, das seit zehn Jahren nicht mehr betreten worden war. Perfekt getarnt. Der Kaffee dampfte behaglich in ihrem schusssicheren Thermobecher, vom Ascher stieg ästhetisch die schmale, bläuliche Rauchfahne einer frisch entzündeten Reval auf, und in der karbonbeschichteten Mikrowelle kreiste gemütlich eine schlesische Linsensuppe von Maggi vor sich hin. Hmm, immer eine gute Idee. Sie liebte Nachteinsätze. Das alles hier war für sie das Paradies auf Erden.

Gerade als sie mit einer Kuchengabel die ersten Wurststückchen aus der Suppe fischen wollte, bemerkte sie auf dem linken Monitor einen ungewöhnlichen Schatten. Augenblicklich meldete sich Reuter übers Headset: »Chefin, das Schlauchboot ist voller Aale.«

Na bitte, 23.45 Uhr. Auf die Schweizer war Verlass. Man konnte Urs Bianchi vieles vorwerfen, Unpünktlichkeit gehörte nicht dazu.

»Wie viele, Reuter?«, sagte sie ins Mikrofon.

»Kreuzbube und drei Damen. Mouton, McQueen und der Bestatter.«

Sie konnte ein zufriedenes Lachen nicht unterdrücken. Genau wie sie es vorhergesagt hatte. Männer waren so berechenbar.

Jetzt konnte sie das Gangsterkränzchen auf dem Bildschirm sehen. Sie brauchte keinen Lippenleser, um zu verstehen, was Bianchi seinen Killern zuflüsterte. Seine Männer verzogen sich auf die Dächer und gingen in Stellung. Bianchi schlenderte ein wenig zu lässig auf Opa Stahls Parzelle zu und nahm dort scheinbar gelangweilt auf der Gartenbank Platz.

Jetzt zahlte sich aus, dass sie entgegen Reuters Rat ihre Leute noch nicht auf die Schusspositionen verteilt hatte.

Bianchi sah toll aus. Wirklich ein schöner Mann. Der Hundertzwanzig-Franken-Haarschnitt verlieh seinen aristokratischen Zügen eine sportliche Note. Der sündhaft teure Palomino-Maßanzug schimmerte selbst im fahlen Licht des Vollmonds wunderbar perlmuttig. Sie war sich sicher: Bianchi würde selbst in der Hamburger Justizvollzugsanstalt Fuhlsbüttel aus dem Stand zur »Miss Santa Fu« gewählt werden. Das gönnte sie dem miesen Schwein.

Sie warf einen Blick auf die Uhr. Schröder würde kommen. Da war sie sich sicher. Mochte doch alle Welt in ihm den hedonistischen Witzemacher sehen – sie wusste es besser. Der Junge hatte Format. Sie fühlte sich ihm wie durch ein unsichtbares Band verbunden. Ihr war diese Art von Mann immer lieber gewesen als diese kläffenden Moralpinscher. Doch jetzt kam es auf das Timing an. Sobald Schröder auftauchte, müssten Bianchis Sniper abgeräumt werden. Nicht eine Sekunde eher, sonst würde er Verdacht schöpfen. Dumm war er schließlich nicht, nur eitel.

Sie goss sich einen großen Schluck Weinbrand in ihren Kaffee und nahm einen tiefen Zug von ihrer Zigarette. Dr. Monika Mertens war auf dem Zenit ihrer Karriere. Wenn es gleich losginge, würde sie sich auf ihre Instinkte verlassen müssen. Blitzschnell reagieren, bei einem Ruhepuls von sechzig.

Urs Bianchi zog ein Dior-Taschentuch aus edelster Vikunjawolle aus der Innentasche seines Sakkos und legte es neben sich auf die Bank im Garten der Parzelle 19. Er war sehr zufrieden. Alles lief genau nach Plan. Ehe diese Trottel vom BND auch nur bemerkt hätten, dass er im Lande war, wäre die Aktion auch schon wieder beendet, und Europa würde dank der Informationen auf dem Chip de facto ihm gehören. Auf seine Instinkte war Verlass. Er witterte seine Feinde zehn Meilen gegen den Wind.

Leise sprach er in das Mikrofon an seinem Hemdkragen: »Alpha eins hier. Alles sauber.«

Mouton meldete sich pflichtbewusst: »Beta eins, alles roger in Kambodscha.«

Bianchi verzog den Mund. Er hasste diese alten Scherze. Mouton war ein Vollidiot. Aber egal, sein Entschluss hatte schon lange vor dem Abflug festgestanden. Er würde die drei lästigen Mitwisser samt Schröder über den Alpen aus dem Learjet werfen. Reine Routine und wie immer unvermeidbar. So ließ sich keine Spur zu ihm zurückverfolgen. Die Friedhöfe waren voll mit Männern, die sich für unersetzbar gehalten hatten.

Bianchi schaute auf seine Uhr: 23.55 Uhr. Er konnte es kaum erwarten, Schröder in seine jämmerlichen Augen zu schauen.

23.56 Uhr, ich bog mit Dimitri Roussos am Steuer in den Taubenweg ein. Gott sei Dank hatte der selbstverliebte Ouzoochse nicht geschnallt, dass ich uns, um Zeit zu gewinnen, mehrfach über Umwege zur Laubenkolonie geleitet hatte.

Ich roch mittlerweile wie ein griechischer Imbiss. Allerdings wie ein schlechter.

Dimi stellte den Wagen vor der Kleingartenanlage ab, und ich sah mich unauffällig um, ob meine neuen Freunde vom BND schon da waren. Nichts deutete darauf hin. Entweder waren sie gut getarnt oder tatsächlich gar nicht da. Eine leichte Übelkeit stieg in mir hoch.

Dimi zog seine Waffe und sagte: »Los, Malaka, ab zum Chip. Du gehst schön vor, dann hab ich dich im Auge. Und keine Dummheiten, sonst siehst du deine Taschi nie wieder.«

Eins war mir klar: Sobald er den Chip hätte, wäre ich tot. Als ob so ein mieser Schmierlappen Wort halten würde.

Wir marschierten quer durch die Kolonie, und ich suchte verzweifelt nach einem Ausweg. Ob wohl der Schweizer Syndikatsboss auch schon hier war? Dann könnten die beiden sich ja streiten, wer mich als Erster abknallen durfte: Bianchi oder Dimi. Ich betete inständig, dass Dr. Monika Mertens meinen Arsch heile aus dieser vertrackten Situation rausbringen würde.

»Nicht so lahmarschig, Malaka, ich hab nicht ewig Zeit!«

Der Grieche stieß mir seine Pistole brutal in den Rücken. Wir waren noch vielleicht dreißig Meter von Opa Stahls Laube entfernt, als für einen kurzen Moment der Vollmond durch die Wolken schien. Im silbrigen Licht sah ich eine Person auf der Bank vor dem Gartenhäuschen sitzen.

Dimi hatte den Mann ebenfalls gesehen und zischte mich an: »Was soll das, Malaka? Wer ist der Wichser? Willst du mich reinlegen?« Er hielt mir die Knarre an die Schläfe, schubste mich durchs Gartentor und schnauzte den Mann, der immer noch reglos auf der Bank saß, an: »Was willst du Penner hier? Verpiss dich, oder ich schaff dich ab.«

Er hatte es kaum ausgesprochen, da krachte ein Schuss. Dimi sackte zusammen, ließ die Waffe fallen und presste sich wimmernd die Hand an die Schulter. Jetzt ging der Mist schon wieder los!

Der Mann auf der Bank reagierte blitzschnell. Er hob die Waffe vom Boden auf und kam arrogant auf uns zu. Dimi stöhnte und jaulte vor Schmerz.

Ganz ruhig richtete Bianchi die Waffe auf ihn. »Gewagte

These, Herr ... Wie war der Name doch gleich?« Er lachte höhnisch auf. »Egal. Ich glaub, ich muss mir Ihren Namen nicht mehr merken ...« Dann drückte er ab und schoss dem am Boden liegenden Dimi seelenruhig ein drittes Nasenloch in die Stirn.

Ich war sprachlos vor Entsetzen. Dimitri Roussos war toter als tot!

Urs Bianchi war mein Entsetzen nicht entgangen. »Herr Schröder, so lernt man sich endlich mal persönlich kennen. Entschuldigen Sie bitte, dass ich Ihren lästigen Begleiter abgestellt habe. Interessant nur, dass auch er nicht gut auf Sie zu sprechen war. Sich Feinde zu machen scheint Ihre Kernkompetenz zu sein.«

Allmählich kam mein Kreislauf wieder auf Touren, und mein Blut geriet in Wallung. Langsam, aber sicher hatte ich die Schnauze voll. Ich betrachtete diesen eitlen Fatzke in seinem dämlichen Schnellfickeranzug und ließ meinem Ärger freien Lauf: »Bravo, Don Käsefondue hält eine Bergpredigt! Wie uninteressant! Du dämlicher Schwarzgeldstricher, halt du mal lieber schön den Ball flach, sonst werd ich sauer, und du kriegst deinen Chip nie!«

Bianchi verzog keine Miene. Stattdessen fasste er sich an den Hemdkragen und flüsterte in seinen Knopf: »Schießt ihm in die Beine.«

Wieder krachten Schüsse durch die Vollmondnacht, und ich rechnete bereits mit großen Schmerzen. Ich nahm mir fest vor, nicht zu weinen, egal wo mich die Kugeln auch erwischen würden ... Doch nichts passierte.

Verwirrt ließ ich den Schweizer nicht eine Millisekunde aus den Augen. In seinem Gesicht machte sich für den Bruchteil einer Sekunde Verblüffung breit. Und eine kleine, kaum wahrnehmbare Spur von Angst. Im nächsten Moment sprang er auf mich zu, drehte mich mit erstaunlicher Kraft herum und drückte mir mit seinem linken Unterarm den Hals zu. Mich wie einen Schutzschild vor sich haltend, presste er mir mit der rechten Hand die Waffe an den Kopf und bewegte sich rückwärts auf die Tür der Laube zu.

Dr. Monika Mertens verlor die Beherrschung. Schröder war zwar rechtzeitig aufgetaucht, aber nicht alleine. Wer war der Typ? Ein südländisch aussehender Vogel, der ihren Liebling mit der Waffe bedrohte? Dieses Szenario stand nicht in ihrem Drehbuch.

Hilflos musste sie mit ansehen, wie Schröder zwischen die Fronten geriet. Einer von Bianchis Leuten hatte den Unbekannten angeschossen, dieser lag nun verletzt am Boden. Bianchi war auf die beiden zugesprungen und hatte sich die Waffe geschnappt. Ihr stockte der Atem. Um Gottes willen, er würde doch nicht Schröder töten?! Das ergab doch alles keinen Sinn!

Allerdings gab es eh keinen Sinn mehr, da der Unbekannte eine nicht zu berechnende Variable geworden war. Bis Bianchi diesen Mann kaltblütig erschoss.

Erleichtert atmete sie auf. Mutti war wieder im Spiel. Jetzt musste sie handeln.

Sie beugte sich zum Mikrofon und gab den Befehl: »Zielpersonen erfassen!«

Bianchi hatte ihr einen großen Gefallen getan. Egal wie die Geschichte hier ausging, jetzt würde sie ihn auf jeden Fall für einen amtlichen Mord zur Rechenschaft ziehen können. Es gab jede Menge Zeugen. Zudem hatte sie alles als Videostream auf der Festplatte. Aus dieser Lage würden ihn selbst seine dreimal chemisch gereinigten Staranwälte nicht mehr raushauen können.

Sie starrte intensiv auf den Monitor und sah, wie Bianchi

seine Lippen bewegte. Obwohl sie sich nicht hundertprozentig sicher war, zögerte sie mit ihrem Befehl nicht eine Sekunde. »Dächer säubern!«

Drei dumpfe Schüsse später hatte Europas Syndikatsboss drei seiner besten Männer verloren. Sein Schock dauerte indes nur eine Sekunde an. Dann musste Dr. Monika Mertens ohnmächtig mit ansehen, wie der Schweizer sich daranmachte, das Blatt zu wenden. Mit Schröder als lebendigem Schutzschild versuchte er, sich in die Hütte zu retten, und trat die Tür der Laube ein.

Ein gewaltiger Tritt, und die Tür krachte nach innen. Hastig zog Bianchi mich in die dunkle Laube. Nie war mir bewusster, welch wichtige Eigenschaft für ein sicheres Überleben doch geregeltes Atmen war.

Ich bekam kaum noch Luft. Offensichtlich war in der Laube schon länger kein Fenster mehr geöffnet worden. Mindestens seit einem Tag. Der Sauerstoffanteil war übersichtlich. Ich verlor fast das Bewusstsein, als Bianchi mich zu Boden stieß. Mit seinem rechten Knie ließ er sich auf meinen Kehlkopf fallen, was ich nicht nur als gemein und überflüssig empfand, es tat außerdem auch kacke weh. Blöde Schweizer, von wegen neutral.

Bianchi schien meine Gedanken zu lesen. »Na, kleiner Wichser, hast du Aua? Ich hab die Schnauze so was von voll von euch Amateuridioten! Ich will sofort den Chip haben, sonst blas ich dir die Suppe aus dem Schädel!«

Was für ein Trottel. Ich konnte ja gar nicht antworten mit seinem Knie auf meinem Kehlkopf.

Mir ging allmählich die Luft aus. Es kam mir vor, als würde ich mir selber beim Sterben zusehen. Alles um mich herum wurde weiß, dann explodierten Blitze vor meinen Augen. Zu guter Letzt glaubte ich sogar, Gottes Stimme wie durch einen Tunnel zu hören: »Hömma, du Mongo, tickst du noch richtig?« Dann ertönte ein metallischer Knall, und ich beschloss, tot zu sein.

Plötzlich war alles ganz leicht, und der Druck auf meinen Hals war weg.

Wieder sprach Gott mich mit einer seltsam vertrauten Stimme an. »Schröder, du Penner, dich kann man aber auch keinen Moment alleine lassen!«

Ich schlug die Augen auf und blickte ungläubig in das zerfurchte Gesicht von Opa Stahl.

»Wat schleppst du mir hier denn für ein Gesindel in die Hütte, Locke? Wie sieht's aus – erst mal ein Pilsken, wa?«

Ich schleppte mich zur Eckbank und sah mich ungläubig um. Bianchi lag bewusstlos und mit blutüberströmtem Hinterkopf auf den Dielen und stöhnte schwach.

Opa Stahl war immer noch aufgebracht und pflaumte den Verletzten an: »Dat hab ich gerne. Erst anderen Leuten die Tür eintreten und dann auch noch heulen!«

Der rüstige Rentner hatte in der Laube übernachten wollen und war irgendwann auf seinem Sofa eingenickt. Von dem Tritt in die Tür war er wach geworden und hatte – vorsichtig formuliert – ziemlich ungehalten reagiert, indem er sich geistesgegenwärtig die gusseiserne Pfanne vom Herd geschnappt und sie dem vermeintlichen Einbrecher volles Programm über den Kopf gezogen hatte. Kalt wie Eisen, hart wie Stahl. Ruhrgebiet eben.

Mir war es nur recht. Ich konnte es immer noch nicht richtig fassen, aber eins war sonnenklar: Er hatte mir mit seiner beinharten Aktion das Leben gerettet.

Jetzt saß ich hier am Tisch mit einem kühlen Pils, und Bianchi lag auf dem Fußboden wie ein Maikäfer im September.

Der gefährlichste Kriminelle Europas war ausgerechnet von einem rüstigen Rentner in einer Gartenlaube mit einer Bratpfanne zur Strecke gebracht worden. Wenn das kein Wunder war, was dann?

Mit zitternden Händen führte ich das Bierglas an meine Lippen und nahm apathisch einen tiefen Schluck dieses westfälisch herben Gerstensaftes.

Dr. Monika Mertens beschloss zu handeln. Keine Sekunde länger würde sie Schröder mit diesem Irren in der Hütte allein lassen. Sie wollte Bianchi zwar unbedingt lebend, aber noch wichtiger war, dass ihr Lieblingskomiker dabei nicht draufging.

»Reuter, Zugriff! Wir gehen rein!«

Eine Minute später kam der erlösende Funkspruch. »Lage unter Kontrolle. Bianchi verletzt, Schröder wohlauf.«

Mit Tränen in den Augen stürmte sie rüber in die Laube.

Das Bild, das sich ihr bot, würde sie ihr Lebtag nicht vergessen. Auf einer Eckbank saß Schröder zusammen mit einem kleinen Hutzelopa und trank seelenruhig Pils, während ihre Männer sich um den arg lädierten Bianchi auf dem Boden kümmerten.

»Isse dat?«, fragte der Rentner Schröder und deutete auf sie. Dieser nickte lächelnd. Daraufhin fragte der alte Mann sie höflich: »Na, Mädchen, auch ’en Pilsken? Komm mal lecker bei uns bei!«

Sie zögerte nicht eine Sekunde und sprach in ihr Funkgerät: »Reuter, den Weinbrand und ein frisches Kartenspiel.« Dann setzte sie sich zu den zwei Männern an den Tisch und fragte: »Ihr könnt doch Skat spielen, oder?«

17

Herz ist Trumpf

Wir hatten vielleicht eine Stunde lang bei bester Laune Karten gespielt, als Moni zwischen zwei Pils und einem Weinbrand zärtlich rülpste: »Sagt mal, ihr beiden hübschen Bäckerburschen, ist die Herzdame eigentlich noch im Spiel, oder hat die einer gedrückt?«

Ach du liebes bisschen – die Herzdame! Ich hatte bei unserer schönen Runde meine arme Natascha völlig vergessen. Kein Wunder, wenn man so gesellig beisammensaß! Taschi war ja noch als Geisel bei Dimi im Keller, bewacht von diesen beiden hellenischen Eselsschändern.

Ich schnappte mir den Scirocco-Schlüssel von Opa Stahl und rannte nach draußen. Er brüllte mir noch ein herzhaftes »Beule gibt Beule!« hinterher, dann saß ich auch schon hinterm Steuer dieses lustigen Automobils aus dem Hause Volkswagen.

Während ich die Gänge durch die Schaltkulisse hämmerte, rief ich mit der freien Hand Birkel an. »Langer, komm sofort ins Mykonos, es gibt Kloppe. Und bring 'nen ordentlichen Meinungsverstärker mit!«

Wir kamen fast gleichzeitig an. Über die Terrasse betraten

wir das Restaurant. Der Manta steckte immer noch schrottreif in der Theke fest. Irgendjemand hatte einen Bauzaun vor die zerstörte Fensterfront gestellt. Ansonsten war es merkwürdig friedlich. Wir bahnten uns den Weg in den Keller, um Taschi aus den Händen dieser Siffspartaner zu befreien, und schlichen lautlos auf die Stahltür zu. Zum Glück war sie nur angelehnt. Umso besser.

Ich gab Birkel ein Zeichen, und er hielt seinen dicken Baseballschläger in Kampfstellung. Ich hob drei Finger und nickte. Dann brüllte ich laut: »Jetzt!«, schmiss mich gegen die Tür, und mit infernalischem Kampfgeschrei stürmten wir die Folterkammer. Birkel sprang wie ein entfesselter Grizzly in die Mitte des Raums und schwang die Keule der Vernichtung. Alles lief perfekt. Keine Gegenwehr. Das lag allerdings hauptsächlich daran, dass wir alleine in dem Raum waren.

Nanu! Total enttäuscht ließ der Lange den Knüppel sinken. »Sag mal, Atze, was ist denn jetzt mit Kloppe? Wo sind die Vögel?«

Ich schaute ratlos: »Tja, Birkel, sieht so aus, als wären die Vögel ausgeflogen. Aber eins sag ich dir – das wird ihnen nichts nützen. Diese Welt ist nicht groß genug, um sich vor mir zu verstecken. Wo immer ihr Natascha hinverschleppt habt, ich finde euch!« Drohend ballte ich meine mächtigen Fäuste und reckte sie gen Himmel.

Der Lange sah sich im Raum um und sagte mit ruhiger Stimme: »Hömma, Rambo, komm mal runter, ich glaub, wir können uns die Racheaktion schenken.«

Trocken reichte er mir einen handgeschriebenen Zettel rüber. Ich traute meinen Augen kaum, aber das war eindeutig Nataschas Schrift. Mit zittrigen Händen hielt ich den Brief und begann zu lesen: »Mein liebster Mausebär, schweren Herzens schreibe ich dir diese Zeilen. Wenn du das hier liest, schwöre ich dir beim Leben meiner Mutter, dass es mir gut geht und du dir keine Sorgen machen musst. Ich hatte immer wunderschöne Stunden mit dir, und ich kenne keinen Mann, der den Totempfahl der erotischen Liebe besser schwingen kann als wie du. Aber das ist nicht alles, mein holder Lockenritter! Mein Herz gehört schon seit eineinhalb Jahren Stavros. Ja, wir haben dich benutzt, und das tut uns sehr leid. Aber es gab keinen anderen Weg. Anders wäre ich nie von Dimi losgekommen. Darum hat Stavros dich auch bei Dimi angeschwärzt, das war Teil unseres Plans. Leider kam alles ganz anders, doch wir hoffen beide sehr, dass du noch lebst. Ich bin mir sicher. Wie sagt meine Mutter immer: ›Unkraut vergeht nicht!‹ Bitte such nicht nach uns, zerstör nicht unser Glück. Du wirst uns sowieso nicht finden. Wir werden uns in Athen als Steuerberater in der Onassisstr. 6, 3. Stock, rechte Tür, zweimal klingeln, selbständig machen. Danke für alles, deine Natascha.«

Ich bekam weiche Knie und plumpste mit meinem Hintern auf den Kellerboden. Ich verstand die Welt nicht mehr und suchte die versteckte Kamera. Gleich würden bestimmt Kurt und Paola Felix in knappen Miniröcken reinkommen und den ganzen Blödsinn auflösen.

Was für eine verrückte Wendung. Mensch, Natascha! Da macht man und tut man – und am Ende wird man nur benutzt. Wie ein vollgerotztes Taschentuch weggeworfen.

Mal wieder war ich von einer Frau auf meinen schönen Körper reduziert worden. Meine Gefühle hatten Schweigepflicht. Dabei waren wir so hoch geflogen. Doch der Himmel war besetzt. Am Ende blieb nur Bitterkeit.

Birkel zog mich wieder hoch und nahm mich tröstend in seine starken Arme. »Ach, Atze, machen wir uns nichts vor. Wahre Liebe gibt's doch eh nur unter Männern. Nimm's nicht so schwer. Ich hab den Brief überflogen und sag es dir ganz klar, die Olle hat einen an der Mütze. Wenn die dich ›Mausebär‹ nennt, ganz im Ernst – dann ist es sowieso Zeit, Schluss zu machen. Seien wir doch mal ehrlich, Dicker, dieses ganze Tortentheater, das du da immer abziehst … Gib's doch einmal zu: Außer Ute hat dir doch noch nie eine richtig was bedeutet. So! Das ist meine Meinung, und du kannst jetzt gerne was anderes behaupten, glaub ich dir aber sowieso nicht.«

Ich schaute meinen Kumpel lange an, seufzte tief und zuckte mit den Schultern. »Tja, ist wohl so, Uwe, wa? Treffer versenkt. Komm, lass uns abhauen. Wir müssen dringend was erledigen.«

Zwei Minuten später saßen wir in Birkels Hummer und bretterten zurück zur Laubenkolonie. Vor dem Eingangstor der Kleingartenanlage herrschte emsiges Treiben. Die Aufräumarbeiten waren in vollem Gange, und Reuter stand mittendrin.

Als er mich erblickte, kam er mit gütiger Miene auf mich zu. »Herr Schröder, ich möchte mich noch mal persönlich bei Ihnen bedanken. Toller Einstand bei unserer Truppe. So kann es weitergehen!«

Ich unterbrach ihn: »Sagen Sie mal, Reuter, wo haben Sie eigentlich meine Nachbarin Ute und ihren Sohn untergebracht?«

»Tja, Herr Schröder, da werden Sie staunen. Die beiden sind im Fünf-Sterne-Biohotel Montesano in Duisburg-Marxloh. Ich sag den Kollegen Bescheid, sonst werden die mir am Ende doch noch umgenietet.«

Ich wollte direkt in Birkels Wagen springen, da zupfte mich jemand am Ärmel. »Schätzchen, du willst doch wohl nicht gehen, ohne Mutti Auf Wiedersehen zu sagen?« Fast zärtlich sah Dr. Monika Mertens mich an. »Wirklich gute Arbeit, mein Bester. Können wir noch was für dich tun?«

Ich schüttelte grinsend den Kopf. »Mann, Mann, Mann. Moni, du hast Nerven. Ruft mich einfach nie wieder an.« Ich drehte mich um, doch dann hatte ich noch einen Geistesblitz.

»Doch, ihr könnt tatsächlich noch was für mich tun. Ich brauch bis Sonntag einen Opel Manta B in Bestzustand. Volle Hütte. Alu, Radzierblenden und Echthaarfuchsschwanz. Sonst krieg ich meinen Turbo nicht wieder.«

Sie lachte heiser und nickte. »Geht in Ordnung, Mister Bond. Aber der Kegelauftritt steht, oder?«

Wir gaben uns grinsend die Hand, und ich bestätigte. »Ruf einfach an, Moni, Nummer hast du ja.«

Dann stieg ich zu Birkel in den Hummer, und wir tuckerten in Richtung Duisburg. Nach all dem ganzen Wahnsinn freute ich mich wie verrückt auf meine Ute und auf Philipp. Birkel hatte recht gehabt. Ich konnte es drehen und wenden, wie ich wollte, diese beiden Menschen waren meine Familie, da gehörte ich hin. Jeder sollte irgendwann mal kapieren, zu wem er gehört.

Die Sonne ging langsam über dem Ruhrgebiet auf, da wo das Herz zu Hause ist. Meine Heimat.

Ein seltsam warmes Gefühl durchströmte meinen Körper.

Manche nennen es Liebe.

18

Der Turbo von Marrakesch

Schmerzhaft bohrte sich die dünne Nadel durch die Haut ihrer linken Brust. Dr. Monika Mertens zuckte zusammen und ertrug den Schmerz mit Fassung. Was hätte sie auch sonst tun sollen? Den Bundespräsidenten während der Verleihung des Bundesverdienstkreuzes anschreien: »Pass doch auf, du Penner, du stichst mir in die Hupen!«

Es war so, wie sie es vorausgesehen hatte. Die Verhaftung von Urs Bianchi und die damit verbundene Zerschlagung seines Syndikats hatten international große Wellen geschlagen und ihr das Verdienstkreuz am Bande beschert.

Seit dem Showdown in der Kleingartenanlage Krupphusten waren knapp sechs Monate vergangen, und der Spätherbst zeigte sich von seiner goldenen Seite. Zeit, um sich für ein paar Tage in die wärmende Sonne zu begeben.

Nach der Verleihung brachte Reuter sie zum Flughafen. Die dreistrahlige Falcon der Johanniter-Unfall-Hilfe war mehr als luxuriös und innen komplett mit Edelseide bespannt. Als sie die Flughöhe erreicht hatten und die Anschnallzeichen erloschen, brachte ihr die Stewardess eine herrliche Tasse Bohnenkaffee und eine brennende Reval ohne Filter.

Sie genoss den Flug und schwelgte in Erinnerungen an ihre tolle Karriere. Was hatte der alte Bundespräsident ihr damals im Gästehaus auf dem Petersberg leicht angetütert zugeraunt?

»Moni, du alte Strandhaubitze, eins musst du dir merken: Bumsen ist super, man muss nur dabei sein.« Erst jetzt, nach Jahren, begriff sie diese tiefe Wahrheit. Tja, Richie war immer ihr Liebling gewesen. Mit dem selbstverliebten Ossi hingegen konnte sie nichts anfangen. In ihren Augen wurde es eh mal Zeit für eine ordentliche Bundespräsidentin.

Jetzt, wo sich die Wogen geglättet hatten, gab es in der Causa Bianchi nur noch eine Sache zu regeln.

Der Pilot meldete sich aus dem Cockpit: »Frau Dr. Mertens, wir beginnen gleich mit dem Landeanflug auf Marrakesch. Ich bitte Sie, den Gurt wieder anzulegen.«

Ihr Mund war sehr trocken. Sie musste wohl über eine Stunde geschlafen haben. Sie nahm noch einen Schluck von dem kalten Kaffee und schaute aus dem Fenster auf die malerische Silhouette der Altstadt von Marrakesch. Ihr Besuch hatte rein privaten Charakter, deshalb beschloss sie, ohne großes Aufheben mit einem stinknormalen Taxi ins Hotel zu fahren.

Doch als die Stewardess die Kabinentür entriegelte und Dr. Monika Mertens mit Sonnenbrille und Zigarette im Mundwinkel marokkanischen Boden betrat, erklang in voller Lautstärke die deutsche Nationalhymne, gespielt vom Ersten Infanterieorchester Casablancas – nicht schön, aber immerhin sehr laut. Der deutsche Botschafter ließ den Dienst-Bentley mit Standarten vorfahren und begrüßte sie überschwänglich mit Wangenküssen in seinem bescheidenen Refugium. Monika Mertens war augenblicklich voller Verachtung für diesen Hornochsen und würde ihn noch am selben Nachmittag auf einen niederen Sachbearbeiterposten in der Kurverwaltung Spiekeroog versetzen lassen.

Nach dem Champagnerempfang und einem Dreigängemenü in der Botschaft schlich sie sich zum Personaleingang hinaus und fuhr mit einem Taxi endlich ins Hotel. Am nächsten Morgen machte sie sich nach dem Frühstück auf und ließ sich zur Porsche-Vertretung in Agadir chauffieren. Dort nahm sie ein werksneues 911er Turbo Cabriolet in Empfang. Die Jungs hatten wirklich an alles gedacht. Außenspiegel, Moskitonetze und grobstollige Allwetterreifen. Natürlich auch an das Wunschkennzeichen: MAR-EK 1. Sie sprang wie eine Siebzehnjährige hinter den sportlichen Volant, schaltete sämtliche Fahrhilfen aus und ließ es sich nicht nehmen, dieses herrliche Fahrzeug zur Justizvollzugsanstalt Agadir zu lenken.

Pünktlich um dreizehn Uhr hielt sie vor dem deprimierenden Haupteingang dieser Höllenherberge. Um 13.05 Uhr öffnete sich das große Stahltor eine Handbreit, und ein kleiner, unscheinbarer Mann trat blinzelnd auf die ungeteerte Straße. In einem abgetragenen Anzug schlurfte er über die Straße auf den Porsche zu und begrüßte sie respektvoll.

»Na, Chefin, pünktlich wie immer, wa? Viel länger hätt ich es auch nicht mehr in dem Kakerlakenkeller ausgehalten!«

Monika Mertens lächelte. »Eike Klein, schön, dich heile wiederzusehen.« Sie umarmte ihn und wuschelte ihm durch die Locken. »Eike, Eike, ich steh tief in deiner Schuld. Als ich dir damals meinen Plan vorgetragen habe, um Bianchi für immer zu erledigen, warst du der Einzige, der die Eier hatte, das Ding durchzuziehen.«

Er grinste verlegen. »Tja, Chefin, Sie haben ja auch durchgezogen. Schickes Auto.«

Sie drückte ihm den Schlüssel in die Hand. »Ich halte meine Versprechen. Im Kofferraum liegen anderthalb Millionen. Damit sind wir dann quitt. Und jetzt fahr mich bitte zurück nach Marrakesch, ich will mir den Sonnenuntergang im Atlasgebirge anschauen.«

Als er sie knappe neunzig Minuten später vor dem Hotel absetzte, schaute Klein sie lange an. Sie war schon ein paar Schritte von dem Porsche entfernt, als er noch mal ihren Namen rief. »Eine Frage noch, Chefin. Was waren das eigentlich für Namen auf dem Mikrochip?«

Sie drehte sich langsam um und zündete sich eine Zigarette an. Dann kam sie ein paar Schritte auf ihn zu und atmete hörbar durch. »Na gut, Klein, weil du es bist. Das waren die Namen meiner Kegelbrüder.«

Eike Klein sah ihr verdutzt ins Gesicht. Dann brachen beide in schallendes Gelächter aus.

Noch immer lauthals lachend, trat Eike Klein aufs Gas und fuhr davon. Sie schaute ihm nach, bis sie die Rücklichter nicht mehr erkennen konnte. Die Rücklichter des Turbo von Marrakesch.

Nachwort

Als ich mit meinem Autor Till Hoheneder dieses Buch angefangen habe, wussten wir nicht so ganz, wohin die Reise gehen sollte. Aber eins war uns klar: Wir wollten genau das Buch schreiben, das *ich* selbst gern lesen würde. Und genau *das* Buch ist es dann auch Gott sei Dank geworden. Die Geschichte ist natürlich frei erfunden. Etwaige Ähnlichkeiten mit lebenden Personen, wahren Begebenheiten oder realen Schauplätzen sind rein zufällig. In meinem Kopf hat sich allerdings alles genau so abgespielt. Ob es beim BND und im organisierten Verbrechen so zugeht wie beschrieben – ich habe keine Ahnung, und ich will es auch überhaupt nicht wissen. Aber mir gefällt die naiv-romantische Vorstellung, dass jemand wie Dr. Monika Mertens darauf achtet, dass wir alle ruhig schlafen können. Trotz ihrer Vorliebe für Reval-Zigaretten, billigen Weinbrand und Sex.

Atze Schröder
im Juli 2016
(nach Diktat verreist zum Sichtungstraining
der Ü30 des 1. FC Libido)

PS:
Es muss ja nicht gerade eine sündhaft teure Flasche Château d’Yquem sein, um sich wie mein Liebling Dr. Monika Mertens beim Essen in Stimmung zu bringen. Nein, zu leckeren »Budapester Bratkartoffeln« passt auch ein leckeres Pils. Eigentlich alles, was ordentlich in die Rübe knallt und schmeckt. Von mir aus auch kein Alkohol. Einfach das, was ihr mögt. Aber ich habe meinen lieben Freund Horst Lichter gebeten, uns wenigstens das Rezept dieser himmlischen Bratkartoffeln zu verraten. Guten Appetit!

Dr. Monika Mertens' Lieblingsgericht

Budapester Bratkartoffeln à la Horst Lichter

Zutaten:

Genug Kartoffeln für 2–4 Personen. Wichtig: Wenn es geht, dann nehmt die Kartoffelsorte »Bernadette«, das ist eine mittelfrühe Sorte und die einzig wahre für dieses Rezept!

1 Töpfchen Schmalz vom Cerdo Negro. Ohne dieses Schmalz wird es nie was!

1 bis 2 Allium cepa, das ist eine Würzzwiebel mit scharfem Geschmack.

1 gute Prise frischer Rosmarin, Salbei und Fleur de Sel

2 rote Peperoni

Roter Pfeffer (fein zerrieben aus dem Mörser)

1 Töpfchen Crème double

Zubereitung:
Kartoffeln mit Schale ca. 20–25 Minuten kochen. Gut auskühlen lassen und die Schale abziehen. Wichtig: Die Kartoffeln sollten alle einen Durchmesser von mindestens 2 cm haben.

In einen separaten kleinen Topf zwei Esslöffel Schmalz geben sowie Rosmarin, Salbei und die Peperoni. Das Ganze einmal kurz stark erhitzen! Aber Vorsicht: Es darf nur das Aroma der Gewürze austreten – aber nicht verbrennen! Alles ordentlich auskühlen lassen.

Jetzt in einer tiefen Pfanne gut 1 cm hoch Schmalz heiß werden lassen, darin die Kartoffeln schnell und sehr heiß rundherum knusprig braten.

Mit einem Schaumlöffel die Kartoffeln aus der Pfanne nehmen und auf ein paar Blättern Küchenrolle kurz das Fett absaugen lassen. Dann die Kartoffeln in das Gewürzfett legen, langsam noch mal erhitzen und mit dem Fleur de Sel und der Prise frisch gemörsertem Pfeffer abschmecken. Als Schmankerl kommt beim Servieren oben auf die Kartoffeln – wer mag – noch ein Esslöffel Crème double!

PS: Die scharfe Zwiebel wird roh dazu gegessen.

Jetzt auch live erleben!
ATZE
TURBO
Tickets unter www.eventim.de